W0468805

JULIE GIRARD

LE CRÉPUSCULE DES LICORNES

roman

nrf

GALLIMARD

© *Éditions Gallimard, 2023.*

« Il est effroyable de mourir de soif en mer. Vous ſaut-il saler à ce point votre vérité qu'elle n'étanche même plus la soif ? »

NIETZSCHE,
Par-delà le bien et le mal

IMMARCESCIBLE, *adj. Litt.* Qui ne peut se flétrir, impérissable.

INTRICATION, *nom fém. Physique quantique.* L'intrication quantique de deux objets se définit comme leur inséparabilité. Leur interdépendance radicale s'exprime par l'impossibilité de décrire chacun d'eux par une fonction d'onde séparée. Une paire d'objets intriqués doit obligatoirement être considérée comme un système unique décrit par un état global qu'on ne peut pas décomposer en deux états distincts, quelle que soit la distance qui les sépare.

I

1

Bethan menait la réunion de l'équipe Amériques depuis plus d'une heure. Cette célibattante galloise avait la réputation d'être l'une des éditrices les plus ambitieuses de la rédaction de *The Economist*. La rouquine de quarante-neuf ans n'avait pas trouvé meilleur fond d'écran que le London Bridge pour cacher l'arbre à chat miteux devant lequel elle organisait ses visioconférences. En dépit de l'affaiblissement de la pandémie, les réunions de la rédaction se tenaient encore sur Zoom. Certains journalistes revenaient au bureau en alternance mais la direction était frileuse à l'idée de réunir plus de trois employés par open space. On avait donc cessé de flirter avec ses collègues. Cela n'affectait pas le quotidien d'Éléonore, qui avait toujours suivi les réunions en ligne. Elle ne se rendait dans les bureaux londoniens du magazine qu'une fois par semestre, sauf lorsqu'un nouvel éditeur prenait ses fonctions, comme cela avait été le cas lorsque Bethan avait été promue il y a cinq ans.

« Bon… Qui prend ? » demanda Bethan, au moment où l'un de ses chats, un maine coon à la robe *blue tortie*, grimpa sur ses genoux. Bethan caressa le minet. Il miaula en frottant sa tête ébouriffée sous le menton de sa maîtresse, qui le reposa aussitôt à terre.

Un turbulent silence envahit la salle Zoom. Seul le cliquetis nerveux du stylo de l'éditrice brouillait l'apathie dans laquelle l'assistance s'était murée. Personne n'osait moufter, pas même Oliver, le spécialiste *Finance & Economics* auquel la moustache donnait un air d'icône du rock. D'ordinaire, le flegmatique trentenaire n'aurait pas hésité à se fendre d'un bon mot mais l'Ethereum avait calmé toutes les ardeurs. La deuxième monnaie cryptographique du marché ne suscitait aucun intérêt. Chaque journaliste planqué derrière son écran faisait mine de regarder ses notes. En réalité, tout le monde faisait son shopping en ligne, y compris Oliver sur Grindr. Dans cette assemblée aux allures de cours élémentaire pagnolesque, on aurait pu entendre les mouches voler.

Le cliquetis du stylo de Bethan s'accéléra.

« Je prends, finit par dire Éléonore, mue par un inextricable élan de première de la classe, de fayotte un peu catho.

— Merci ! Enfin quelqu'un qui a envie de bosser ! s'exclama Bethan. La réunion est terminée pour aujourd'hui. »

Éléonore abandonna son ordinateur et se précipita dans la chambre de Zoé. Absorbée par son dernier Roald Dahl, l'enfant encore en pyjama ne remarqua pas l'arrivée de sa mère.

« Dépêche-toi, Zoé ! Tu vas être en retard à l'école ! Comment se fait-il que tu ne sois pas encore prête, bon sang !

— Ça va ! Ça va ! » rétorqua la petite, imperturbable.

Zoé se leva et, sans interrompre sa lecture, alla chercher l'uniforme que sa mère avait posé sur la chaise de son bureau.

« Mais où est ton père ? demanda Éléonore, excédée devant tant de nonchalance.

— Parti au travail. Il avait… une réunion importante », dit-elle, les yeux rivés sur son roman.

Malgré la gesticulation désordonnée à laquelle elle se prêtait pour enfiler son pantalon, Zoé parvenait difficilement à s'habiller. Ses contorsions agacèrent Éléonore. La journaliste ne fulminait pas devant la boulimie littéraire de sa fille mais devant l'absence de Zack. Tous les lundis matin à l'aube, elle avait rendez-vous avec l'équipe de rédaction. Zack le savait mais n'avait que faire de la charge mentale de sa femme.

« On part dans cinq minutes. Dépêche-toi ! Je t'attends dans la voiture », la pressa-t-elle.

Éléonore avait une autre réunion prévue à neuf heures. Cette fois, elle devait interviewer la directrice de l'Intégrité des publications de Twitter. Elle s'était battue pendant des mois pour obtenir cet entretien.

Depuis qu'elle avait rejoint l'équipe de *The Economist* à New York, Éléonore était en charge des sujets relatifs à la science et aux nouvelles technologies. Les questions éthiques dans ce domaine étaient sa véritable expertise. Les réseaux sociaux ont-ils le devoir de vérifier les contenus politiques ? Peut-on créer une blockchain responsable ? Quels sont les nouveaux enjeux de la cybersécurité ? Ces sujets la passionnaient, la physique quantique en particulier. Cette physique révolutionnaire valorisait le hasard, le contingent et l'imprévisible, des concepts qu'Éléonore, élevée sous la spatule d'une punaise de sacristie, chérissait.

2

Un Range Rover aux vitres teintées céda sa place à Éléonore au moment où elle arrivait devant l'école. Elle se gara à la hâte face à l'entrée de l'emblématique institution. Sur la côte est américaine, le Lycée français de New York était le haut lieu de la bonne société des expatriés français. Toutes les catégories socioprofessionnelles les plus favorisées s'y côtoyaient aux côtés d'héritiers, soucieux de dépenser hors taxes et confidentiellement la fortune amassée sur le Vieux Continent. *Pour vivre heureux, vivons cachés* trouvait sa pleine expression à l'angle de la 75e Rue et de York Avenue, là où la progéniture dorée venait faire ou parfaire son bilinguisme. Francophone, francophile ou francophage, tous chassaient du cahier Clairefontaine. Malheureusement, dans un climat postpandémique, étudier Racine ou Montaigne, en version originale, requérait un protocole sanitaire exigeant. On ne pénétrait pas facilement dans la bulle aseptisée du nanti franco-*friendly*.

Éléonore se précipita vers l'entrée, Zoé dans une main, un code-barres dans l'autre. L'établissement refusait de prendre le moindre risque juridique. Chaque parent devait donc attester que son enfant ne présentait aucun symptôme d'une infection au covid. Éléonore embrassa sa fille à travers son masque puis la petite se dirigea vers le distributeur automatique de gel hydroalcoolique. Postée devant la porte, l'infirmière interpella sèchement Éléonore.

« Madame, le test de votre fille ! lui dit-elle, tendant à bout de bras un sac rempli de salive en capsule.

— Le test… Quel test ? demanda Éléonore, surprise.

— C'est le jour de collecte des tests PCR. Le kit salivaire a été mis dans le cartable de votre fille lundi dernier. »

L'acrimonie de l'infirmière scolaire renfermait des décennies de frustration qu'elle venait de déverser brutalement sur Éléonore. Cette femme a de toute évidence mal calibré ses ambitions, se dit celle-ci. Elle aurait dû aller piquer de la veine en milieu hospitalier au lieu de chasser du pou et de récolter de la salive.

« Vous avez également reçu un e-mail », ajouta-t-elle.

Un groupe de mamans la darda du regard. Sur ce trottoir transformé en théâtre de l'opprobre parental, Éléonore se sentit coupable. Quelle mère était-elle pour oublier la pierre angulaire de tout système éducatif, le test PCR salivaire ? Si sa culpabilité était aussi vive, c'est parce que ce n'était pas la première fois que sa mémoire lui jouait des tours. Il y avait eu l'oubli du *dress down day* puis celui du costume du Nouvel An chinois, et enfin celui, bien plus regrettable, d'Halloween. Chaque fois, Éléonore s'était confondue en excuses auprès de la fillette, furieuse de ne pas pouvoir faire comme les autres.

Elle attrapa le cartable de Zoé, fouilla rapidement toutes

les poches mais ne trouva pas le test. Déconcertée, elle s'accroupit et vida entièrement le contenu du sac. Entre deux classeurs se trouvait un sachet en plastique froissé ; à l'intérieur, un petit tube transparent. Éléonore dévissa le tube, inséra la pipette et tendit le dispositif à Zoé.

« Qu'est-ce que je fais avec ça ? lui demanda-t-elle.

— Eh bien tu craches ! » lui répondit sarcastiquement sa mère.

Éléonore ne voulait pas être sarcastique. La petite n'y était pour rien. Ce ton lui avait échappé sous l'effet du toisement moralisateur des religieuses en Golden Goose. Pas une mère n'aurait levé le petit doigt de son sac griffé pour l'aider. Pendant qu'Éléonore regardait sa montre, inquiète, la meute de saintes reprenait son bavardage sur les bienfaits de la rééducation périnéale.

Zoé, gênée, cracha dans le tube. Cette pudeur toucha Éléonore, qui porta vers sa fille une main bienveillante. Puis elle referma le tube et plaça l'échantillon dans le sac de l'infirmière. Honteuse, Zoé se précipita à l'intérieur de l'école sous les gloussements de ses camarades de classe.

En traversant Central Park en direction de son bureau, Éléonore regarda, désenchantée, les nouveaux crayons de la skyline. Le fantasme qu'elle avait éprouvé pour l'Amérique, lorsqu'elle n'était encore qu'une petite Savoyarde éblouie par cette carte postale new-yorkaise, avait été englouti par une société hygiéniste à laquelle elle appartenait depuis plus de dix ans.

L'architecture aurait dû lui mettre la puce à l'oreille : gratte-ciel crayons, façades vitrées, espaces climatisés... C'était ça le signe avant-coureur du sous-vide. Et pourtant elle n'avait rien flairé, du moins au début. Éléonore s'était d'abord installée *downtown*, dans West Village, le Saint-Germain-des-Prés new-yorkais. Dans ce quartier aux baraques de briques rouges, les sex-shops les mieux achalandés de la ville dégageaient une pénétrante odeur de marijuana.

L'inodore du sous-vide était monté lentement, au gré de ses déménagements : d'abord la 11ᵉ Rue puis la 23ᵉ, et enfin les abords de Central Park. Dans ce Legoland capitaliste conçu selon un plan en échiquier, Éléonore avait de plus en plus l'impression de baguenauder dans l'aseptisé le plus stérile. Lui était partout. Elle l'avait épousé.

Depuis dix ans, elle partageait la vie d'un ascète, Zack. Zack était un homme d'influence qui avait fondé une *fintech* : une entreprise hybride à mi-chemin entre la finance, son expertise, et la technologie, sa passion. Sa start-up aux quarante employés, Finfluences, était désormais plus *up* que *start*. Elle finançait des influenceurs selon leur niveau d'influence. Zack gagnait de l'argent sur les milliers de paroissiens qui avaient remplacé Dieu par Kim Kardashian. Mais ce qui guidait la vie de Zack, ce n'était pas le profit, c'était la *sur*-performance. Performer ? Que nenni ! À l'âge d'or de la technologie, on *sur*-performait ou on n'était rien ! Pour Zack, quantifier, ordonner, optimiser était un mantra. Le fameux « *In God we trust, all others bring data* ». Zack ne marchait pas, il mesurait sa foulée. Zack ne lisait pas, il enregistrait. Zack ne randonnait pas, il grimpait. Zack ne se passionnait pas pour la NFL, il mettait au point des modèles mathématiques capables de prédire, avec une marge d'erreur infinitésimale, la composition de la meilleure équipe de football américain virtuelle. Le *fantasy football*… Et quelle fantaisie ! Zack incarnait la sacro-sainte technologie en marche. Zack était orange mécanique.

3

La campagne électorale pour la mairie de New York avait été particulièrement serrée. Le bilan désastreux du maire sortant renforçait l'importance de la primaire du Parti démocrate dont Zack et Éléonore attendaient nerveusement les résultats. Vautré dans leur canapé, Zack zappa une bonne vingtaine de fois avant de sélectionner par défaut la chaîne Fox News. « Tu es sûr qu'on regarde sur Fox ? Tu n'as rien de mieux ? » s'étonna Éléonore, confortablement pelotonnée sous une couverture en alpaga. Zack recommença à zapper. Il s'arrêta quelques instants sur MSNBC puis revint, peu convaincu, sur CNN. Après trois publicités interminables, son pouce se remit à presser frénétiquement la télécommande.

« Dépêche-toi, ça va commencer ! insista Éléonore.

— Je fais ce que je peux !

— Oh non ! Pas Fox ! Tu ne connais donc pas les chaînes ? Tu passes pourtant tes soirées à regarder la télévision !

— On vient de changer de fournisseur.

— Encore ! »

Éléonore ne regardait jamais la télévision. À l'écran plasma cent soixante-cinq centimètres de Zack elle préférait l'écran quinze pouces de son MacBook Pro sur lequel elle regardait ses films d'art et d'essai. Éléonore était passionnée par le cinéma italien, celui de Fellini en particulier. Pendant que Zack admirait le *touchdown* de Tom Brady, Éléonore se délectait du jeu de Mastroianni dans *Huit et demi*.

Bien que Fox News n'eût pas la couleur politique de Zack, il fallait reconnaître à la chaîne républicaine non seulement la qualité de sa couverture électorale – sans publicité ou presque – mais également son indéniable talent pour le casting journalistique d'obédience pornographique. Zack lorgnait le décolleté siliconé de ses présentatrices avec l'œil lubrique d'un jeune lecteur du magazine *FHM*.

Il se releva soudain afin de servir le bourgogne qu'il avait laissé décanter dans une carafe en verre posée sur la table. Il remplit avec méticulosité le premier verre. Conscient de sa maladresse, Zack était particulièrement précautionneux lorsqu'il s'agissait de manipuler un matériau fragile devant sa colocataire. Au moment où il s'apprêtait à remplir le second, son téléphone vibra. Un message de l'un de ses collègues avec lequel il avait parié sur le sort de l'élection. Absorbé par son téléphone, il trébucha sur son iPad qui traînait sur le tapis. Le verre éclata telle une cerise bigarreau ferme et juteuse sous un coup de bec. Les larmes de gevrey-chambertin s'insinuèrent par capillarité dans les stries de laine crémeuse désormais maculée et poisseuse. Éléonore regarda la tache, sidérée.

« Et merde ! » s'exclama Zack.

Malgré l'exaspération coupable de Zack, Éléonore ne réagit pas. Zack ramassa le verre et tenta d'éponger le vin rouge avec des serviettes en papier qu'il trouva sur la table. Sous la vigueur des frottements, la tache se propagea et les serviettes se déchirèrent. Zack ramassa les infimes déchiquetures qui gisaient entre les fibres. Ses doigts tâtonnaient maladroitement dans la tache brunâtre. « Irrécupérable ! » se dit Éléonore en voyant les épluchures s'éparpiller. Elle éprouva soudain la sensation d'une anomalie.

« Arrête ! » s'écria-t-elle, en rage devant son obstination.

Vers vingt-deux heures, le nom du vainqueur n'avait toujours pas été annoncé. Éléonore avait de plus en plus de mal à garder les yeux ouverts. Lentement, elle s'assoupit. Elle aperçut Andrew Park, le favori démocrate, triompher sur scène. Le vacarme était assourdissant. Des hordes de bras conquérants se levaient dans sa direction, des banderoles à son effigie s'agitaient, des drapeaux américains faseyaient. D'un coup, elle entendit le bruit feutré d'une sirène. Park s'avança sur scène. Le bruit de l'alarme s'intensifia. La foule ne réagit pas. Mais pourquoi ne réagissait-elle pas ? Et le virus… Tous ces gens agglutinés sans masque. Mais bon sang, donnez-leur des masques à ces inconscients ! s'écriait Éléonore. L'image de la foule s'estompa, le vacarme s'éloigna, le bruit de l'alarme se rapprocha. Elle ouvrit subitement les yeux et aperçut la verrière. Le jour se levait timidement. Elle se tourna et observa la tache. Les fils de laine, cartonnés par le vin, variaient du bistre au brun foncé.

Éléonore saisit son smartphone sur la table basse et arrêta son réveil. Il était six heures. La luminosité de son écran l'éblouit. Elle plissa les yeux plusieurs fois. Ils étaient secs. L'écran de son smartphone était couvert de notifications.

Elle cliqua sur celle du *New York Times* : Andrew Park, défenseur du revenu universel, venait de remporter la primaire du Parti démocrate contre Diane Williams, la candidate afro-américaine, figure de proue de l'extrême gauche, lesbienne, mère célibataire et présidente de l'organisation en charge du planning familial de l'État de New York. Pour *Le Monde* qui titrait ce jour-là sur la primaire new-yorkaise, l'instauration potentielle d'un revenu universel dans l'antre du capitalisme semblait aussi inattendue que l'invitation d'Alexandre de Rothschild à la Fête de l'Humanité.

4

Éléonore avait reçu de nombreux messages, enjoués de ses collègues, dévastés de Mackenzie. À l'annonce de la défaite de Williams, Mackenzie était allée danser avec quelques amis chez Public Records, un club LGBT de Brooklyn. Mackenzie fréquentait régulièrement ce club où elle emmenait des artistes rencontrés en début de soirée à un vernissage ou un dîner de mécènes.

Mackenzie avait fait partie de l'équipe de campagne de Williams. Le Guggenheim avait consenti à lui octroyer un temps partiel pendant une période de six mois afin qu'elle puisse s'investir dans la campagne tout en continuant à exercer son métier de conservatrice.

Mackenzie était une femme sensible et instinctive dont l'aisance sociale révélait l'intelligence émotionnelle. Elle aimait prendre soin des autres. La société des masques et du gel hydroalcoolique, que la pandémie avait installée, l'avait affaiblie. Travailler au quartier général de Williams l'avait revigorée. Elle s'était fait de bons camarades et couchait régulièrement avec l'un d'eux, Jay. Barbu et coiffé d'une coupe Pompadour, Jay avait quarante-trois ans et était ingénieur chez Google. Il habitait au troisième étage d'un *brownstone* de Brooklyn Heights, à trois blocs de chez elle. Mackenzie s'était confiée à Éléonore sur cette « relation CF », mais la journaliste n'avait pas compris le sens de l'acronyme. « Dans le jargon des célibataires, CF, c'est sans transports en commun, lui avait expliqué Mackenzie. C'est *Covid-Free* comme la sodomie, que je préconise par plaisir et par précaution. » Mackenzie aimait la provocation. Éléonore avait toutefois trouvé l'idée originale et regretté que Tinder n'y ait pas pensé. Cela aurait certainement renforcé le leadership de l'application de rencontre.

Éléonore posa son smartphone sur le tapis et referma ses paupières. Sa bouche était pâteuse, ses lèvres sèches et gercées. Elle les mordilla et sectionna une petite peau avec ses dents. Éléonore avait toujours eu le goût de la chair, un penchant pour la morsure. Aux lèvres gercées venaient s'ajouter les croûtes de ses plaies qu'elle prenait tant de plaisir à décoller méticuleusement. Sa tête était lourde. Éléonore n'avait jamais aimé le bourgogne décanté.

Un bain de lumière inonda progressivement la pièce. Le réveil de Zoé était imminent. Éléonore n'avait plus le choix. Elle dévala l'escalier le plus silencieusement possible. Deux marches en bois grincèrent légèrement. Elle les connaissait bien ces geignardes. Elle emprunta le bon côté de la latte pour limiter le grincement. En passant devant leur chambre à coucher, elle glissa sa tête dans l'embrasure de la porte. Zack dormait à poings fermés et de son côté du lit. Le sien était intact. Zack respectait les files d'attente comme sa place dans leur lit, là où elle se serait étalée en diagonale. Éléonore n'avait jamais su attendre ni donner sa place. Elle tira la porte coulissante et se dirigea vers la cuisine. Accoudée au comptoir, elle lut des articles en se demandant ce que donnerait la politique de Park s'il battait le candidat républicain. Léchant consciencieusement la mousse de son cappuccino, elle écoutait le crépitement des fines bulles de lait. Cette délicatesse l'émoustillait.

Zack interrompit ce moment de quiétude matinale. « Tu t'es encore endormie ! la morigéna-t-il en buvant son café. J'espère que tu as vu les résultats ! » S'endormir pendant une soirée électorale était un sacrilège aux yeux de Zack. L'histoire se jouait, il fallait être là. Hélas, Éléonore s'endormait facilement. En dehors des soirs d'élection, Zack ne se plaignait jamais de ses nocturnes en solitaire dont il profitait pour se masturber en paix devant des films pornographiques.

5

La victoire de Park réjouissait Zack. Comme Éléonore, Zack appartenait à une espèce en voie de disparition : les centristes.

« On n'a jamais vu une primaire démocrate aussi serrée à New York. Park l'a échappé belle, s'exclama-t-il. Nous allons enfin avoir un maire compétent !

— L'élection n'est pas encore gagnée, lui rappela Éléonore. Park doit battre le candidat républicain.

— Certes mais il est favori. New York reste un bastion démocrate. Et heureusement ! On ne peut pas s'en sortir sans le revenu universel. Comme le pressent le patron de Google, on ne pourra pas échapper aux cinquante pour cent de chômeurs. Que va-t-on en faire s'ils se droguent ou picolent ? C'est ça le risque. »

Éléonore avait conscience que le risque se nichait dans les démons de l'addiction qui attendaient, tapis, de pouvoir s'emparer de ces proies chancelantes, fragilisées par un système qui les avait laissées sur le carreau. Malheureusement, personne ne s'insurgeait contre le fait que des millions d'Américains puissent mourir d'overdose, mais personne n'aurait voulu payer pour cela.

« C'est triste de devoir perfuser financièrement la population, dit Éléonore. Cela veut dire que le capitalisme est à bout de souffle !

— Quelle est l'alternative ? On n'a rien trouvé de mieux que le capitalisme. Regarde la richesse que ce système a créée : l'innovation technologique, les avancées scientifiques... Un vaccin contre le covid en douze mois, c'est inouï ! Même Macron n'y croyait pas ! Depuis la chute du Mur, la démocratie a fait des progrès spectaculaires. C'est grâce au capitalisme, Éléonore, que le monde se porte mieux !

— Le monde des happy few ? Le monde des zéro un pour cent qui peuvent se payer des armées de fiscalistes ? Sans aucun doute ! Jeff Bezos peut s'envoler dans l'espace, l'esprit tranquille. On sauve aujourd'hui cinquante pour cent de la population, demain quatre-vingt-dix, pour que dix pour cent puissent écrire l'Histoire.

— Oh tu sais, l'Histoire... elle n'a jamais été écrite que par les vainqueurs ! »

Éléonore aurait voulu pouvoir éprouver la même indifférence que Zack, un manque cinglant d'empathie, mais l'inquiétude la minait lorsqu'elle visualisait un tel écrasement du système.

« Envoie un message à ton père. La primaire semblait l'intéresser », suggéra Zack. Le père d'Éléonore était un homme féru de politique qui passait son temps à pester contre les prétendus fléaux de la France : les acquis sociaux, l'impôt et l'immigration. Jeune étudiant à Sciences Po, militant au sein de l'UDR, il avait un temps envisagé une carrière au service de l'État, mais la mort accidentelle de son propre père en avait décidé autrement. L'assurance-vie n'ayant pas été renouvelée au moment du décès, l'étudiant avait dû gagner sa vie à la hâte.

Le père d'Éléonore était un conservateur chevronné que la technologie repoussait, il était scandalisé par cette « société du sans-humain » et n'avait jamais appris à communiquer par e-mail. Cet homme, qui nouait aisément des amitiés dans des ascenseurs ou sur des télésièges, aimait le contact avec les gens. Sa sociabilité avait souvent embarrassé Éléonore, d'un naturel réservé.

Elle lui adressa par sms le premier article qu'elle trouva en français sur la victoire de Park. La probabilité que son journal de prédilection, *Le Dauphiné libéré,* relaie l'information entre les rubriques « Départements » et « Montagne » était nulle. Les chèvres sauvées à deux mille mètres d'altitude avaient davantage de chances de faire la une. Il restait bien le journal télévisé de Marie-Sophie Lacarrau mais depuis que PPDA, Claire Chazal et Jean-Pierre Pernaut avaient été priés d'aller jouer au bridge, ses parents n'étaient plus aussi assidus.

Le téléphone d'Éléonore sonna sur-le-champ.

« Si même les New-Yorkais se mettent au revenu universel, que va-t-on devenir ? lui dit-il. Écoper de la version sino-américaine de Macron en ce moment, ce n'est vraiment pas de chance !

— Tu as tort ! Park fera un très bon maire, rétorqua Éléonore.

— Foutaises ! Ce dont vous avez besoin après le mandat d'une mollesse sans précédent de De Bizio…

— Blasio, papa, De Blasio !

— Blasio si tu veux… Ce dont vous avez besoin, c'est d'autorité ! J'espère que le républicain va l'emporter ! Vous avez trop de taxes et surtout trop d'immigration. Regarde ce qu'est devenue New York… Il y a des clodos, de la misère et du désordre partout. Au temps de Bloomberg, la ville avait une autre allure !

— Arrête ! Je n'aime pas que tu tiennes de tels propos.

— Tu te trompes ma pauvre enfant. On a le même problème en France. C'est l'immigration qui a mis la France à genoux, en plus de tous ces syndiqués, de tous ces fainéants, la SNCF en tête ! Le syndicat, c'est la chienlit comme l'immigration ! Tout ça, c'est la faute à Mitt'rand ! Il nous aura bien mis dans la merde ce salopard ! »

Éléonore qui avait appris à réprimer son indignation face à l'emportement paternel rappela à son père que les immigrés constituaient la majorité des effectifs des GAFAM.

« Tu me parles d'immigrés éduqués à l'X ou à Stanford, objecta-t-il. Ça n'a absolument rien à voir. »

Consciente de l'impasse de leur discussion, Éléonore raccrocha.

« Sacré Paul, toujours égal à lui-même ! » s'exclama Zack qui avait suivi de près la conversation. Si le français de Zack était parfois approximatif, sa compréhension était néanmoins parfaite. Zack avait grandi dans un foyer républicain près de Cairo dans les Catskills, les montagnes situées au nord de l'État de New York, avant de déménager à Brooklyn où ses parents tenaient une pharmacie près de Park Slope. Les apothicaires avaient flairé la bonne affaire en s'installant dans ce coin avant que les hipsters déferlent et fassent flamber le prix du mètre carré. Mais ces harpagons ne se seraient pas risqués à investir un centime dans la réfection de leur poussiéreux fonds de commerce. Leur vénalité n'avait d'égale que la crasse de leur gazinière. Malgré leur avarice, les parents de Zack lui avaient donné une éducation de qualité au sein d'une école privée où des cours de français étaient dispensés aux meilleurs élèves. Sorti du cadre éducatif, Zack n'avait écopé de rien. Il n'avait jamais été ni un enfant gâté, ni un enfant aimé, simplement un rejeton dont on avait eu la bonté de ne pas avorter.

« Les marchés baissent ! L'effet Park ! » s'écria-t-il soudain, les yeux rivés sur son téléphone. Éléonore, qui préparait le petit déjeuner de Zoé, sursauta. Elle ne comprenait pas l'addiction de Zack pour la Bourse. « Ce marché, c'est ma vie ! lui avait-il, un jour, expliqué. C'est important de sentir les tendances, surtout en pleine levée de fonds. » Zack était un cochon truffier dont l'odorat sélectif ne sentait, en dehors des marchés, que les mauvaises odeurs. Le parfum d'Éléonore échappait à sa vigilance olfactive, le corollaire d'une muqueuse jaune capricieuse qui ne flairait que le chiffre.

Le téléphone d'Éléonore vibra. Bethan avait décidé d'avancer leur échange sur l'Ethereum à huit heures quarante-cinq. L'Ethereum ou Zoé, Éléonore devait choisir. Elle ne pouvait de toute évidence pas compter sur Zack, prêt à partir pour son premier rendez-vous avant de rejoindre Miami. Elle réveilla Zoé puis se précipita sous la douche.

D'ordinaire, Éléonore se laissait aller à une masturbation matinale, la puissance de l'eau masquant le bruit de son vibromasseur. Ce matin-là, elle n'en eut aucune envie. Zack et elle avaient pourtant renoncé à toute sexualité depuis longtemps. La cause aurait pu être médicale : une maladie endocrinienne, un trouble de l'érection ou une consommation excessive d'alcool. Éléonore et Zack ne cochaient aucune de ces cases. Faire l'amour ne rapportait rien dans le monde du sous-vide. Cette jouissance-là aussi avait été reportée. « Vous attendez d'avoir la vulve fripée et la queue molle ? » la taquinait Mackenzie. « D'ici là, on aura peut-être inventé la régénérescence génitale. La science, il n'y a que ça de vrai ! » lui avait rétorqué Éléonore, sur un ton d'une lucidité glaçante. Le bonheur conjugal n'était plus, à ses yeux, qu'une ambition de crédules.

6

Éléonore déjeunait le premier jeudi de chaque mois avec Matt Lawkins. Ce jour-là, ils avaient rendez-vous chez Milos, un restaurant grec huppé de Midtown. Éléonore raffolait de leur baklava, une pâtisserie grecque faite de pâte filo, d'amandes, de noix et de miel. Celui de Milos était parfaitement croustillant à l'extérieur et divinement gluant à l'intérieur. Cette gourmandise aux arômes de clou de girofle et de cannelle lui rappelait un baklava inoubliable, savouré vingt ans plus tôt dans un restaurant décrépit d'Athènes.

Éléonore et Matt entretenaient une relation professionnelle depuis plusieurs années. Leurs conversations déviaient parfois vers les voyages mais jamais vers des sujets d'ordre personnel. Matt avait une passion pour les destinations insulaires, de l'hémisphère Nord en particulier : l'Islande, Fogo Island, les îles Féroé…

Ce jour-là, Matt était en retard. Un serveur à l'accent portoricain avait installé Éléonore en terrasse. « Eau plate ou gazeuse ? » Éléonore opta pour une eau gazeuse. Le serveur lui apporta immédiatement une bouteille de Zagori, une eau grecque *pétillante et pleine de caractère*. Éléonore regarda les bulles éclater à la surface du verre. Matt arriva en trombe au moment où elle avalait sa première gorgée. Décevante, se dit Éléonore qui trouva cette Zagori bien plate. Dans l'aseptisé new-yorkais, même l'eau pétillante n'avait plus tellement de peps.

Matt était un Californien de quarante-deux ans au teint hâlé et aux dents blanches comme de la porcelaine. Il avait le pas vif, le torse légèrement bombé et de larges épaules ouvertes. Il ne portait jamais de chemises, uniquement des tee-shirts bleu nuit en lycra qui mettaient admirablement en valeur son corps de triathlète. L'échancrure de ses tee-shirts laissait entrevoir un torse impeccablement épilé. Comme tout triathlète, Matt rasait son corps dans l'espoir de gagner quelques précieux centièmes de seconde. La vie de Matt était une vie calculée au centième.

Associé de l'un des fonds de venture capital les plus actifs en deep tech, Deep Tech Global Bridge, Matt partageait son temps entre New York et Palm Beach, où il jouait assidûment au golf. Il était membre du Trump International West Palm Beach Club dont les photos du site vantaient dignement les bienfaits du Roundup. Même les producteurs d'herbicides n'auraient pas fait mieux en matière publicitaire. « C'est sur un terrain de golf que l'on cerne le mieux une personnalité », arguait Matt pour lequel la conclusion d'un deal passait toujours par un swing. Quelles que fussent ses méthodes, la performance de ce fonds était absolument remarquable.

Matt engagea la conversation sur les sociétés biotechnologiques. Depuis la pandémie, les investisseurs en étaient friands. Il évoqua ensuite son nouveau pari : l'informatique quantique.

« Nous accélérons dans ce domaine, annonça-t-il entre deux goulées de matcha. Le marché est encore petit, deux milliards environ, mais nous sommes prêts à miser beaucoup.

— Quel est le meilleur investissement selon vous ? demanda Éléonore, intriguée.

— Higgs World ! Cette start-up vaut de l'or. Nous avons investi vingt-cinq millions en série A en 2019. Nous venons de remettre soixante-dix millions en série B. C'est une licorne, cela ne fait aucun doute. »

Matt était un homme excessivement *bullish*. L'optimisme sans faille des ténors de la finance magique avait toujours amusé Éléonore. Pour eux, un marché était toujours haussier. Elle regrettait presque de ne pas les avoir vus à l'œuvre en 2008 lorsque la veille du crash de Lehman Brothers et de l'éclatement de la bulle des subprimes ces candides de la roulette juraient obstinément que le marché n'avait jamais été aussi stable. À l'époque, Éléonore était encore une jeune stagiaire au journal *Le Monde* à Paris, au sein du département Culture, celui des paladins altermondialistes à tendance écolo. Ces dix dernières années, elle avait néanmoins eu droit à une séance de rattrapage, aux histoires de guerre de ces Lawkins pour lesquels guerre rimait davantage avec stimulus qu'avec Afghanistan. Se disputer l'enveloppe allouée au sauvetage des banques par l'auguste Obama, voilà à quoi se vouaient ces gladiateurs contemporains. Ils les avaient négociés à l'arme blanche leurs bonus mirobolants, au détriment des petits porteurs. Les temps avaient changé, pas les hommes. Obama avait sauvé les banques. Biden sauvait les ventes de baskets. Le sens des priorités des Américains restait, pour Éléonore, une énigme.

« Quelle est l'activité principale de Higgs World ? poursuivit-elle.

— Ils construisent le SpaceX de l'informatique quantique, un ordinateur quantique capable de révolutionner nos manières de communiquer et de travailler. La prochaine révolution, ce sont eux. Ils sont brillants, le fondateur en particulier. C'est un Allemand qui a fait sa carrière aux États-Unis. Il est très réputé. Il s'appelle Juergen Gadamer. Il doit avoir à peine plus de cinquante ans.

— Quel pedigree ?

— Cinq ans chez Google à la direction du Quantum AI Lab. Avant cela, vingt ans de recherche au sein du laboratoire de physique quantique de Stanford. »

Les recherches qu'Éléonore effectua à son retour au bureau confirmèrent les dires de Lawkins. Gadamer était un physicien reconnu qui, outre ses activités à Stanford, avait collaboré à de nombreuses reprises avec le département de physique quantique de Yale. Il avait concentré ses travaux de recherche sur les qubits supraconducteurs basés sur l'effet Josephson.

Éléonore tenta de le contacter. Elle le sollicita par e-mail à trois reprises puis, toujours sans réponse, chercha à joindre son assistante. De sa voix assurée, celle-ci lui promit, jura, cracha, une réponse dans les plus brefs délais.

Malheureusement, Éléonore et elle ne devaient pas avoir le même sens de la promesse ou le même goût pour le crachat.

De manière totalement inattendue, Éléonore reçut trois jours plus tard un e-mail laconique de Juergen, lui proposant qu'ils se rencontrent le mardi suivant pour un entretien de trente-trois minutes dans les locaux de Higgs World. Éléonore n'avait guère apprécié l'écriture lapidaire mais le « trente-trois minutes » l'avait beaucoup amusée, elle qui détestait l'imprécision.

7

Les bureaux de Higgs World étaient localisés à Holmdel dans le New Jersey, à une heure de route de Manhattan. Éléonore suivit scrupuleusement les indications du GPS tant la signalisation était d'une fiabilité douteuse. Si les responsables de la voirie étaient aussi compétents que ceux du DMV, organe chargé de dispenser les permis, l'état des routes américaines n'était guère étonnant. Lors de sa dernière visite, le DMV avait confié à un aveugle la tâche de vérifier ses papiers d'identité. La journaliste avait découvert, éberluée, le concept américain de lecture inclusive.

Elle roulait sur l'Interstate 95 depuis vingt minutes. Aux barrières en parpaings endommagés s'ajoutaient des bandes de sécurité noires de débris. Le nettoyage hebdomadaire des autoroutes était un luxe que seuls les États européens à la limite de la faillite pouvaient encore s'offrir. Il fallait pour cela disposer d'un sacré sens de la voirie. Éléonore était perdue dans ses pensées lorsque sa playlist se mit à jouer *No Surprises* de Radiohead.

La voix de Thom Yorke la fit tressaillir. Ses lèvres se crispèrent. Sa mémoire se mit en branle, pas tellement à cause des paroles que toute sa génération avait fredonnées mais parce que cette chanson portait la trace indélébile de vieux ginglymes. Pour elle, cette mélodie était attachée à Florence. Elle se revit déambuler avec Victor dans les ruelles désertes de l'Oltrarno. Sur la Via del Leone, en direction du Giardino Torrigiani, ils avaient entendu les paroles de *No Surprises* flotter dans l'obscurité chaude et enveloppante. Elles venaient d'une petite baraque aux volets verts. Sur la façade, la peinture s'effritait. Éléonore avait eu envie de la peler jusqu'au ciment. Ce n'était pas la voix de Thom Yorke qui s'échappait de la fenêtre mais celle d'un homme qui jouait de la guitare.

Sa voix était sublimement imparfaite, délicatement éraillée. Éléonore avait alors senti la main de Victor attraper la sienne. Cette main était puissante et soignée. Victor serrait si fort que le sang peinait à circuler. La bague qu'il portait au majeur droit engourdissait son annulaire. Malgré tout, elle n'aurait voulu, pour rien au monde, qu'il la lâchât. Un amour immarcescible naissait entre eux. Cette main était un aveu, ressentir sa chaleur l'ébranlait. Éléonore se souvenait de la forme de ses ongles, de la longueur de ses phalanges, des plis de sa paume, de la légère courbure de son index, mais surtout de la caresse de son toucher. Du langage anatomique de leurs phalanges entrelacées avait émané l'évidence de deux solitudes déracinées par la rencontre.

Éléonore flottait. La voix de Waze lui rappela qu'elle devait prendre la prochaine bifurcation. À contrecœur, elle quitta Florence pour Holmdel.

8

Situés sur Holmdel Middletown Road, les bureaux de Higgs World occupaient un bâtiment en verre de deux étages. Construit au milieu des années quatre-vingt-dix, l'édifice se trouvait à proximité des anciens laboratoires du groupe Bell. La structure en métal et les étroites baies vitrées donnaient à l'ensemble un aspect suranné. Le parking contenait une vingtaine de voitures, essentiellement des SUV. Le penchant des Américains pour les véhicules encombrants et polluants avait toujours étonné Éléonore.

Une femme blonde, au visage rond et aux joues pleines, l'accueillit. Éléonore reconnut immédiatement le timbre de sa voix. Son embonpoint lui donnait un air avenant. Elle se présenta. Elle se prénommait Nicole mais tout le monde l'appelait Nicky. Nicky proposa à Éléonore un café qu'elle accepta volontiers. Tout le monde sollicitait Nicky, tantôt pour un problème de machine à café, tantôt pour la clé du placard à fournitures sur lequel la voluptueuse gardait un œil fardé.

En dehors des bavardages de Nicky, le silence régnait.

L'atmosphère était d'autant plus feutrée qu'une cloison en verre séparait la réception où Éléonore se tenait de l'open space où les ingénieurs travaillaient. Nicky l'avait renommé « Le Bocal ». Et elle avait vu juste. On sentait poindre la jugeote d'une femme mûre qui avait suffisamment bourlingué pour flairer tout de suite où elle mettait les pieds. Elle était contente de les avoir posés là, ses pieds bottés. Ils n'avaient jamais tâté de l'aussi soigné. Quand Nicky pénétra dans l'open space, Éléonore se rendit compte qu'il s'agissait d'un vitrage sans tain. Camouflés dans leur bulle vitrée, les ingénieurs ne percevaient rien de l'environnement extérieur. La pièce qu'ils occupaient était immense. Des box, munis chacun de quatre écrans et délimités par de grands panneaux en plexiglas, séparaient les espaces de travail. Tous étaient identiques, sauf un. L'œil d'Éléonore s'arrêta sur le dernier bureau de la première rangée, celui situé face à la cuisine. Une figurine familière se tenait entre le combiné téléphonique et un pot à crayons. Elle s'approcha de la vitre pour l'observer. C'était elle, sa fusée Tintin ! Cette figurine avait occupé l'une des étagères de sa chambre pendant toute son enfance. Le soir, son emplacement lui octroyait le privilège d'être la dernière image que ses yeux saisissaient avant de succomber. Elle s'endormait systématiquement du côté gauche du lit, le côté *Objectif Lune*. Comme le papier peint de son enfance, l'embrasure de sa porte ou le motif de sa couette, cette figurine Tintin avait marqué d'une empreinte indélébile la mémoire d'Éléonore.

En regardant la fusée, elle se dit qu'elle ne s'en était pas si mal sortie. Naviguer à vue pendant plus d'une décennie dans la soûlographie maternelle avait bien sûr eu son lot de dommages collatéraux, à commencer par la névrose phobique qui avait parasité sa vie. Des comas éthyliques aux échappées nocturnes de l'alcoolo, Éléonore avait écopé d'un dégoût viscéral pour les objets et lieux de cet âge tendre. À la maison s'était substituée une inquiétante étrangeté. Au sein des parois de l'intime s'était déployé un effrayant territoire, sans limites et qui schlinguait la vinasse. Au contact de cet univers maternel glacé au sein duquel sa mère mijotait un suicide à cuisson lente, elle s'était sentie progressivement souillée. Seule une décontamination en règle permettait de venir à bout d'angoisses indicibles. Éléonore avait acquis très tôt une maîtrise totale des gestes barrières, un avant-gardisme providentiel. Un jour enfin, elle s'était enfuie pour en réchapper. Antoine Roquentin avait la nausée. Éléonore, la suffocation. Heureusement qu'il y avait eu les livres, ces parenthèses revitalisantes. À l'Écriture maternelle, elle avait préféré des fictions bien moins catholiques. Éléonore éprouvait une profonde reconnaissance à l'égard de tous ces personnages romanesques qui nourrissaient son imaginaire et comblaient le manque.

Sa vocation pour le journalisme avait surgi dans ce pli. Éléonore ressentait un besoin irrépressible de questionner le monde, en dépit de son absurdité. En regardant de nouveau la fusée, elle se demanda si le monde de licornes dans lequel elle végétait désormais avait réellement plus de sens que l'ivrognerie maternelle. Sans doute pas. Seul variait l'anesthésiant. Le monde n'avait pas plus de sens que le sexe. Toutes les positions étaient permises. Le tout était d'y trouver les bons partenaires de *je*u.

Éléonore détourna le regard de la fusée et s'installa dos à la vitre. Elle avait vingt minutes d'avance. Elle commença la relecture de l'interview de la cadre de Twitter avec laquelle elle s'était entretenue récemment. De temps à autre, elle s'arrêtait pour observer les gesticulations de Nicky. Elle n'arrivait décidément pas à l'imaginer cracher.

9

Juergen se tenait face à Éléonore qui, plongée dans son interview, en avait oublié son rendez-vous. À l'appel de son nom, elle leva les yeux. L'impressionnante carrure du physicien la surprit. Juergen était chauve, son crâne parfaitement lisse. Ses grands yeux noisette et sa barbe de trois jours donnaient de la douceur à son allure. La sobriété de son vêtement noir, du jean au pull col mao en fine laine d'agneau, amplifiait un regard aussi ferme qu'une poignée de main que l'on ne se donnait plus.

« Enchantée ! » s'exclama Éléonore en réunissant ses affaires. « Suivez-moi ! » lui dit-il. Éléonore lui emboîta le pas. Ils longèrent l'open space puis obliquèrent vers la droite. Par déférence, il la laissa entrer la première dans son bureau. La pièce était de taille moyenne et comportait peu de meubles excepté une grande table en chêne massif, un fauteuil et deux chaises en cuir marron. Aucun papier ne traînait en dehors d'une pile de magazines près de la fenêtre. Au sol, une moquette bleu nuit mouchetée accentuait le caractère impersonnel de l'espace. Le regard d'Éléonore se posa sur une ribambelle de Rubik's Cube, disposés le long du bureau. Cube régulier, pyramide, cylindre, rhomboèdre, octaèdre, dodécaèdre… Cette suite multicolore qui farandolait gaiement entre les cernes du chêne lui plut.

« Que me vaut la visite de *The Economist* ? lui demanda Juergen, une fois installé dans son fauteuil.

— Je prépare un dossier sur l'informatique quantique. Je m'intéresse aux start-up de ce secteur. Vous dirigez la plus importante d'entre elles. Il m'eût été difficile de mener ce travail sans vous rencontrer. »

Juergen retira ses lunettes et se mit à mâchouiller l'extrémité de ses branches pendant que son regard scrutait un dodécaèdre pentagonal. Éléonore remarqua que son sourcil gauche, arqué et broussailleux, tressautait. L'épaisse monture noire de ses lunettes cachait admirablement le tic.

« Savez-vous où ont été fabriqués les premiers qubits supraconducteurs exploitant les propriétés des jonctions Josephson que nous utilisons ? » La connaissance d'Éléonore en histoire de l'informatique quantique était relativement sommaire mais elle avait lu, en préparant cet entretien, que les qubits supraconducteurs étaient assez semblables aux puces électroniques et permettaient de créer des objets quantiques relativement macroscopiques. Ces objets étaient des qubits, aussi appelés bits quantiques, bien plus maniables que des atomes individuels.

Juergen remit ses lunettes, se leva et lui montra du doigt un énorme complexe industriel distant de quelques centaines de mètres. « Là-bas, lui dit-il avant de retourner s'asseoir. Les laboratoires Bell ont mis au point la première jonction Josephson en 1963. Ce lieu est absolument mythique pour un physicien. » Les yeux de Juergen pétillèrent. Il attrapa le dodécaèdre, se tassa dans sa chaise et ramena son talon droit sur son genou gauche, dévoilant une basket argent, ornée de lacets vert anis, qui tranchait crûment avec la sobriété de son vêtement. Vivre dans le New Jersey n'avait en rien entaché un goût assumé pour la marginalité podale.

« Vous êtes au bon endroit pour faire avancer la recherche ! Pourquoi ne pas vous être installé dans l'espace de Bell Works ? lui demanda-t-elle pendant qu'il manipulait son jouet.

— Pour faire fonctionner un qubit, il est absolument nécessaire de réduire au maximum les interférences à même de mettre fin à l'état de cohérence telles que les vibrations, les changements de température, les ondes électromagnétiques ou les radiations naturelles. Ces rayonnements ionisants sont émis par plus de soixante éléments chimiques naturellement présents dans notre environnement, que ce soit dans l'air, dans l'eau ou dans le sol. Ils peuvent aussi être importés par les rayonnements cosmiques du soleil qui traversent l'atmosphère. Or ces interférences altèrent les qubits supraconducteurs que nous utilisons. Exposés à ces radiations, les qubits ne peuvent fonctionner que quatre millisecondes, ce qui est insuffisant pour constituer un calculateur stable et fonctionnel. Par conséquent, nous avions besoin d'un bâtiment relativement isolé.

— Quel type d'ordinateur quantique construisez-vous ?

— Un universel à base de qubits supraconducteurs.

— Vous avez passé de longues années à faire de la recherche à l'université de Stanford avant de prendre la direction du laboratoire de Google. Pourquoi avoir décidé de lancer une start-up alors que vous disposiez d'un environnement privilégié dans le domaine de la recherche et de ressources que beaucoup vous auraient enviées ? Pourquoi avoir pris un tel risque ?

— En 2017, j'ai fait la connaissance d'un jeune chercheur qui travaillait sur un algorithme d'intelligence artificielle focalisé sur l'auto-organisation d'un groupe de personnes. Il s'agissait d'une sorte d'"algorithme P-DG". Cet algorithme était capable de gérer l'échange de données, la hiérarchisation de tâches, d'un grand nombre de tâches. Au même moment, aux États-Unis, étaient lancés plusieurs projets de puces cérébrales. La plus connue est bien entendu celle de Neurathink. J'ai alors eu l'idée de développer un ordinateur quantique universel capable d'aider le processus décisionnel humain par le biais d'un implant cérébral. Je m'explique... L'humain est victime en permanence d'une douzaine de biais qui altèrent sa capacité de jugement. En plus d'être biaisé, le cerveau humain dispose d'une capacité d'abstraction limitée. Il est en quelque sorte un ordinateur quantique qui plafonne à quatre qubits. Notre objectif est d'augmenter la puissance du cerveau humain par l'usage d'un ordinateur quantique. L'implant permettra cette connexion. Google n'a pas souhaité soutenir ce projet. La mission de Google est bien plus globale. Il s'agit de construire l'ordinateur quantique le plus universel et le plus puissant du marché, d'accéder à ce que l'on appelle la suprématie quantique. C'est l'ambition de Google, pas la mienne. Je disposais certes d'un centre de recherche idéal mais j'ai préféré suivre mon intuition. Je ne pouvais pas ne pas le faire. Cet outil sera une telle révolution. »

Dans les paroles de Juergen se dessinait la vertu inaugurale du commencement, le courage. Ce geste par-delà la nature humaine révélait le souffle de liberté qui animait le physicien. C'est ce souffle que ressentit Éléonore, ce jour-là. Comme elle, Juergen faisait partie des êtres capables de naviguer à vue.

« Si je comprends bien, votre objectif est de développer un ordinateur quantique dédié spécifiquement à l'application de cet algorithme, n'est-ce pas ?

— Très précisément.

— Que fera concrètement cet algorithme ? Il connectera un individu à une base de données ?

— Il permettra la connexion entre deux implants cérébraux : celui de la personne A et celui de la personne B. Imaginez que vous soyez la dirigeante d'une grande entreprise et que vous ayez à mener une négociation. En temps normal, vous devez consulter votre équipe d'avocats, votre comptable, votre directeur financier, votre banquier, bref une flopée de spécialistes. Vous, en tant qu'humain, n'êtes capable d'anticiper que deux à trois coups d'avance dans le processus de négociation, sur un ou deux points précis, alors que se jouent bien plus de problématiques. Cela restreint l'objectif atteignable. En somme, vous négociez moins bien. Grâce à notre algorithme qui permettra de créer un arbre de décision optimal, la dirigeante, porteuse de l'implant, sera en mesure de recevoir instantanément les informations dont elle a besoin de toutes les parties prenantes. Elle sera donc en mesure de négocier sur la base non plus d'un ou deux éléments, mais de dix éléments potentiellement. Elle pourra ainsi anticiper dix étapes d'avance. Et cela change absolument tout !

— En d'autres termes, vous mettez au point un système de télépathie ? » conclut Éléonore, amusée.

Juergen sourit.

« Aujourd'hui, l'ordinateur quantique universel de Google repose sur soixante-deux qubits, reprit-elle. D'après les experts, il faudra des décennies pour augmenter significativement cette puissance de manière stable. Dans ce contexte, quelle est la puissance quantique requise pour que votre algorithme fonctionne ? Soixante-deux qubits ? Cent ? Plus ? »

Juergen la regarda avec admiration. Le physicien n'appréciait guère les journalistes d'ordinaire mais il percevait chez Éléonore une vivacité d'esprit, une intelligence et une compréhension de son domaine remarquables. Embarrassée par son silence, Éléonore esquissa un rictus puis dévia son regard vers ses notes.

« Notre technologie fonctionne avec soixante-deux qubits, dit-il alors. Notre problème principal à ce jour est le passage du traditionnel au quantique. Cet algorithme fonctionne avec un ordinateur traditionnel pourvu de milliards de transistors mais il ne fonctionne pas encore avec un ordinateur quantique. C'est tout l'enjeu. À partir du moment où l'ordinateur quantique sera capable de faire fonctionner cet algorithme, il mettra quelques minutes à faire des calculs qui actuellement prennent des années. C'est cela qui rendra l'implant opérationnel.

— En ce qui concerne l'implant, qui vous le fournira ?

— Gertrude, une start-up concurrente de Neurathink, le leader du marché. »

L'impatience commençait à poindre sur le visage du physicien. Le tressautement de son sourcil gauche s'accentuait au fur et à mesure que l'heure avançait. Éléonore avait elle-même de plus en plus de mal à se concentrer. Elle persista néanmoins : « Pourquoi avoir choisi de vous concentrer sur le hardware plutôt que sur le software ?

— Parce que certaines grandes entreprises comme Amazon sont déjà très avancées sur le software. »

L'attention de la jeune femme fut alors attirée par un petit meuble en bois dont la vitre laissait entrevoir une collection de cyclistes miniatures. Elle reconnut immédiatement deux d'entre eux : le jaune et le blanc à pois rouges. Éléonore ne put contenir un pouffement étouffé tant la présence de ce cabinet de curiosités lui parut incongrue. Juergen, saisissant son intérêt, se leva, ouvrit la porte vitrée et attrapa le cycliste jaune.

« Votre maillot jaune ! dit-il en français, brandissant fièrement l'objet. Vous êtes française, n'est-ce pas ?

— Et américaine ! »

Sa réponse l'amusa. Son front se lissa et son sourcil s'apaisa. Sur le visage de Juergen s'esquissait toute la candeur d'une âme d'enfant. « J'ai un faible pour le cyclisme, en particulier le Tour de France, confia-t-il en reposant la miniature. Vous voyez ces magazines ? » dit-il, en lui montrant du doigt la pile près de la fenêtre. Éléonore hocha la tête. « Ce sont les derniers numéros de *France Cyclisme* ! »

Elle repensa à son père qui, chaque dimanche après-midi, s'affalait dans son fauteuil et se plongeait dans *Miroir du cyclisme*, et se revit soudain sur ses épaules en train d'acclamer les coureurs du Tour qui descendaient à pleine vitesse le col du Granier, un col première catégorie du massif de la Chartreuse. Elle entendit le bourdonnement du peloton dont les couleurs chatoyantes faisaient vibrer ses yeux d'enfant.

Éléonore jeta de nouveau un coup d'œil aux chaussures de Juergen. Fallait-il conclure à un fétichisme du pied ? Cet homme était, pour le moins, intrigant. Elle le remercia et se leva. En pivotant vers la porte, son regard s'arrêta sur l'œuvre d'art installée au mur. « Une œuvre d'Anicka Yi ! Je ne m'y attendais pas », dit-elle, surprise. Yi était l'une des artistes les plus prisées de la scène artistique internationale. Éléonore et Mackenzie avaient visité sa première exposition dans une jeune galerie de Chinatown. Éléonore aimait beaucoup son travail que depuis elle suivait fidèlement.

« Une connaissance du MIT, lui confia Juergen.

— J'ai un excellent souvenir de sa dernière exposition à New York. Quel prodige ! Explorer la notion de féminisme d'une manière olfactive, c'est tout simplement brillant ! »

Grâce à sa collaboration avec un biologiste réputé, Yi avait créé une œuvre intitulée *Que sent le féminisme ?* à partir de bactéries prélevées dans les bouches et les vagins d'une centaine de participantes.

« Époustouflant, en effet ! L'odeur vagino-buccale... il fallait y penser ! Je vois que vous n'êtes pas seulement passionnée par les problématiques scientifiques. Nous devrions en reparler mais là malheureusement je dois y aller », s'excusa Juergen.

Éléonore rejoignit la réception. D'un geste de la main, elle salua Nicky qui se débattait avec la fontaine à eau. Éléonore s'apprêtait à partir lorsque l'un des ingénieurs de l'équipe s'approcha d'elle.

« Euh… Je suis désolé… Je dois aller à Manhattan. Ça vous ennuierait de me ramener ? Je n'ai pas le permis », marmonna le jeune ingénieur, confus.

Nicky, qui avait observé la scène de loin, s'approcha.

« C'est notre mathématicien en chef. Vous pouvez le déposer ? On n'a personne qui part pour Manhattan avant la fin de la journée.

— Oui, bien sûr ! » répondit Éléonore, médusée par les baskets minimalistes du Mathématicien qui offraient le luxueux confort d'un compartiment par orteil.

Les tennis de Juergen semblaient, tout à coup, bien archaïques à côté de ces gants podaux dernier cri.

10

Le Mathématicien, d'origine chinoise, portait un tee-shirt noir, une veste légère The North Face, de petites lunettes à monture métallique et un sac à dos à chargeur intégré. Une gourde, gagnée à un tournoi de programmation, dépassait de la poche latérale droite de son sac. Il devait avoir trente ans. Le jeune homme, d'un naturel taciturne, semblait perdu dans ses pensées. Dans l'atmosphère taiseuse du véhicule, Éléonore réfléchissait au monde télépathique que la puce de Juergen ouvrirait, un monde où les pensées vagabonderaient sans contact. Si les gens n'avaient plus qu'à penser pour communiquer des idées, des goûts, des odeurs, auraient-ils encore besoin de se voir, de se toucher ou de se sentir ? Que resterait-il de l'humanité dans le monde du sensible de synthèse ? La mise au rebut des langues, des narines et des épidermes guettait. Éléonore en était désormais convaincue. « C'est peut-être cela la pente naturelle de l'évolution », pensa-t-elle.

Ce brassage intellectuel des sens lui rappela subitement le goût du pâté en croûte d'une petite boulangerie savoyarde. Derrière la devanture totalement insignifiante de ce modeste commerce, Éléonore avait ressenti ses premiers émois culinaires. Enfant, elle raffolait du pâté en croûte, de ce mélange subtil entre élégance et bestialité. À la première bouchée, elle sentait la croûte se fendre, craqueter en petits copeaux sous ses canines. Avec sa langue, elle écrasait la gelée fondante, les sucs des viandes venaient alors conquérir son palais. L'avant-goût d'un pâté en croûte dématérialisé lui sembla amer. Cette idée la contraria.

La voix du Mathématicien sortit Éléonore de ses divagations.

« Vous pouvez me laisser sur la 8e après la sortie du tunnel ? balbutia-t-il poliment.

— Oui bien sûr, c'est sur mon chemin. »

Le silence envahit de nouveau l'habitacle. Soudain, Éléonore s'exclama :

« Vous l'imaginez comment le monde d'après ? Un monde où tout le monde porterait votre puce...

— Efficace !

— Vous croyez que les gens sortiront encore de chez eux ? Qu'ils auront encore envie d'être ensemble ?

— Non, je ne crois pas.

— Mais alors... ils resteront cloîtrés dans leurs espaces intimes ? Une sorte de casaniérisme XXL.

— Oui.

— Et vous trouvez ça positif ?

— Il n'y aura plus d'accidents de la route. »

Dans la monotonie du ton de l'ingénieur comme dans la rectitude de son point de vue se lisait toute l'indifférence que cet homme pouvait éprouver à l'égard de l'humanité. Ce détachement révolta Éléonore qui eut envie de le secouer.

« Vous avez raison, il n'y aura plus d'accidents de la route ! ajouta-t-elle en prenant le volant à témoin. Éléonore gratifia l'outil directionnel d'une tape amicale dans laquelle se logeait une impudence retenue. On réduira le risque citadin ultime, le piéton imprudent, poursuivit-elle. C'est tellement dommage de perturber les statistiques de la sécurité routière à cause d'un manque d'attention… voire d'une paire d'AirPods ! Cela distrait plus qu'on ne le pense. »

La gestuelle d'Éléonore et son pouffement étouffé firent sourciller le Mathématicien. Il tourna subitement la tête et planta sa confusion dans le rictus sarcastique de la journaliste, qui s'obstina : « De nos jours, l'inadvertance sur la route, ça ne pardonne pas. Vous avez raison, ce sera positif. Et puis si on ne se voit plus, on ne se contamine plus. Voilà un autre effet à ne pas sous-estimer ! »

En s'enlisant dans l'ironie, elle éberlua l'ingénieur dont le regard se cramponna de nouveau au macadam.

Éléonore imagina alors la réaction du secrétaire d'État chargé des Transports si une baisse spectaculaire des accidents autoroutiers se produisait. De tels résultats exalteraient assurément Mister Secretary. Cela aurait de l'allure dans la communication de la Maison-Blanche. L'accident le plus fréquent deviendrait enfin le hacking de moelle épinière.

Éléonore riait en son for intérieur. Qu'elle eût aimé partager ce rire ! À l'époque, Victor l'aurait naturellement accompagnée. De ce point de vue là aussi, leur symbiose avait été parfaite. Zack comme le Mathématicien ne riaient pas. Une telle spontanéité contrevenait par nature à l'automatisme dans lequel leurs corps optimisés s'étaient murés. Rire restait l'une des seules expressions que l'on ne pouvait produire sur commande dans le théâtre de l'humanité augmentée. Rire jetait inextricablement dans un état infructueux provoqué par un éclatement de l'être qui, lorsqu'il était naturel, n'advenait que malgré soi. Pour Zack comme pour le Mathématicien, il eût fallu envisager un rire contrôlé, un faux rire à défaut d'un fou rire. La rédemption viendrait peut-être du côté de la puce, dernier recours contre la léthargie croissante des zygomatiques. En attendant le Mathématicien avait raison, il fallait rester optimiste. La société gagnerait tant en efficacité. Malheureusement, comme toute névrosée, Éléonore ne voyait le verre qu'à moitié vide.

« Votre puce ne permettra plus d'oublier, n'est-ce pas ? continua-t-elle.

— Non, la puce n'oublie rien. En informatique quantique, tout se conserve. C'est un anti-Alzheimer. »

Éléonore eut une pensée émue pour les personnes âgées car c'était bien pour eux que le pire s'annonçait. On ne pourrait certainement plus échapper à la révélation du taux de faux Alzheimer. L'infirmière de la maison de retraite de sa grand-mère n'avait pas hésité à le lui confier discrètement. « Les vieux sont loin d'être complètement séniles, ils simulent ! Mais oui ! Ils simulent, mam'zelle Éléonore. Les gosses sont trop intéressés. J'parle pas d'vous, elle n'a rien d'façon vot'e grand-mère… mais des gosses en général. » Éléonore s'était dit que simuler un Alzheimer n'était pas plus répréhensible que de simuler un orgasme. Les Français n'avaient qu'à autoriser l'exhérédation comme ils avaient autorisé le divorce. Promettre un héritage n'était-il pas tout aussi utopique que de promettre l'amour, si le critère était la moralité du bénéficiaire ? Éléonore conclut que la paix des familles passerait probablement par un encadrement très strict de la puce dans les centres de gériatrie.

Une question la tourmentait encore mais la Huitième Avenue était en vue. Lorsque le Mathématicien sortit de la voiture, son smartphone glissa de la poche de sa veste. Sur l'écran apparut une femme brune à la chatte touffue, allongée dans un hamac. Éléonore regarda l'écran avec attention. L'application Chrome n'avait pas été refermée avec suffisamment de soin. Elle jeta un œil au Mathématicien qui rougit de honte. Il attrapa son téléphone à la hâte, claqua la porte et disparut. C'était peut-être à cette image qu'il avait pensé pendant tout le trajet.

Éléonore prit la direction de l'Upper West Side. Cette question qu'elle n'avait pas eu le temps de lui poser était essentielle. Comment cette puce filtrerait-elle les pensées ? Alors que ses idées galopaient, son téléphone vibra. Mackenzie, la voix rauque, l'invita à dîner. La proposition arrivait au moment opportun : Zack était à Miami, Zoé en Harpagonie. Elles convinrent de se retrouver à dix-neuf heures.

11

Arrivée chez Malatesta, une trattoria de West Village où elle avait ses habitudes, Éléonore salua Hector, le chef, puis rejoignit Mackenzie dont l'optimisme semblait amoindri ce soir-là. Mackenzie avait beau collectionner les échecs amoureux, détester sa chef et boucler difficilement ses fins de mois, sa confiance en l'avenir était habituellement déroutante.

« Heureuse du résultat de Park ? » s'exclama-t-elle en embrassant Éléonore. La journaliste jubilait mais cela Mackenzie ne pouvait pas le comprendre. Comme Éléonore était une intellectuelle et une supportrice de la cause féministe, elle aurait dû soutenir Williams et son communautarisme inclusif. Les conceptions économique, politique et idéologique d'Éléonore étaient pourtant aux antipodes de celles de Williams.

« Elle a une vision moralisatrice de la démocratie qui me déplaît. C'est d'ailleurs aujourd'hui le grand problème de la gauche du Parti démocrate : la volonté d'imposer un carcan de valeurs, l'excès de bien-pensance, la surprotection des victimes, l'approche vulnérabilisante des minorités… C'est cela qui a ouvert la voie au grand monde des prêtres d'aujourd'hui. C'est une pente glissante !

— Nous avons justement besoin d'un maire dont la vision morale du monde puisse répondre à la détresse de millions de New-Yorkais laissés pour compte, rétorqua Mackenzie. La bienveillance doit devenir un outil politique. Les gens souffrent, Éléonore. Répondre à cette souffrance est devenu vital et ne peut certainement pas être considéré comme un excès… Williams en était, hélas, la seule capable. »

Contester les positions d'Éléonore avait redonné de la vigueur à Mackenzie. Le débat l'exaltait. Sa situation familiale expliquait en partie ce goût prononcé pour la politique. Mackenzie était une femme métisse américano-haïtienne qui avait grandi dans le Bronx entre un père américain blanc, directeur d'une maison de retraite pour les plus démunis, et une mère haïtienne, professeure d'anglais dans une école publique. Elle était née à Haïti et avait émigré aux États-Unis à l'âge de trois ans. Pour les Afro-Américains, elle n'était pas assez afro. Pour les Blancs, elle était trop noire. Mackenzie avait toujours été ballottée entre deux assignations.

Pour elle, la situation était claire : les mentalités ne pouvaient pas changer sous la férule d'un homme de la majorité. Park était peut-être asiatique, mais il venait du sérail. Tout portait à croire qu'il ne ferait rien pour l'égalité des chances.

« Je peux tout entendre mais ne me parle pas d'égalité des chances ! protesta Éléonore. L'égalité des chances ne fonctionne que dans un monde de clones. C'est une utopie. Ce concept est vaseux. Le monde est par nature hiérarchisé. Si l'État a un rôle à jouer, notamment dans les domaines de l'éducation et de la santé, c'est en vertu d'un principe d'égalité des droits, certainement pas des chances.

— Tu joues sur les mots ! N'en parlons plus. Cette élection est derrière nous. »

La pupille émoustillée, Mackenzie raconta sa dernière aventure à Éléonore. Sa conquête était un Argentin à l'abdomen ciselé, qui n'avait néanmoins pas le même penchant que Jay pour la sodomie.

« Je croyais que tu étais exclusive avec Jay, s'étonna Éléonore.

— Exclusive avec un absent ? Il n'y a que toi pour faire ça ! » lui objecta-t-elle.

En prononçant ces mots, Mackenzie laissa éclater un rire tonitruant qui donna à Éléonore envie de se cacher sous la table. Les aventures de Mackenzie lui semblaient pourtant rafraîchissantes. Mackenzie ne fantasmait pas, elle vivait.

« Le soir des primaires, Jay n'a pas voulu me suivre chez Public Records, ajouta-t-elle. Il a préféré rentrer dormir. Il avait un championnat de tennis de table. J'ai donc sympathisé avec cet Argentin. » La passion de Jay pour le ping-pong agaçait de plus en plus Mackenzie qui se sentait de moins en moins désirée. Jay enchaînait les compétitions à un rythme effréné et avec succès. Lorsqu'il ne jouait pas, il codait son application de whist. Depuis quelques semaines, leur relation périclitait.

Mackenzie s'inquiétait de leur avenir car la maternité la hantait. « Au XXIe siècle, le test ultime de la féminité reste la capacité à enfanter, dit-elle tristement. Regarde-toi, tu ne penserais pas à avoir un enfant si tu n'avais pas eu Zoé ? » Mackenzie avait sans doute raison mais trouver le coparent idéal n'était pas chose aisée. En Jay, elle avait décelé un père potentiel, un homme responsable. Elle en avait croisé peu au cours de sa vie amoureuse. Ses relations étaient parfois compliquées, souvent chaotiques.

Le physique de Mackenzie était pourtant avantageux. Elle plaisait aux hommes. C'était une belle femme. Elle mesurait un mètre soixante-quatorze. Sa silhouette était mince. Son goût pour le legging mettait en valeur la perfection de ses courbes. Ses pommettes étaient saillantes et ses traits, fins. Ses longs cheveux noirs lui donnaient un air légèrement hiératique. Mackenzie avait de la prestance. Elle avait malheureusement un goût prononcé pour les hommes infidèles.

Consciente que son risque d'infertilité augmentait, Mackenzie avait pris soin de congeler ses ovocytes. Cette démarche lui avait coûté ses vacances de Noël car le Guggenheim, contrairement à Google, n'offrait pas le gel d'ovocytes dans ses avantages salariaux.

12

Le serveur arriva avec deux plats de pâtes *alla chitarra*. Il râpa du parmesan frais sur leurs assiettes fumantes. Éléonore attrapa sa cuillère et commença à enrouler ses spaghettis, soufflant par intermittence sur la spirale gourmande. Elle gloussa de plaisir à la première bouchée. Hector avait décidément un don pour la *pasta*.

Un soir, alors qu'Éléonore dînait seule et que le restaurant était vide, Hector était venu s'asseoir à sa table. Il lui avait raconté l'histoire de sa famille d'Israël en Italie, leur exil forcé vers l'Amérique puis son enfance à Brooklyn. Le souvenir de sa grand-mère paternelle, qu'elle avait tant aimée, fut ravivé par ce voyage sur les rives italiennes. Comme Hector, Éléonore avait du sang italien et du sang juif. L'immigration était une grammaire familiale. Son départ avait été volontaire, mais malgré cela elle se demandait si rentrer aurait un jour un sens.

Les spaghettis terminés, Éléonore et Mackenzie commandèrent le savoureux tiramisu du chef qu'elles partagèrent devant l'air hébété de leurs voisins, deux sexagénaires choqués de les voir se servir dans le même plat. Et pourtant, ces deux-là n'avaient certainement pas consommé que des vierges effarouchées lorsque le sida faisait rage.

Lentement, elles savourèrent leur entremets, mariant le mascarpone avec quelques gorgées de montepulciano. Les tannins du bel italien madéfiaient la génoise moelleuse des boudoirs. Spongieux, gorgés à souhait, ils fondaient sur leurs langues conquises.

Mackenzie annonça à Éléonore que le Guggenheim allait accueillir une exposition de Mona Hatoum. Un gala était organisé en l'honneur de l'artiste. Mackenzie offrit deux places à son amie qui de joie l'embrassa.

« Viens avec ton mari, si tu le croises d'ici là », la piqua-t-elle. Mackenzie aurait voulu faire réagir Éléonore. La journaliste se contenta d'esquisser une grimace pleine d'amertume. Mackenzie avait raison. Zack et Éléonore passaient de moins en moins de temps ensemble. La fidélité dont cette dernière avait fait preuve pendant tant d'années avait été lavée par le ressentiment d'un épanouissement conjugal à sens unique. Au plaisir partagé des livres, des films et des voyages s'était substitué l'écart… le grand écart. Tout avait été avalé dans le bissac de l'empailleur capitaliste. De leur connivence intellectuelle ne subsistait que de tranchants éclats. Éléonore avançait désormais en solitaire, consacrant tout son temps à son métier et à sa fille.

Éléonore appréciait beaucoup l'œuvre de Mona Hatoum qu'elle avait découverte lors de sa rétrospective à la Tate en mai 2016. La journaliste passait quelques jours dans la capitale britannique afin de rencontrer Bethan. En sortant des bureaux londoniens de *The Economist*, elle avait flâné le long de la Tamise puis s'était arrêtée devant la célèbre institution. Dans le hall des galeries du deuxième étage, son attention avait été frappée par le bruit glaçant de l'électricité. Elle s'était avancée dans la première pièce, guidée par la crépitation des voltages. Un banc d'appoint permettait de contempler l'installation. Elle s'y était assise. Derrière une barricade de barbelés, son œil avait croqué le menaçant fatras qui gisait devant elle autour d'une table en formica : ustensiles de cuisine, lits métallisés, chaises des années quatre-vingt, lampes rétro… L'ensemble était maillé de fils électriques. Des flashs de lumière blanche accompagnaient le passage du courant.

Une femme était entrée, dissipant l'attention de la journaliste. Elle s'était assise à côté d'elle et avait fixé le formica.

« Que ressentez-vous devant cette installation ? » lui avait-elle demandé, sans détourner le regard. Éléonore était restée pantoise, tentant d'identifier l'accent de la visiteuse, puis avait répondu : « De la sérénité. »

« Cette maison menaçante vous inspire de la sérénité ? s'était étonnée l'inconnue en se tournant vers elle.

— Ce n'est pas tant la maison que l'adéquation entre l'œuvre et l'idée que je me fais de la maison, lui expliqua la journaliste.

— C'est drôle, vous êtes la première personne à me dire ça. D'où venez-vous ?

— New York… Chambéry… enfin… de France et des États-Unis. Et vous ?

— D'ici et d'ailleurs, comme vous. »

En sortant, Éléonore avait attrapé une brochure sur l'exposition. En page quatre figurait la biographie de Mona

Hatoum accompagnée de son profil photographique. Mona Hatoum avait des cheveux noirs bouclés, presque frisottants. La masse de ses cheveux coupés au carré donnait à son faciès la forme d'un trapèze. Son visage paraissait bienveillant mais sans pitié, exigeant mais tolérant, ferme mais juste. Cette femme venait d'ici et d'ailleurs.

Éléonore et Mackenzie réglèrent l'addition. En sortant, elles embrassèrent affectueusement Hector. « Tu as vu que Clément joue ce soir au Carnegie ? » s'exclama Mackenzie en se frayant un chemin sur le trottoir bondé. Cette information sidéra Éléonore. Sa poitrine l'oppressa subitement. « Oui, c'est exact ! » lui rétorqua-t-elle, feignant de connaître l'information. Afin de retrouver de la contenance, elle enfonça l'ongle de son index dans le repli latéral de son pouce. L'effet fut radical, la tension redescendit immédiatement.

Éléonore n'avait pas envie de parler de Victor à Mackenzie qui montrait, en toutes circonstances, un goût prononcé pour la psychanalyse. La seule fois où Éléonore avait évoqué Victor, elle s'en était tenue à une description sommaire : ex, pianiste français professionnel, domicilié dans un avion. Malgré cela, la conservatrice à la sagacité de limier avait flairé autre chose.

Mackenzie s'éloigna en direction de la station de métro. Éléonore ouvrit le moteur de recherche de son smartphone et parcourut le programme du Carnegie. L'information était exacte. Le concert était entièrement consacré à Schumann. Le récital se terminait aux alentours de vingt-deux heures.

Éléonore héla un taxi.

13

Le taxi venait de dépasser Penn Station. « Déposez-moi plutôt à l'angle de la 57e et de la 7e », demanda Éléonore. Le chauffeur péruvien, qui mastiquait un chewing-gum la bouche ouverte, maugréa un « *está bien señora* » exaspéré pendant que l'autoradio faisait honneur au son de la quéna andine. Les amortisseurs du véhicule étaient en piteux état. Un chapelet de grigris aux couleurs chatoyantes était suspendu au rétroviseur. À chaque secousse, il entamait une marinera, les reins d'Éléonore aussi. Le contraste entre cette ambiance folklorique et le calme des rues new-yorkaises était saisissant. À l'approche de l'été, la population aisée avait quitté Manhattan et rejoint les Hamptons. La canicule violente de la journée avait laissé place à un voile de chaleur subtil. La climatisation tournait à plein régime dans cette vieille Ford Crown Victoria. Éléonore demanda au chauffeur de bien vouloir l'éteindre. Il grommela de nouveau mais s'exécuta. Elle baissa la vitre et huma l'air tiède qui caressait son visage. Les mèches de ses cheveux ondulaient sous l'effet de la vitesse. Éléonore repensa à Victor et à leur rencontre, quatorze ans plus tôt.

Victor était un virtuose. Aussi séduisant qu'impétueux, il représentait l'extraordinaire qu'Éléonore révérait. Son génie avait poussé dans la souffrance de la perte. Orphelin de père, Victor avait très tôt fait des femmes son arche. Il avait longtemps tangué entre la douceur d'une grand-mère aimante et l'évanescence d'une mère absente. La rencontre avec la musique avait tout emporté.

Comme tous les grands, Victor avait sublimé la douleur. Sur le chemin de la gloire, il faisait cavalier seul. Dans son petit deux-pièces de la rue Barbet-de-Jouy, qui donnait sur les jardins du musée Rodin, Victor vivait une vie solitaire entre son piano Steinway et son récamier en velours aubergine. Ses insomnies comme ses innombrables concerts le préservaient d'une vie rangée.

Lorsque Éléonore l'avait rencontré, les salles de prestige commençaient à s'accumuler. Le nom de Victor Clément bruissait de Paris à Tokyo. Victor se frayait un chemin vers les étoiles. Entre deux récitals, il s'enivrait d'alcool et de femmes. Sa notoriété grandissante réduisait le coût d'acquisition de ses relations sexuelles. Sa crinière blonde, ses traits délicats et l'azur de son regard auraient pu faire des ravages sur les applications de rencontre. Victor s'en moquait, il en imposait naturellement.

Leur rencontre avait eu lieu un vingt-quatre décembre à Paris alors qu'Éléonore était encore étudiante. Comme chaque année depuis près de cinq ans, ses parents avaient décidé de passer Noël en Thaïlande, dans l'île touristique de Phi Phi Don. Cette année-là, Éléonore avait choisi de déroger à la tradition familiale du pad thaï-monoï. Elle se réjouissait de passer une semaine seule, à Paris, à découvrir les films de Robert Bresson. « Ubuesque ! » lui avaient clamé ses parents, ignorant qui était ce réalisateur que leur fille avait préféré à une plage paradisiaque d'Asie du Sud-Est.

Éléonore fuyait les traditions, Noël en particulier. Voir la ville s'éteindre les jours de fête la rendait mélancolique. Même le concept de fermeture dominicale lui paraissait insoutenable. Cette tendance au spleen avait pris naissance dans une éducation chrétienne aussi oppressante que fétide. La chronologie de son enfance aurait pu tenir dans l'almanach du facteur. Le leur trônait à une place de choix au milieu de la cuisine, juste au-dessus de la machine à café. Sa mère en avait fait son missel. Comme l'écriture était trop petite, la dévote avait acheté une ardoise sur laquelle elle notait scrupuleusement chaque matin la date du jour et le nom du saint célébré. En dessous étaient inscrites les activités notables de la journée. Hélas, il n'y avait rien de notable dans la vie de cette boit-sans-soif au foyer. Devant son assiette, Éléonore faisait mine de scruter le programme tout en veillant à ne pas faire de miettes. Souiller le sol récuré eût été un péché.

Des crises effroyables éclataient régulièrement entre Éléonore et sa mère. « Et la Saint-Crétin, c'est quand ? » avait osé s'indigner Éléonore. Une gifle avait volé de la main de l'alcoolisée, une gifle baguée dont sa paupière avait mis plusieurs semaines à se débarrasser. Éléonore avait appris ce jour-là à ne jamais sous-estimer le pouvoir des solitaires. Elle ne reprochait pas à sa mère de croire mais fustigeait son incapacité à penser contre elle-même.

Le vingt-quatre décembre en fin d'après-midi, *Le Diable probablement* avait ouvert la semaine cinématographique d'Éléonore. Elle était ensuite sortie prendre l'air au moment où les commerces avaient commencé à fermer. Elle s'était sentie un peu perdue. Où pouvait-elle aller ? Le restaurant n'était pas envisageable. Hors de question de se retrouver au milieu de familles en liesse, fût-elle simulée. Les bars étaient presque tous fermés. La veille de Noël, le seul lieu de sociabilité suffisamment feutré pour une personne seule restait l'hôtel. Elle était entrée dans le premier hôtel qu'elle avait aperçu en sortant de son studio, l'Hôtel de Varenne.

L'Hôtel de Varenne n'avait malheureusement pas de bar mais disposait d'une cour intérieure agréable, équipée de parasols chauffants. Soulagée de n'y trouver personne, Éléonore s'était installée sous le seul chauffage en marche. Un cendrier traînait sur la table. Elle avait allumé une cigarette. La porte s'était ouverte. Elle s'était retournée pensant qu'il s'agissait d'un serveur. C'est là qu'elle avait croisé pour la première fois le regard de Victor. Après avoir inspecté la cour, il s'était approché d'elle.

« Ça vous ennuie si je m'assieds à côté de vous ? lui avait-il demandé, d'une voix suave qui avait donné à cet instant la couleur d'une scène de cinéma.

— Non », avait-elle répondu en tirant sur sa cigarette.

Du coin de l'œil, elle avait observé cet homme de six ou sept ans son aîné. L'inconnu devait avoir la trentaine. Il portait un blouson en cuir noir sur un pull beige à col roulé. L'épaisse monture de ses lunettes lui donnait un air romantique. Il avait passé la main dans ses cheveux d'une manière sensuelle. Son visage lui avait semblé familier.

Assis l'un à côté de l'autre dans cette cour déserte, ils s'étaient sentis bien. Éléonore s'était enivrée de son parfum dont les tonalités chyprées se mêlaient harmonieusement à l'odeur de tabac. Un serveur était arrivé pour prendre leur commande. Il n'avait pas compris la requête du réceptionniste et leur avait présenté la carte des desserts. Celle-ci se trouvait au bas du menu de Noël.

« Je n'ai pas dîné, lui avait répondu Éléonore, agacée d'être confrontée à ce repas auquel elle avait vaillamment échappé. Pourrais-je avoir la carte des boissons, s'il vous plaît ?

— Pareil », avait enchaîné Victor.

Éléonore avait entamé la conversation. Victor était compendieux mais, après deux mojitos, ils en étaient venus à Bresson. « J'adore Bresson mais… tout de même… *Le Diable probablement* la veille de Noël… qui plus est seule… Faut vraiment pas aimer les Thaïs ! » lui avait-il dit, moqueur. Elle avait éclaté de rire. Après le troisième mojito, Victor lui avait proposé d'aller écouter un récital. « Mais je ne vois pas où on va aller écouter un récital ce soir… Peut-être dans une église ? J'espère que vous chantez bien ! »

Son mordant lui avait franchement plu. L'idée de finir la soirée en musique l'avait enthousiasmée. Victor lui avait fait miroiter le concert d'un jeune prodige. En arrivant devant son immeuble, la circonspection l'avait gagnée mais elle n'avait aucune envie de replonger dans la solitude de son studio. De surcroît, cet homme lui plaisait. Il lui plaisait beaucoup. Et un homme qui aimait Bresson…

L'ascenseur était en panne. Éléonore et Victor étaient montés à pied. Le décor lui avait paru vétuste pour un immeuble des beaux quartiers. Un tapis élimé recouvrait les vieilles marches rabotées. La spirale de l'escalier leur avait donné le tournis. Ils s'étaient arrêtés au quatrième étage, un peu hagards. Victor avait ouvert la porte. Un piano Steinway de concert se tenait devant eux. L'instrument lui avait paru d'autant plus monumental que l'appartement était relativement modeste. Le piano colonisait majestueusement l'espace. Pendant que Victor s'affairait dans une pièce adjacente, Éléonore avait exploré avec curiosité le sanctuaire musical.

Une pléiade de livres recouvrait le mur gauche du salon. Éléonore avait aperçu *Paris est une fête, En attendant Godot* et *Voyage au bout de la nuit*. À droite du piano, une banquette garnie de velours aubergine aux coutures apparentes faisait office de canapé. Sur le rebord intérieur de la fenêtre étaient disposées quelques photos qu'elle n'eut pas le temps d'observer. Victor s'était installé. « Chose promise ! » avait-il murmuré en ajustant son siège.

Victor lui avait joué le *Requiem* de Mozart. Éléonore avait eu la sensation de l'entendre pour la première fois. Assise sur son récamier, elle l'avait écouté, conquise. Le regard de Victor l'avait dénudée au fur et à mesure que la puissance du *Lacrimosa* avait crû. Étourdi par les cordes, le corps d'Éléonore s'était lentement affaissé. Sa peau avait délicatement épousé le velours. De cette position latérale, elle avait aperçu un carnet de notes en cuir noir posé sous la table. Sur la couverture était gravé en lettres d'or : *Victor Clément*. Son œil s'était alors arrêté sur les photos disposées près de la fenêtre. Sur la première, Victor était sur scène aux côtés de Renaud Capuçon. Celle au centre le montrait embrassant

Mitsuko Uchida. La dernière avait été prise à l'hôtel de ville de Paris en présence de Bertrand Delanoë qu'elle distinguait difficilement car une vieille photo avait été glissée dans le renfoncement droit du cadre, par-dessus la vitre. Le garçonnet du cliché devait avoir cinq ou six ans. Il se tenait à côté d'un vélo rouge, devant une maison, à la campagne. Un homme posait paternellement sa main sur son épaule. Derrière eux, on devinait une montagne. Le col du Granier.

Victor avait interrompu sa performance. Sa musique les avait enfiévrés. Il s'était approché d'elle et l'avait embrassée. Dans ce baiser leur monde avait fait volte-face. Les jours suivants, ils ne s'étaient plus quittés. Ils avaient fait l'amour, s'étaient nourris des films de Bresson et des compositions de Mozart, la passion de Victor. Leur curiosité musicale les avait ensuite portés vers *Etude Fantasy* de John Corigliano, *Entrelacs* de Ligeti et *Spiegel im Spiegel* de Arvo Pärt. Éléonore lui avait fait écouter ses groupes contemporains préférés : Bat for Lashes, Blur, PJ Harvey… Et bien sûr, Gainsbourg. Faire l'amour à Paris sur *Histoire de Melody Nelson* n'avait eu, avec Victor, rien d'un cliché.

Éléonore se souvenait particulièrement de la nuque de Victor, des caresses dont elle l'avait drapée. Victor en avait ronronné de plaisir. Si le désir d'Éléonore avait dû commencer quelque part, il aurait commencé là, dans la courbure de cette nuque dont elle se remémorait la délicatesse érotique. Leurs corps s'étaient enveloppés et tout avait recommencé. La roue roulante de leur amour s'était mise à rouler éternellement.

Victor et Éléonore s'endormaient fréquemment d'épuisement sur le vieux tapis du salon, le ventre vide. La faim qui tiraillait leurs estomacs les réveillait. La nuit tombée, ils sortaient dîner chez Joséphine, un petit troquet du quartier. Victor raffolait de leur côte de bœuf. Leur soufflé au Grand Marnier et son petit verre de liqueur, au goût d'orange amère, ravissaient les papilles d'Éléonore. Repus, ils se perdaient dans la pénombre des ruelles de Saint-Germain. Cherche-Midi, Saints-Pères, Grenelle, Bellechasse, Vaneau, Chanaleilles…

La nouvelle année avait mis fin à cette parenthèse enchantée. Les cours d'Éléonore avaient repris, les concerts de Victor aussi. C'est là qu'Éléonore avait rencontré l'autre Victor, l'indomptable. À Victor ne seyait que le sublime. S'installer n'admettait aucune définition dans l'univers du virtuose. Une relation ne s'installait pas, elle se brûlait. Entre eux, un nœud s'était pourtant lié, un lien qu'ils pressentaient inaltérable. Ce lien heurtait la soif de liberté du pianiste. Victor dansait sur le fil de va-et-vient tantôt extatiques, tantôt angoissants. Il aurait fallu être capables de se quitter. Oublier pour ne pas s'oublier, mais l'oubli entre eux ne fonctionnait pas. Ses écarts la rendaient folle de rage. Leur relation avait longtemps oscillé entre élans passionnels et silences coléreux. Ils étaient faits du même sang. L'un pour l'autre, ils faisaient miroir.

Son emploi du temps de plus en plus chargé avait un temps camouflé les vicissitudes d'un amour impossible qui lentement les consumait. Un jour à Shanghai, le lendemain à San Francisco, Victor s'était mis à passer plus de deux cents jours par an dans un avion. Et voilà que, à elle aussi, on avait proposé un aller, sans retour.

New York!

Le prestigieux *New York Times* avait fait une offre de stage de six mois à Éléonore. Elle avait postulé, consciente des maigres chances qu'elle avait d'obtenir la place tant convoitée, si maigres qu'elle en avait oublié sa candidature. Sa seule connaissance de l'Amérique se bornait aux films de John Cassavetes et de Nicholas Ray. Éléonore n'avait jamais visité les États-Unis mais ce pays l'appelait. Elle avait démissionné de la rédaction du *Monde* où l'on venait de lui proposer un contrat à durée indéterminée. Pendant des mois, elle avait épié les déplacements de Victor. Un matin, elle avait subitement cessé. Elle venait de rencontrer Zack.

14

« *Izquierda o derecha* ? » brailla le chauffeur. « Droite ! » répondit Éléonore. Être bousculée de cette manière l'irrita. Bercée par la quéna andine, Éléonore n'avait pas entendu la question du chauffeur dont l'impatience portait les stigmates de la vie new-yorkaise. Combien de fois ce brave homme a-t-il dû renoncer à son pourboire pour s'être trompé de côté ? se demanda Éléonore.

Arrivée devant le Carnegie, elle s'inséra dans la foule dans laquelle volaient les louanges d'un concert à guichet fermé. Les spectateurs affluaient encore de la salle. Au milieu du parvis, elle se laissa longuement bousculer. Coudoyer ces inconnus lui donnait la sensation de s'approcher de lui. C'est cela qu'Éléonore était venue chercher sur ce parvis : un contact avec Victor, un signe de la providence. Son orgueil blessé eût été incapable de lui écrire. Il fallait à tout prix se croiser.

Elle regarda la foule se disperser. La rue vide, elle s'assit sur le perron de l'institution. Un SDF passa en traînant une vieille canne. Son froc miteux manquait de tomber à chaque enjambée. Il s'arrêta puis la regarda avec curiosité. Son visage bouffi et souillé semblait partiellement paralysé. Sa lèvre inférieure pendait, laissant couler un mince filet de bave le long de sa barbe hirsute. Il voulait s'avancer vers Éléonore mais ses jambes restaient engluées dans le sol. Il se sentait lourd, entravé par le poids de la misère et par ce pantalon que la crasse avait cartonné. Il ne parvint qu'à lever le bras dans sa direction et faire tinter son gobelet de pièces. Éléonore ne bougea pas. Il murmura quelques paroles inaudibles et passa son chemin. Elle entendit le tintement pendant de longues minutes, puis le silence. Elle rentra.

Ce soir-là, New York lui parut terne. À la lumière vacillante des réverbères, Éléonore cherchait infatigablement Victor, scrutant chaque silhouette, dévisageant chaque tête. Elle fusinait son visage dans les traits charbonneux de la pénombre. La sensation de l'apercevoir la rendait fébrile. La déception que ces inconnus produisaient la mettait en colère. Qu'elle leur en voulait à tous ces hommes de ne pas être lui !

Elle rentra découragée. Elle était sur le point de se coucher lorsque son téléphone sonna. La conférence de Zack s'était bien passée, son dîner avec l'équipe de Morgan Stanley confirmait les espoirs d'un futur partenariat. Éléonore lui raconta à demi-mot la rencontre avec Juergen mais, sentant poindre l'impatience de son mari, elle passa sous silence son dîner avec Mackenzie. Aux histoires de sa femme, Zack préférait le dernier film de Christopher Nolan. Éléonore n'était plus qu'une case, déjà cochée. L'insatiable curiosité de Zack qui l'avait tant séduite avait fini par l'écœurer. Leur connivence avait pourtant été invraisemblable. Combien d'heures avaient-ils passées à discuter de *L'Atalante* de Vigo, du théâtre d'Ostermeier ou de l'économie américaine ? Cette période était révolue. Comme des millions de New-Yorkais obsédés par le succès, Zack ne prenait plus le temps de partager avec sa femme les connaissances qu'il engrangeait frénétiquement. Zack fuyait désormais les discussions philosophiques et littéraires d'Éléonore. Seuls comptaient les films vus en solitaire sur le tapis d'une salle de sport et dont il glissait fièrement le classement dans ses vœux annuels.

Éléonore raccrocha. Avant d'éteindre sa liseuse, elle chercha Victor sur Instagram. Sa dernière publication avait été prise au Carnegie. Il était debout, sur le devant de la scène, et rendait hommage au chef d'orchestre. La photo avait été postée à vingt-deux heures treize. L'avait-il postée depuis un taxi ? La rue ? Où était-il maintenant ? Était-il seul ? Éléonore tergiversait. Elle eut soudain envie d'entendre sa musique. Elle l'écouta interpréter le *Lacrimosa* du *Requiem* puis le Concerto pour piano n° 23 de Mozart. La mélancolie poignante de l'adagio, son aspiration dramatique comme la douceur de ses enchaînements harmoniques l'émurent.

Lorsqu'elle éteignit son téléphone, la sicilienne de Mozart battait encore dans sa mémoire. Elle repensa aux doigts de Victor sur le clavier, à la rue Barbet-de-Jouy, à Melody Nelson, et bien sûr… à Bresson. Dans la pénombre de sa chambre, Éléonore se sentit glisser dans les abysses de la solitude.

15

Plusieurs semaines s'étaient écoulées depuis le rendez-vous manqué devant le Carnegie. Éléonore continuait à suivre Victor. Des photos avaient été publiées récemment à Dublin, Singapour et Shanghai. Pendant que Victor engrangeait les standing ovations, Éléonore jouait de sa plume au royaume des licornes. Elle aurait aimé qu'il lise ses articles, mais elle savait que comme beaucoup d'artistes Victor s'intéressait peu à la science. Lui arpentait une autre sphère, il voguait sur le sublime. Victor était devenu une étoile, le pianiste le plus acclamé de la scène internationale.

Éléonore n'écoutait plus que ses interprétations de Mozart, Rachmaninov et Chopin. Elle s'autorisait certains jours l'impétuosité d'Horowitz sur le Concerto pour piano nº 3 de Rachmaninov car Victor en avait toujours raffolé. « Il faut savoir que Rachmaninov, c'est le petit Mozart… J'aime le Concerto nº 2 plus que tout mais… le nº 3, joué par Horowitz, est phénoménal. Écoute ce trait pianistique, lui avait-il susurré à l'oreille, leurs corps enlacés. C'est presque un rugissement. » En prononçant ces mots, Victor s'était levé d'un bond et s'était mis à mimer nu, face au lit, la gestuelle du concertiste russe. Éléonore fondait devant la passion de son amant.

Pour se faire pardonner ses nombreuses absences, Zack avait décidé de surprendre sa femme en l'invitant à la première de la nouvelle production des *Noces de Figaro* au Metropolitan Opera. À ce classique, Zack aurait préféré *Akhnaten* de Philip Glass dont le *New York Times* venait de vanter l'excellence de la mise en scène, mais Éléonore aimait *Les Noces*.

« Un peu décevante cette production, bougonna Zack lorsque à l'entracte le rideau se referma.

— Au contraire, je l'ai trouvée très originale, objecta Éléonore. Yannick Nézet-Séguin était prodigieux à la direction de l'orchestre. »

Éléonore se faufilait dans les couloirs de l'Opéra pendant que Zack épiloguait. Son acharnement sur cette production suscita l'indignation d'Éléonore.

« Tu as dormi la moitié du premier acte, s'énerva-t-elle. Tu ne sais pas de quoi tu parles. Cet opéra est très réussi. J'espère, en tout cas, que l'on dort mieux bercé par la musique de Nézet-Séguin ! »

Zack n'apprécia pas la raillerie d'Éléonore mais la journaliste persista. Elle ne comprenait pas comment tant de gens pouvaient dormir au premier rang. La moitié somnolait dès les premières minutes de la représentation mais tous étaient réveillés à l'entracte, prêts à se piétiner pour rejoindre le bar telle une meute de hyènes assoiffées.

« Je vais aller nous chercher du champagne, lui dit Zack lorsqu'ils furent sortis de la salle. Attends-moi là ! »

Il s'éloigna, fâché. Pendant qu'elle l'attendait, Éléonore examina la foule. Le brouhaha accentuait la sensation de diffraction qu'elle éprouvait entre le monde extérieur et l'intimité du sien. Elle avait fréquemment l'impression de voguer entre deux réalités, d'observer le monde caméra à l'épaule. Cette caméra venait justement de faire le point sur un hurluberlu. L'homme portait une redingote surmontée d'un col haut, un bicorne et une canne. Éléonore l'avait souvent aperçu à l'Opéra. Elle le trouvait attachant. Au moment où leurs regards se croisèrent, il lui fit un clin d'œil comme pour lui dire : « Moi aussi, je les trouve gonflants tous ces figurants ! » Cela l'amusa, et la diffraction s'estompa.

La journaliste se souvint de sa première soirée au MET avec Zack. Éléonore n'avait jamais fréquenté une salle d'opéra auparavant. L'homme au bicorne était là. Sa présence l'avait rassurée. Quelqu'un d'autre endossait le rôle du marginal. Elle s'était sentie moins seule. En tapotant maladroitement sur le bouton des surtitres, Éléonore avait pesté contre ses parents. Mais comment leur en vouloir ? Le téléfilm de M6, les gâteaux au yaourt et le jeu de dames ne constituaient pas en soi un crime. On était loin de la *Familia Grande*. Rien pour crier au scandale. Rien en dehors de l'alcool, bien sûr.

Zack revint avec deux coupes de champagne et un couple d'accointances. La femme s'appelait Kimberly. Elle était la fondatrice d'une application de coiffure à domicile. Son mari était l'un des traders à succès de la banque Barclays, une sorte de Jérôme Kerviel, l'incompétence en moins ou la chance en plus. « Éléonore, quel bonheur de te voir ! » s'exclama Kimberly, d'une joie feinte. Kimberly portait des bottines de créateur bleu électrique surmontées d'un pantalon en cuir beige coupe paper bag. Son impeccable brushing bouclé et le rouge de sa bouche lippue lui donnaient un petit air d'influenceuse en quête d'abonnés. Éléonore ne comprenait pas cet engouement pour la coupe paper bag qui, comme son nom l'indiquait, donnait un aspect informe et flasque au plus tonique des fessiers.

Kimberly, dont les lèvres injectées gonflaient ostensiblement à chaque mouvement labial, vanta avec aplomb le succès de son application. « Le covid nous a propulsés, se réjouit-elle. Il faut absolument que tu essaies. Je t'enverrai un code découverte. Tu verras, c'est fantastique ! Tu ne pourras plus t'en passer ! » Éléonore aurait dû répondre quelque chose de sympathique comme : « Avec plaisir, si j'ai le même brushing que toi ! » Les mots ne vinrent pas. La seule chose qu'elle parvint à balbutier fut : « Et la levée, ça se passe comment ? » Là encore, Kimberly montra une assurance déconcertante. Son premier tour de financement était clos. Kimberly avait pu compter sur la générosité de sa famille et de ses amis. « Nous ne voulions pas lâcher trop de capital », se justifia-t-elle. Éléonore comprenait surtout que, comme toutes les startupeuses avec un business plan douteux, Kimberly n'arrivait pas à trouver des investisseurs professionnels. Qui pour parier sur les tifs à domicile ? Elle avait bien tenté de faire passer ses coupes de cheveux pour de la technologie dernier cri mais les investisseurs n'étaient pas complètement dupes.

Éléonore fit signe à Zack de partir mais sa discussion avec le mari de Kimberly l'absorbait. Le tintement de la clochette mit fin aux simagrées. On se quitta en se promettant de se revoir très vite. Éléonore reprocha alors à Zack de s'être éternisé avec un couple qu'elle n'appréciait guère. C'était sa soirée après tout.

« Tu ne penses qu'à toi, lui répondit Zack. J'avais besoin de parler avec lui. Il m'a donné des informations intéressantes sur le marché. »

Le troisième acte commença. Zack se rendormit.

16

Éléonore consacrait ses soirées à son nouveau podcast. Avec l'aide d'experts, la journaliste abordait sans détour les dilemmes éthiques soulevés par les technologies digitales invasives. Dans le cadre de ce projet qu'elle menait en plus de son activité au sein de *The Economist*, elle s'était rapprochée du département d'informatique de l'université Columbia qui avait accepté de l'accueillir en résidence. Le directeur de l'école de musique avait consenti à ce qu'elle accède au studio afin d'y enregistrer ses interviews.

Son premier podcast était dédié au projet Thinking-to-Text développé par Facebook Reality Labs. L'objectif de ce laboratoire était de créer un outil capable de lire des mots dans le cerveau d'un individu privé de la parole pour une raison médicale. Éléonore avait invité sa directrice, Kathy Thills. Kathy était sur le point d'arriver lorsque le smartphone d'Éléonore sonna. Zack lui annonçait qu'il devait annuler sa participation à la soirée de gala du Guggenheim en raison d'un voyage d'affaires à San Francisco. Une dispute éclata entre eux.

« Je crois que tu ne réalises pas que si je ne suis pas le leader de mon secteur, je n'existe pas ! lui dit Zack sur un ton véhément alors qu'elle le rabrouait vertement. Le monde a changé, Éléonore. Aujourd'hui, soit on est le premier et on rafle la mise, soit on n'existe pas. Et ne me sors pas l'argument de tes amis parisiens qui font mine d'avoir trouvé l'équilibre parfait. Eux, ils ne créent pas de licornes. Ils les regardent voler. »

Éléonore n'était pas dupe. Elle percevait mieux que quiconque le filtre binaire du capitalisme. Elle avait conscience qu'à ceux qui surperformeraient la machine s'ouvrirait, sur le mont des Licornes, l'agora d'un monde divin. Mais elle savait aussi que sur le chemin escarpé qui menait au sommet tant convoité l'embouteillage se densifiait cruellement. La moindre erreur pouvait être fatale. Le précipice menaçait ces cavaliers, entraînés dans une lutte de tous les instants, sur le dos de licornes qui ne cessaient de regimber.

« Vous me faites penser à un troupeau de bouquetins affamés, à vous cramponner de cette manière aux parois salées de l'espérance. Mais combien finiront par échouer ?

— Quatre-vingt-dix-neuf pour cent, Éléonore ! lui répondit Zack, froidement. Mais tu crois qu'on a le choix ? »

Éléonore observait avec tristesse le glissement de cette classe moyenne supérieure qui avait tant souffert ces vingt dernières années. Pour la plupart de ces anciens cadres devenus chasseurs de licornes, l'entrepreneuriat était une pitance. Tous participaient, bon gré mal gré, au *Hunger Game* du XXIe siècle. Zack, irrité par la lucidité et le cynisme d'Éléonore, raccrocha.

Zack était un chasseur de licornes par excellence. Il avait quitté sa carrière de trader à son apogée. La banque avait tenté de le retenir à coups de bonus mirobolants mais l'entrepreneur n'avait pu résister à l'appel de la corne. Mieux vaut avoir des remords que des regrets, se disait Zack qui, en cas d'échec, comptait sur les œuvres de Kant, les films de Pasolini et les selfies de Kendall Jenner pour se consoler. Mais Zack ne pensait pas à l'échec. Son rêve comportait dix chiffres et, en supplément, l'amour maternel dont il avait été privé. Finfluences était sa manière de prouver qu'il méritait d'être aimé car, dans le monde de Zack, tout se méritait, y compris l'amour.

Éléonore ne rentrait pas dans ce lit de Procuste qu'elle observait avec effarement. Sa bataille à elle se jouait sur un autre front. Sa quête était celle de la vérité. Il lui fallait à tout prix saisir une réalité qui ne se dérobe pas, une réalité capable de pulvériser des années de non-dits maternels, de faux-semblants alcooliques, d'états fuyants et turbulents. Juergen entretenait le même rapport au monde. C'est cela qu'avait décelé Éléonore dans le projet du physicien. Elle repensa à lui et à l'œuvre de Yi. Une soirée au Guggenheim pourrait l'intéresser, se dit-elle. L'esthétique de Hatoum n'était pas moins subversive que celle de Yi.

Juergen et Éléonore n'avaient pas été en contact depuis leur rencontre à Holmdel. Elle lui envoya une invitation. La réponse arriva en même temps que Kathy : « Avec grand plaisir ! »

L'interview de Kathy fut aussi passionnante qu'hilarante. Cette femme avait un sens de l'humour décapant. Leur discussion terminée, Éléonore se précipita dans un taxi pour rejoindre son frère.

Nicolas et Éléonore avaient rendez-vous devant le NYU Startup Lab, l'incubateur de start-up auquel appartenait la jeune pousse de Nicolas. Ce dernier avait grise mine ce jour-là. Il semblait particulièrement affligé. Sur le chemin du restaurant, le jeune entrepreneur annonça à sa sœur qu'il venait de lever onze millions de dollars, le rêve de tout startupeur. Malheureusement, Nicolas était inquiet pour l'un de ses chats. Son mari et lui étaient les heureux propriétaires de trois chats minés par l'asthme et la vieillesse. L'un d'eux souffrait d'un cancer de l'estomac en phase terminale. La chimiothérapie avait été abandonnée. Éléonore, qui n'avait jamais prêté attention à cette marmaille féline, découvrait, éberluée, l'univers de l'animal domestique aisé. Elle ne comprenait pas pour quelles raisons on s'acharnait à faire souffrir cette pauvre bête. L'euthanasie lui semblait une moindre peine. Cette idée choqua Nicolas qui songeait davantage à cloner ses chats qu'à s'en débarrasser.

« C'est la différence fondamentale entre un animal et un môme ! » lui dit Éléonore. Nicolas pouffa de rire. Ce clonage, c'était sa voyante qui le lui avait prédit pour la modique somme d'un mois de salaire en Inde. La fameuse parentalité *low cost* n'avait de *low* que la facture émotionnelle. L'animal s'était mué en prothèse. Comme la prothèse ajoutait sans ajouter, le félin consacrait la famille sans familialiser. Au mariage on avait substitué le pacs, aux blancs-becs les moustaches.

« Mais parlons plutôt de toi. Tu as vu le cardiologue ? » s'enquit Nicolas.

Éléonore avait vu le cardiologue et les nouvelles, sans être inquiétantes, n'étaient pas rassurantes.

« Les artères sont en train de se boucher. Il recommande de surveiller de près pendant quelques mois… Et éventuellement la pose de stents, confessa-t-elle.

— Éléonore ! Pourquoi tu ne m'as rien dit ? C'est sérieux ! Il faut que tu fasses attention. Tu contrôles ce que tu manges ?

— Évidemment. Il n'y a rien à faire contre la dyslipidémie familiale. Tu as été plus chanceux que moi sur l'héritage génétique.

— Quel est le risque ?

— L'infarctus… mais ça va aller. Ne t'inquiète pas. Je suis robuste ! »

Le serveur arriva pour prendre leur commande. Éléonore choisit le toast d'avocat et son œuf mollet ; Nicolas, une salade de blanc de dinde sans vinaigrette. Nicolas était un ascète. Le développement quotidien de sa musculature et le perfectionnement de la blancheur immaculée de son émail étaient les seules distractions qu'il s'autorisait. Dans son appartement qui surplombait Central Park, tout était agencé de manière esthétique. Même l'intérieur des placards abritait des œuvres d'art. Ça sentait le formol sous les notes d'opopanax, diffusées çà et là. En dehors de l'opopanax, rien ne filtrait, et certainement pas une odeur de cuisine qui, telle une fenêtre sur le monde de la chair, eût été une source incommensurable d'angoisses. Nicolas était l'incarnation de la perfection physique et intellectuelle, celle qui sort victorieuse des bancs d'Harvard et qui sait d'emblée qu'elle monopolisera les conseils d'administration des licornes ou l'antichambre du bureau ovale. Chaque soir, lorsqu'il rentrait chez lui, il déposait méticuleusement sa montre sur un carré de soie puis recouvrait ses voûtes plantaires d'une fine couche de gel hydroalcoolique, avant de filer embrasser ses chats qu'il gâtait de plats biologiques et de roses ! Peut-être que la grosseur venait d'une indigestion de pétales… Et pendant ce temps-là, les Ouïghours se faisaient massacrer en Chine. Eux, le chat, ils l'auraient dévoré, et jusqu'à la rate.

Le minet rendit l'âme trois jours plus tard. Il plut sans discontinuer toute la semaine. Éléonore n'avait jamais vu un tel déluge s'abattre sur New York. Mais bien entendu, cela n'avait rien à voir avec le réchauffement climatique.

Parole de voyante !

17

Éléonore attendait Juergen devant le Guggenheim, à l'abri de la pluie. Elle écoutait un podcast d'Adèle Van Reeth sur la psychanalyse lacanienne. La voix de la chroniqueuse plaisait beaucoup à Éléonore. Elle avait un je-ne-sais-quoi apaisant. Éléonore aimait les voix. Comme un nez conserve les odeurs, elle sauvegardait les timbres. Juergen arriva au moment où la chroniqueuse entamait une réflexion sur la notion de transfert. Elle arrêta son écoute, ils entrèrent.

Dans le hall, Mona Hatoum discutait avec la directrice du Guggenheim. Le musée était méconnaissable. Une lumière rouge inondait la spirale sur toute sa hauteur. Le long des étages avaient été installées des diodes électroluminescentes dessinant des fragments du territoire palestinien d'après les accords d'Oslo de 1993. Cette lumière, symbole d'un monde devenu brasier, créait une atmosphère étrangement chaleureuse. Dans cet espace aux accents intra-utérins où zone de guerre et zone placentaire fusionnaient, Éléonore retrouva la marque de Hatoum, la menace du familier.

Mackenzie vint à leur rencontre. « Bravo ! Quel décor ! s'exclama Éléonore. La carte des accords d'Oslo pour une assistance pro-israélienne, il fallait oser ! » Mackenzie étouffa un pouffement. « Quel œil ! Je ne suis pas sûre que tous aient le même ! » Juergen, silencieux, scrutait avec attention la conservatrice. Son audace lui plut. « Une surprise vous attend au sommet de la spirale. Vous devriez monter ! » leur glissa-t-elle avant de les abandonner.

Les soirs de vernissage, Mackenzie sécurisait les fonds dont elle avait besoin pour les expositions à venir. Le financement des musées américains provenait essentiellement de fonds privés. Mackenzie passait sa soirée à s'entretenir avec les membres du conseil d'administration. La conservatrice exécrait cette tâche. La plupart du temps, elle n'avait affaire qu'à de vieux grabataires ou à leurs jeunes épouses auxquelles il avait fallu trouver une occupation divertissante. Gagner leur confiance était pourtant la clé du succès. Mackenzie accomplissait le numéro avec brio.

L'exposition occupait les quatre niveaux du musée. Juergen et Éléonore remontèrent la spirale le long de laquelle avaient été installées les œuvres. Éléonore semblait émue de revoir certaines installations découvertes à la Tate. Lorsqu'ils arrivèrent au niveau de *Jardin public*, une chaise en fer forgé recouverte d'un triangle de poils pubiens, Juergen ne put s'empêcher d'esquisser un léger sourire. Il regarda Éléonore, surpris. « Ce sont les poils pubiens de Mona, lui dit Éléonore. Ce n'est pas plus subversif que les bactéries vaginales d'Anicka ! » Juergen semblait dubitatif mais conquis.

Arrivés au sommet, ils furent déçus de ne pas trouver la surprise annoncée par Mackenzie. Perplexe, Juergen s'avança vers la rambarde. En regardant le cœur de la rotonde, trente mètres plus bas, il s'exclama : « Regardez, la voilà la surprise ! » Éléonore s'approcha, hésitante. La balustrade était basse, le vide lui donnait le vertige. Mackenzie avait installé au sol l'une des pièces maîtresses de Hatoum, une carte du monde en billes de quatorze millimètres. Sous le pas des visiteurs, les frontières de ce monde de verre ne cessaient de se brouiller.

Juergen, captivé par l'installation, décida d'aller l'examiner de plus près. « Vous ne venez pas ? » lui dit-il en la voyant immobile. « Allez-y, je vous rejoins dans un instant ! » Éléonore resta quelques minutes, seule, à observer le ballet ploutocratique qui se jouait maintenant à l'entrée. Entre deux déambulateurs se pressaient une horde de jeunes mannequins, une flopée de financiers et quelques célébrités. Les vieux calés dans leurs fauteuils roulants, le regard libidineux, regardaient avec avidité les sans-culottes en mini-robes brasillantes qui se pressaient en meute en direction du photocall. La chorégraphie des grandes prêtresses de la visibilité sociale atteignait son paroxysme. Le cocktail battait son plein. Plus elle scrutait la foule orgueilleuse, plus Éléonore avait la sensation de flotter, tel un spectre, au-dessus de la mêlée. Ce monde ne l'enivrait pas, il l'ennuyait. Elle recula et se faufila dans un recoin.

Elle se retrouva face à un miroir sur lequel était gravé : *You Are Still Here*. Éléonore scruta son reflet. Elle se sentit légère, délestée de toute pesanteur. Plus Éléonore observait le miroir, plus elle voyait Victor. De cette introjection fantasmée, elle saisit de nouveau la blondeur de sa chevelure, le bleu de ses yeux, son air absent… Un frisson parcourut son corps, elle tressaillit.

La voix nasillarde d'une femme interrompit l'état semiconscient d'Éléonore : « Regarde celui-là ! » s'écriait-elle en se tournant vers un garçon d'une quinzaine d'années. « Trop cool ! » répondit l'adolescent en se précipitant vers le miroir. Dans son élan, le jeune garçon bouscula Éléonore qui recula puis s'éloigna.

18

Le musée grouillait comme un jour de départ en vacances sur un quai de gare, les modestes en moins. Éléonore jouait des coudes pour se frayer un chemin. Elle trouva Juergen en grande conversation avec Mackenzie. Ce soir-là, Mackenzie rayonnait. Sa robe en cuir blanc cintrée soulignait admirablement sa taille. Juergen était sous le charme. Pendant qu'ils discutaient, Éléonore alla s'enquérir de la table à laquelle ils étaient placés. La liste des invités indiquait Gadamer, Eaton, Parker ainsi que quelques noms inconnus dont l'un à consonance française. Leur table était située entre la table d'honneur et les billes de Hatoum. Éléonore prit garde à ne pas trébucher sur l'Argentine.

Elle passait les marque-places en revue lorsqu'un homme, à l'accent français, l'aborda. « Guillaume de Saint-Sernant. *Nice to meet you!* » dit-il sur un ton arrogant. Guillaume avait le visage allongé, le teint pâle, des cheveux châtains et un philtrum prononcé. Son costume gris clair, impeccablement coupé, mettait en valeur sa silhouette longiligne. Guillaume avait l'air si soigné qu'il semblait sorti du pressing. Éléonore se présenta à son tour. En entendant sa langue maternelle, le visage de Guillaume s'illumina.

« Qu'est-ce qui vous amène au Guggenheim ? lui demanda-t-il, détendu et ravi de reprendre le contrôle linguistique de la conversation.

— Je suis une amie de la conservatrice. Et vous ? » répondit Éléonore.

Guillaume s'apprêtait à répondre lorsqu'un rire retentissant détourna leur attention. Karlie Kloss et Winnie Harlow semblaient hilares face à Natalie Wynn, papesse transgenre de YouTube. Wynn faisait sensation dans sa robe d'inspiration Marie-Antoinette.

Guillaume travaillait pour la banque d'affaires Lazard. Sa mission à New York, qui venait de commencer, consistait à faire croître le volume d'affaires de la banque dans le domaine des biotechnologies. Le banquier fut ravi d'apprendre qu'Éléonore travaillait pour *The Economist*. Un contact journalistique pouvait toujours s'avérer utile. Éléonore resta courtoise mais les monologues de Guillaume sur la taxidermie l'ennuyaient. Comment l'art de donner l'apparence du vivant aux morts pouvait-il tant le fasciner ? se demandait-elle lorsque, après dix minutes sur les insectes, il passa aux oiseaux. Cet homme a raté sa vocation, c'est chez Deyrolle qu'on aurait dû l'employer à faire du volume, conclut-elle.

Un homme haut en couleur s'approcha d'eux. Il était vêtu d'une veste bleu ciel, d'une chemise blanche et d'un pantalon violet couvert d'oursons en peluche. Ce Suédois d'une cinquantaine d'années s'appelait Lillemor Ardell, un nom digne d'un roman. Outre ses activités de sculpteur, il était arctophile. Sa collection venait d'être auditée. Lillemor possédait officiellement huit mille trente-quatre *teddy bears* à son actif, ce qui le plaçait en tête de tous les classements du secteur. Guillaume le scruta avec dédain avant de s'excuser et de se mettre à l'écart pour consulter son smartphone. Juergen ne tarda pas à les rejoindre. On se pressait maintenant aux abords des tables.

Le cocktail touchait à sa fin. Après avoir dégusté quelques coupes de champagne du bout des lèvres, il était temps pour la majorité des pique-assiettes de quitter les lieux. On tamisa la lumière pendant que les invités du dîner prenaient place. Mackenzie avait installé Juergen à côté d'elle. Éléonore était assise entre Guillaume et Javier Martez, un parfait inconnu sur lequel elle misait tout. La voisine de Guillaume, qui venait d'arriver, monopolisait toute son attention. Jeune Espagnole, banale sans être disgracieuse malgré un grain de beauté bombé sur l'aile droite du nez, son air sympathique d'assistante de direction semblait beaucoup plaire à Guillaume. Cette femme chassait à vue d'œil du bouton de manchette. Dans le saccage de la langue de Shakespeare, les deux faisaient la paire.

Javier apparut enfin. Directeur du département cinématographique du MoMA, Javier était un grand amateur de Bong Joon-ho et de Béla Tarr. « Que ce soit dans *Le Cheval de Turin* ou dans *Parasite*, on en revient toujours à la folie, chère Éléonore, car le réel est folie. En dehors de la musique, rien ne nous met face au réel, pas même les plus grands films de cinéma. Eux, ils subliment la folie mais c'est autre chose. »

Éléonore hocha la tête en signe d'approbation. Des notes du *Lacrimosa* surgirent dans son esprit. Elle les chassa.

Délaissé par sa voisine, Guillaume tenta de se joindre à leur conversation par un éloge appuyé de *La Casa de papel.* Javier, outré, se réfugia sur sa mie de pain qu'il émietta méticuleusement. Plus Guillaume jactait, plus le monticule grossissait. Javier semblait éprouver un plaisir intense à manipuler les débris farineux.

La directrice du développement du musée, dont la mission consistait à faire la quête auprès des opulents, mit fin au soliloque. Juchée sur des talons aiguilles, la petite femme replète eut du mal à se hisser derrière le pupitre. Son discours captieux assomma l'assistance. Après dix minutes de silence, un murmure se mit à courir le long des tables. Son discours terminé, elle fut longuement applaudie tant les participants étaient heureux qu'elle se taise. Les mécènes de la soirée se succédèrent sur scène, face aux invités occupés à mastiquer leur filet de lieu noir et sa sauce citronnée. On applaudissait sans même se retourner.

L'arctophile entra alors en scène. En voulant attraper le menu, Lillemor envoya valser son verre de vin rouge en terre ibérique. Le liquide brunâtre vint s'échouer devant l'assiette de l'Espagnole. Le vin dégoulina sur la nappe puis quelques gouttes roulèrent entre les cuisses de l'indisposée. Voyant son visage se crisper, Lillemor intervint. Il se leva prestement et s'exclama : « Vous êtes bénie ma chère ! » La jovialité du ton de Lillemor, vouée à dédramatiser la situation, fut suivie d'excuses appuyées. En dépit de toute la bonne volonté du Suédois, le visage de la jeune femme se durcit sévèrement. Guillaume lança un regard noir à l'arctophile avant de recouvrir la tache de sa serviette. En observant les mains de Guillaume, Éléonore ne put s'empêcher de repenser aux doigts de Zack sur le tapis, à l'auréole brunâtre, à la laine cartonnée…

Le repas fut sommaire. L'objectif des organisateurs était clair : lancer la vente aux enchères au bon moment. Les participants devaient être légèrement désinhibés, sans être trop alcoolisés. La générosité se cueillait toujours sur une ligne de crête. Le marteau de Simon de Pury ouvrit la marche.

En observant l'assistance, Éléonore pensa qu'il était bien dommage que la mission du Guggenheim ne tînt qu'au cirque d'un événement si coûteux. Pourquoi ne pas donner son argent anonymement ? se dit la journaliste. Il fallait être chrétien ou européen pour s'aventurer sur un tel chemin. Éléonore oubliait l'essentiel : la rétribution ! Comment résister à l'apposition de son nom sur l'aile d'un musée, le dossier d'un banc public ou la vitre d'un ascenseur ?

Un silence religieux envahit l'assemblée à l'arrivée sur scène de l'un des barons de la finance new-yorkaise. Son discours obséquieux, suivi d'un storytelling léché, sentait le conseiller en communication à plein nez. Face à la meute de pisse-froid, le financier n'hésita pas à sortir les grandes orgues du sentimentalisme. Le mot d'ordre était simple : *give back to the community*. L'exercice terminé, toutes les Karen de la salle étaient en pleurs. « Sortez les mouchoirs, il va pleuvoir des zéros ! » lâcha Lillemor à mi-voix. Éléonore éclata d'un rire complice. Mackenzie se retint, consciente que son avenir professionnel se jouait sur les enchères de l'orgueil.

Les coups de marteau s'enchaînèrent. La première partie de la vente fut un succès. Les fonds d'investissement avaient été à la hauteur des espérances de la directrice. Voilà qu'arrivait le dernier lot des enchères de la soirée : une huile sur toile de Bjarne Melgaard estimée vingt-deux mille dollars. L'œuvre datait de 2007. Elle déconcerta Éléonore qui n'y vit qu'une croûte surdimensionnée mêlant laideur et monstruosité. Éléonore sentit pourtant l'œil de Guillaume frémir. L'enchère commença à dix-huit mille dollars. En quelques minutes, elle atteignit la barre des vingt-quatre mille dollars. Guillaume leva alors son carton. Un convive placé à la table d'honneur le contrecarra. L'émulation devint contagieuse. « Mais comment une telle monstruosité peut-elle susciter autant d'intérêt ? » glissa discrètement Javier à Éléonore. « Vingt-sept mille… Vingt-huit… » Un soupçon d'hésitation apparut dans la pupille du banquier. L'Espagnole, que la scansion ininterrompue du maître des ventes avait excitée, se mit à l'encourager en se trémoussant sur sa chaise. « Guillaume, Guillaume ! Allez-y ! Vous allez l'avoir ! » Elle était en transe la petite Catalane, et cela, il l'avait flairé le finaud. Porté par l'émulation générale et prêt à conclure le deal ibérique de la soirée, Guillaume céda. « Trente ! » s'écria-t-il. Le commissaire ne l'avait pas entendu. Il aurait fallu qu'il se lève mais l'enthousiasme de sa voisine l'avait vigoureusement excité. Il s'époumona une seconde fois et, cette fois, l'emporta.

L'Espagnole posa alors sa main sur le genou du banquier, effleurant délicatement l'intérieur de sa cuisse tout en le félicitant avec volubilité. En l'imaginant à genoux, lécher son pénis victorieux, l'excitation de Guillaume redoubla.

Éléonore observa son cinéma avec circonspection. On avait beau promouvoir l'émancipation de la femme, certaines d'entre elles étaient encore prêtes à rejouer *L'Apollonide* pour un bout de carbone. « La sécurité, ça n'a pas de prix ! » lui souffla Javier, les observant du coin de l'œil.

Les petits fours débarquèrent au moment où Guillaume et sa voisine s'éclipsèrent. Les participants quittaient progressivement la salle. « Voici ma carte, Éléonore, lui dit Javier en la lui tendant. Je serais très heureux de vous revoir. Je vous enverrai la semaine prochaine une invitation pour la première de Malick. » Éléonore le remercia chaleureusement puis se rapprocha de Juergen que Mackenzie avait abandonné le temps de saluer ses derniers invités. Ce dîner avait rendu le physicien loquace. « Je vous dépose ? » proposa-t-il à Mackenzie lorsqu'elle les rejoignit. « Avec plaisir ! » répondit-elle, sans hésiter. « Il est charmant cet homme ! » confia-t-elle à Éléonore. La soirée avait été un succès pour Mackenzie. Éléonore la remercia de l'avoir placée à côté de Javier et toutes deux rirent à gorge déployée en évoquant l'acquisition de Guillaume. « On n'achète jamais dans une soirée de gala ! » s'amusa la conservatrice.

La pluie avait cessé. Éléonore rentra à pied. Lorsqu'elle arriva, Zoé dormait. Elle s'installa dans son canapé. Tapie dans l'obscurité, Éléonore observa les fenêtres éclairées du voisinage puis attrapa son smartphone. Trop fatiguée pour lire, pas assez pour dormir, elle passa en revue les dernières actualités, commanda du café sur Amazon puis se connecta à l'application Clubhouse. Éléonore fréquentait peu cette plateforme. Instinctivement, elle se mit à chercher Victor. Son compte apparut en haut de la longue liste des Clément. Non seulement Victor était membre de Clubhouse, mais de manière surprenante il était en pleine conversation avec le directeur de l'Orchestre philharmonique de San Francisco. La discussion portait sur la musique de Schumann et avait commencé quinze minutes plus tôt. Éléonore rejoignit le forum digital. Le directeur de l'Orchestre avait la parole. Les organisateurs de la *room* Clubhouse étaient tous localisés à Los Angeles. Et Victor ? Sur quel continent se trouvait-il ? Aucun élément ne permettait de faire la moindre conjecture. Au bout de quelques minutes, le modérateur s'adressa à lui. Éléonore sentit son rythme cardiaque s'accélérer. Lorsqu'elle entendit ses premiers mots, ses palpitations furent si fortes qu'elle eut la sensation d'avoir le souffle coupé. La discussion était retransmise en direct. Pour la première fois depuis douze ans, Éléonore et Victor se retrouvaient dans la même pièce, et qu'elle fût digitale ne changea rien à l'émoi qu'elle ressentit. Lorsque la parole revint au directeur de l'Orchestre philharmonique, elle sortit. Avait-il remarqué sa présence ?

Un désir brûlant gagna la journaliste. L'amour renaissait sous l'effet du manque. Éléonore se mit en boule dans le canapé et remonta la couverture jusqu'à son menton. Elle aurait voulu pouvoir se fondre dans le tissu, disparaître dans la maille, pour échapper à la passion.

19

Depuis l'ouverture de l'exposition, la pression au musée était retombée. Mackenzie en avait profité pour passer une semaine à Los Angeles après les fêtes. La conservatrice avait besoin d'entretenir son réseau artistique afin de débusquer de jeunes prodiges. Comme un éditeur en chasse du prochain prix Goncourt, Mackenzie traquait du prix Marcel-Duchamp en herbe. La battue se jouait depuis quelques années dans la Cité des Anges où le gibier créatif avait massivement élu domicile. Troquer son onéreux taudis new-yorkais contre un studio digne d'Anish Kapoor, et pour une bouchée de pain, expliquait la frénésie qui avait gagné la côte Ouest. Que Los Angeles fût de nouveau une ville attrayante pour de jeunes artistes et apprentis conservateurs n'avait cependant rien de surprenant. Larry Gagosian avait débuté son règne sans partage de leader du marché de l'art en vendant des posters sur la plage de Venice Beach, là où désormais les employés de Google ou de Snapchat venaient déambuler à l'heure du déjeuner au milieu de junkies hagards. Les licornes de l'Ouest qui avaient envahi la Silicon Beach tractaient désormais le marché des Jeff Koons en devenir, à coups de NFTs.

« Mackenzie est revenue hier de Los Angeles, je déjeune avec elle aujourd'hui », dit Éléonore à Zack qui rentrait de son jogging matinal.

Zack ne répondit pas. La vie de Mackenzie comme l'agenda d'Éléonore ne l'intéressaient guère.

« Pauvre Park ! poursuivit Éléonore en lisant l'actualité. Il écope de l'un des mandats les plus difficiles de l'histoire de cette ville. La situation économique est un tel désastre. Quel dommage ! L'économie avait pourtant si bien résisté.

— Peut-être trop bien ! réagit Zack. Tu as vu le prix des matières premières ? On ne peut même plus parler d'inflation à ce stade. Et la dette ! Elle atteint des records alors que la croissance n'a jamais été aussi faible. C'est une catastrophe ! Trump a vendu l'Amérique aux Chinois. Biden a ajouté le papier cadeau.

— J'ai écouté des économistes sur cette histoire de dette. Ce n'est apparemment pas si grave, objecta Éléonore.

— Non... bien sûr ! Le dollar va perdre son statut de monnaie de réserve mais tout le monde se moque de la dette. Ils me font rire tous ces économistes, Krugman le premier. L'histoire se reproduit et personne n'en tire les leçons. La prochaine monnaie de réserve, c'est le yuan ! »

Éléonore semblait dubitative devant la noirceur des projections économiques de Zack. Contrairement à Lawkins, Zack avait toujours fait preuve d'un pessimisme radical. De ses années de trading, Éléonore n'avait retenu que son obsession pour la crise. Elle sentait poindre chez lui un plaisir presque malsain au cataclysme. Être le seul à l'anticiper, le premier à en bénéficier : voilà ce qui avait si longtemps excité Zack.

« L'argent en Europe comme aux États-Unis ne rapporte

plus rien, ajouta-t-il. Quel autre pays que la Chine peut encore proposer cinq pour cent de croissance annuelle ? Aucun ! La seule chose qui manque à la Chine, c'est l'ouverture des marchés de capitaux. Ce n'est qu'une question de temps. La prochaine étape du capitalisme, c'est le capitalisme d'obédience communiste. C'est vers cela qu'on tend, Éléonore. Et cette perspective est loin de profiter aux entreprises américaines en croissance comme la mienne ! »

Face à ce marasme économique grandissant, les start-up souffraient. Il devenait de plus en plus difficile de trouver des sources de financement. Finfluences comme Higgs World avaient effectué leurs dernières levées juste avant l'éclatement de la crise. L'inquiétude minait tout de même Zack qui espérait céder sa start-up au plus vite. Les influenceurs subissaient de front la hausse du prix des produits de première nécessité. Sur Instagram et TikTok, la première nécessité, en dehors des seins siliconés, était le luxe. Et il n'y avait pas que les prix des sacs Chanel et des prothèses mammaires qui s'envolaient, le nombre d'influenceurs aussi. Le taux de chômage atteignait des records. À défaut d'emploi, les chômeurs passaient le plus clair de leur temps sur les réseaux sociaux. Le nombre de micro-entrepreneurs explosait. La plupart finissaient livreurs chez Amazon mais, entre-temps, ils tentaient le tout pour le tout.

Mackenzie arriva rayonnante au Waverly Inn. Elle portait ce jour-là une longue robe en laine noisette. Elle semblait d'humeur badine. Éléonore ne l'avait pas vue aussi épanouie depuis longtemps.

« On dirait que l'air de la côte Ouest t'a fait le plus grand bien ! » lui dit Éléonore. Les joues de Mackenzie rougirent légèrement. « Tu fais fausse route. Ma bonne humeur est plutôt due à un Allemand féru de physique quantique », lui confessa-t-elle. Éléonore ne put retenir sa surprise. « Ça alors ! Mais depuis combien de temps ? » Mackenzie balbutia un timide « depuis le gala ».

Mackenzie avait arpenté les galeries de Los Angeles puis rejoint Juergen à sa conférence sur l'intelligence artificielle. Éléonore la questionna sur le sujet mais Mackenzie n'en avait rien retenu. Elle préférait se souvenir du plaisir que Juergen lui avait procuré au petit matin, sur les hauteurs de West Hollywood. Allongée sur le dos, les jambes écartées avec gourmandise, elle s'était offerte à sa bouche affamée. Lorsque le plaisir était devenu trop intense, il s'était retiré puis avait posé sa main droite sous son sein, l'autre sur ses reins. Cette main avait amoureusement glissé jusqu'au creux de ses fesses. Mackenzie en avait gémi de plaisir. Tout en continuant sa caresse, Juergen s'était hissé sur son corps haletant. En la pénétrant, il avait appuyé son coude sur les draps froissés, posé sa tête contre ses cheveux épars. Elle avait senti son souffle effleurer le nœud de son épaule. Les contractions de Mackenzie avaient redoublé sous les va-et-vient, son corps trémulé sous l'effet du plaisir. Chaque intumescence frôlait la volupté. Le dernier râle de Juergen avait été si profond qu'un sentiment de bonheur indicible s'était emparé d'elle. Mackenzie n'était pas très pudique d'ordinaire, mais de cette béatitude de confession germanique elle n'avait cette fois rien envie de partager.

« Vous continuez à vous voir ? s'enquit Éléonore.

— Un ou deux soirs par semaine, le plus souvent à Brooklyn. Sa femme pense qu'il donne un cours à Columbia. Parfois le week-end mais c'est plus rare ! Bon… Assez parlé de Juergen, que mange-t-on ? »

Le serveur venait de leur apporter la carte mais Mackenzie comme Éléonore connaissaient le menu par cœur. En fond sonore, on entendait le délicat parler chanté de Lou Reed. Le Waverly Inn était à West Village ce que le Café de Flore était à Saint-Germain-des-Prés, L'Écume des pages en moins.

Au rez-de-chaussée de cette vieille maison du XIXe siècle, à l'angle de Bank Street et de Waverly Place, se pressait une foule d'artistes, des écrivains les plus en vue aux cinéastes les plus en vogue. L'intérieur, couvert de boiseries, était chaleureux. L'un des bars les plus iconiques de la ville s'y cachait. Une vieille cheminée d'époque, ornée de chenets en forme de chats sur lesquels des tisons ardents se consumaient, réchauffait l'espace. La cheminée était surmontée d'un miroir baroque à la vitre mouchetée autour duquel on avait apposé de vieux Polaroid, témoins de la vie trépidante que l'on menait depuis des décennies dans cet établissement new-yorkais.

Dans la pièce adjacente, le plafond était bas et la lumière particulièrement tamisée. On discernait difficilement les tables de brasserie parisienne en enfilade. Les murs étaient ornés d'une immense fresque d'Edward Sorel dans laquelle se côtoyaient Andy Warhol et Truman Capote, Walt Whitman et Marcel Duchamp, Edgar Allan Poe et Eleanor Roosevelt… On festoyait, on fumait, on savourait la bonne chère. New York aussi était une fête.

Mackenzie commanda le plat de volaille amish. Éléonore jeta son dévolu sur le steak tartare accompagné de frites maison. Éléonore raffolait de ces frites au couteau qui lui rappelaient celles de sa grand-mère, préparées avec soin dans sa cuisine aux accents siciliens. Enfant, elle s'y réfugiait le dimanche après la messe. Là, elle savourait en paix les bâtonnets frits à la chair ferme et fondante pendant que sa grand-mère lui racontait son enfance italienne, la guerre, l'exil, les Allemands et puis la résistance. « Tant qu'y a d'la vie, y'a d'l'espoir ! » lui répétait-elle dans un patois plus italien que français. Éléonore était fière de ce bout de femme de caractère qui jurait autant qu'elle priait.

Le Waverly Inn était un lieu symbolique pour Mackenzie et Éléonore, qui s'y étaient rencontrées alors qu'Éléonore venait d'emménager à New York. À cette époque, Mackenzie travaillait encore dans une galerie miteuse de Chinatown. Éléonore, qui habitait un petit meublé en entresol dans un immeuble jouxtant le Waverly Inn, y avait ses habitudes. Les serveurs étaient devenus des figures familières. Ils lui offraient souvent quelques amuse-bouches et lui racontaient leur vie. La majorité étaient des étudiants qui travaillaient le soir pour rembourser leur prêt.

Éléonore avait fait la connaissance de Mackenzie alors qu'elle dînait seule au bar. La jeune femme, qui venait d'éconduire un prétendant, l'avait interpellée. Toutes deux s'étaient mises à bavarder avec le barman, un dénommé Daniel. Daniel enchaînait les emplois précaires. Le jour, il était doorman dans un immeuble de la 74e Rue. Le soir, il était serveur. Daniel les faisait rire en leur racontant les péripéties des bourgeoises de l'Upper East Side. Leurs vies désœuvrées trouvaient là une finalité.

« Je me demande ce qu'est devenu Daniel ? songea Mackenzie à voix haute.

— J'ai cherché sur Internet il y a quelque temps. Impossible de retrouver sa trace, rétorqua Éléonore. Il est peut-être mort. Il m'avait confié un soir qu'il avait du mal à se passer de l'oxycodone depuis le traitement de sa hanche.

— Ah… Ces opioïdes ! » soupira Mackenzie au moment où leurs plats arrivaient.

Entre deux fourchetées, Mackenzie annonça à Éléonore qu'elle cherchait à acquérir un vélo électrique pour se rendre au travail. En dépit du prestige de l'institution à laquelle elle dévouait tout son temps, le salaire de Mackenzie était relativement modeste. Tout achat de ce type devait donc faire l'objet d'une analyse au cordeau. Fort heureusement, elle aimait passer des semaines à examiner des objets totalement incongrus : couvertures lestées, sonnettes, clignotants à télécommande… Le vélo électrique ne venait que grossir la liste des objets pour lesquels elle se piquait momentanément d'intérêt. À ce stade, elle avait jeté son dévolu sur un Brompton mais elle attendait que la tante de l'une de ses collègues qui possédait un modèle de la marque la rappelle. Mieux valait être prudente.

« Demande à Juergen, lui conseilla Éléonore. C'est lui le spécialiste du cyclisme !

— Il était mort de rire quand je lui ai dit que je cherchais un vélo électrique », rétorqua Mackenzie.

Juergen avait vivement conseillé à Mackenzie de s'acheter

un vélo traditionnel, conscient qu'un exercice quotidien maintiendrait le galbe exquis de son corps. Plus Éléonore observait Mackenzie, plus elle la trouvait resplendissante. Mackenzie semblait nimbée d'une douce et inébranlable gaieté. Cette joie éclatante contrastait avec l'atonie dont souffrait Éléonore. En dépit de sa résignation naturelle et de la profonde affection qu'elle éprouvait pour son amie, Éléonore ne put s'empêcher de la regarder avec envie.

20

En sortant du Waverly Inn, Éléonore et Mackenzie flânèrent dans West Village. Elles passèrent devant l'ancien appartement d'Éléonore puis obliquèrent sur la 11e Rue en direction de Bleecker Street. Peu après avoir dépassé Tartine, un bistrot français du quartier, Éléonore s'arrêta devant un vieil immeuble. Certaines briques avaient blanchi, donnant à l'ensemble un aspect croulant. Deux croix de chaînage ornaient la façade fissurée. Rien d'autre ne semblait capable de retenir ces briques ensemble.

« C'est ici que j'ai rencontré Zack ! » s'exclama Éléonore en se dirigeant vers la porte. Elle passa en revue les appartements de l'interphone. « Ça devait être le 5E. La soirée avait eu lieu sur le toit. » Ryan, un ami de Zack, et trois colocataires occupaient un appartement vétuste sur deux étages. L'habitation était d'une saleté repoussante.

« Il y avait un monde fou à cette soirée. La moitié était ivre, l'autre perchée. Pour le reste, mes souvenirs sont assez flous, reconnut Éléonore. J'avais pris trop de space cake.

— Toi ! Du space cake ? s'esclaffa Mackenzie. Je n'étais effectivement pas là !

— Je ne savais pas que c'était du space cake, admit Éléonore. Tu peux imaginer l'état dans lequel je me trouvais. Enfin, rien comparé à une bande de Texanes qui dansaient nues dans la piscine gonflable en se déhanchant sur *Poker Face*. Le déhanché avait d'ailleurs fait de l'effet à Ryan. Il a toujours eu un penchant pour les filles du Sud.

— Ça ne me dit rien sur ta rencontre avec Zack, dit Mackenzie, curieuse. C'est étrange, tu ne m'en as jamais parlé.

— Zack était arrivé tard. Il avait à la main *L'Érotisme* de Bataille, en français. On a commencé à parler du livre. Je l'ai taquiné, croyant qu'il l'utilisait pour draguer, mais au bout d'un moment j'ai compris qu'il l'avait vraiment lu.

— Tu es tombée amoureuse d'un livre, ma chère Léo ! Ça ne m'étonne pas de toi ! » pouffa Mackenzie.

Éléonore fronça les sourcils, l'air mélancolique.

« Ce soir-là, ma vie a chaviré sans que je m'en rende compte, ajouta-t-elle. Peut-être à cause d'un space cake, d'ailleurs… C'est sans doute ça le pire. On ne réalise jamais vraiment le jeu qu'on a alors on balance, on perd de l'atout et on se couche, comme si de rien n'était. Pendant qu'on joue à l'aveugle, on réduit inexorablement le champ des possibles jusqu'à ce qu'on ait tout mis au tapis. On croit que l'on décide alors qu'en réalité on ne décide de rien. On va là où le hasard, la chance ou le cannabis nous porte.

— Je ne suis pas d'accord. Ce serait complètement nier le libre arbitre. Je pense au contraire que l'on se construit librement, objecta Mackenzie.

— Le libre arbitre, c'est une naïveté de démagogue. Tout est déterminé. On ne sait simplement pas ce qui nous fait agir. Les gens croient choisir, que leur vie a un sens, mais aujourd'hui le sens ne sert qu'à vendre des tee-shirts hideux et des baskets importables. Où est le sens quand des gens au SMIC sont prêts à se saigner pour un logo Balenciaga ou le dernier iPhone ? Où est le sens quand tu aimes un homme et que tu le quittes… quand tu en méprises un autre et que tu restes ? »

Mackenzie ne répondit pas. Elle n'avait aucune envie d'égratigner sa joie contre l'amertume d'Éléonore. Déterminisme ou pas, Mackenzie avait renoncé à chercher ce qui poussait Juergen à glisser sa langue dans la dentelle de son corps. L'essentiel restait le plaisir.

Éléonore et Mackenzie reprirent leur marche lorsqu'un livreur, un bouquet de fleurs à la main, heurta Mackenzie. « Vous ne pouvez pas faire attention ! » s'insurgea-t-elle. L'homme l'envoya balader d'un geste de la main. « Comment peut-on livrer des fleurs aussi laides ! » cria Mackenzie à tue-tête alors que les glaïeuls disparaissaient au loin. Éléonore éclata de rire devant l'exaspération de son amie.

Les fleurs préférées de Zack, c'étaient les glaïeuls.

21

Depuis qu'elle avait écopé d'une double barre, Mackenzie était désemparée. La nouvelle était tombée un dimanche au début du mois de mars. Mackenzie était enceinte. Juergen avait beau tenir à elle, il était hors de question de quitter femme et enfant. « Pas maintenant », lui avait-il déclaré. Mackenzie se refusait à l'élever seule. À contrecœur, elle avait décidé d'avorter. Juergen s'était senti soulagé. La grossesse était encore récente. Les pilules abortives étaient arrivées par la poste en deux jours. Mackenzie avait préféré payer le surclassement Fedex overnight, une gâterie qu'elle ne s'octroyait que pour les livraisons de préservatifs dernière minute. Pas toutes, visiblement. Et dire que Wendy, la femme de Juergen, avait eu tant de mal à tomber enceinte malgré des années de FIV acharnées. Entre Mackenzie et Juergen, il avait suffi d'un seul oubli.

Mackenzie posa la petite boîte en carton blanc sur la table de nuit. Assise sur le rebord de son lit, elle la contempla, prostrée. Elle semblait si insignifiante… Peu après dix heures, Mackenzie avala le comprimé de mifépristone puis elle posa le verre d'eau sur la tablette. Elle s'allongea, releva ses jambes et inséra les comprimés de misoprostol au fond de son vagin. Le caractère irrémédiable de son acte l'angoissa. Un soubresaut de panique secoua son corps. Elle ne parvenait plus à reprendre son souffle. Elle allongea ses jambes et respira profondément en posant ses mains à plat sur le lit. Inspirer, expirer… Inspirer, expirer… Inspirer, expirer… Ses doigts s'agrippèrent à la couverture en laine, ses yeux au capteur de fumée. Les deux diodes de couleur rouge du boîtier semblaient la dévisager malicieusement. Un flux continu d'images la submergea : un éclat de rire, sa main dans ses cheveux, le goût de sa salive, le bruit de son râle…

Juergen arriva peu avant onze heures, au moment où les crampes et les contractions s'intensifièrent. Les saignements se firent plus abondants. Mackenzie se blottit dans le canapé sous une couverture. Alors qu'elle semblait presque inanimée, un spasme violent l'ébranla. Sous l'effet des pilules abortives, l'espoir d'enfanter s'atrophia irrémissiblement. Mackenzie repensa alors à ses prélèvements d'ovocytes qui, à l'heure actuelle, gisaient dans un bac d'azote liquide. Juergen, décontenancé par l'abattement de sa maîtresse, lui apporta un thé au miel accompagné d'une tranche de citron. Dans une sous-tasse, il disposa quelques cannelés de sa boulangerie préférée. Mackenzie ne voulut rien avaler. Elle somnola la majeure partie de l'après-midi pendant que Juergen, assis dans le fauteuil face à elle, regardait le Milan-San Remo sur son smartphone. Hors de question de louper la *Classicissima* dont les deux derniers vainqueurs arboraient fièrement les couleurs germaniques. Vers dix-neuf heures, voyant Mackenzie endormie, il se leva et sortit de l'appartement sur la pointe des pieds. Au moment où il referma la porte, le discret clic du verrou la réveilla. Mackenzie ressentit une écrasante solitude. De ce trio en gestation, il ne restait plus qu'elle. Des larmes coulèrent à flots sur son visage. Groggy à cause des sanglots, elle se rendormit.

Mackenzie avait coupé tout contact avec Juergen, ce qui arrangeait la conscience de celui-ci, malmenée pendant des mois. Seul le travail importait aux yeux de l'ingénieur. S'engager avec Mackenzie eût engendré bien trop de complications. Si Mackenzie avait le goût de la légèreté, de l'insouciance, du sexe, une fois ensemble, cela ne durerait pas. Comme beaucoup de femmes, elle finirait par faire passer sa progéniture avant son plaisir, la routine s'installerait et lui aurait sur les bras un avocat et deux pensions alimentaires. Plus que cela, sa recherche en pâtirait. Juergen n'était pas dupe. Il se souvenait très bien que Wendy aussi avait été insouciante et joyeuse avant de devenir une colocataire avec laquelle il avait mélangé son ADN. Wendy avait été la saveur de l'exotisme avant qu'il ne l'engrosse. Ses origines chinoises, son goût pour les *golden showers,* son enthousiasme pour les voyages sac à dos où elle n'emportait que quelques petites culottes et des tee-shirts noirs l'avaient excité. Il se souvenait encore du jour où elle l'avait sucé en pleine forêt costaricaine. À l'époque, elle avalait. Lui avait décidé d'avaler sa désillusion. En attendant, le ventre de Mackenzie lui manquait mais cela n'entravait pas la science.

22

Higgs World se trouvait dans une situation charnière. Depuis quelques semaines bruissait l'annonce d'une introduction en Bourse. Juergen n'était pas le seul à affronter les remous de l'entrepreneuriat. Zack aussi devait se battre. Finfluences était convoitée par plusieurs structures boursières de la côte Ouest, les fameux SPAC. Lorsqu'ils se croisaient, Zack et Éléonore ne parlaient plus que de cela. « La vente de Finfluences n'est plus qu'une question de temps », répétait Zack qui passait la moitié du sien entre Los Angeles et San Francisco.

BPI était le SPAC le mieux placé pour acquérir Finfluences. Pour mener à bien son rachat, Zack devait impérativement gonfler ses revenus. Si jusqu'à présent sa start-up octroyait des prêts de petite taille, il était désormais question de multiplier les volumes et d'alléger considérablement les conditions d'emprunt.

« On va ouvrir les vannes ! annonça Zack à Éléonore. Tout influenceur, même de taille modeste, sera en mesure d'obtenir du financement chez Finfluences.

— Cela risque de créer des situations de surendettement

terribles ! s'offusqua Éléonore. Cette stratégie ressemble grandement à celle des subprimes. Regarde aussi ce que les bénéficiaires du stimulus ont fait des chèques du gouvernement pendant la pandémie. Tout est parti en vêtements de luxe. Que vont faire les influenceurs de tes chèques ? Je trouve cette initiative vraiment dangereuse, d'autant que leur situation financière n'est pas très reluisante.

— Ton analyse est juste, Éléonore, mais ce n'est pas mon problème. On n'oblige pas les influenceurs à s'endetter. D'ailleurs, la plupart des modèles économiques fonctionnent grâce à la bêtise des individus. On gagne de l'argent sur le dos d'ignorants depuis des siècles, l'Église la première. Le curé, s'il n'a pas une tripotée de grenouilles de bénitier, il ne chauffe pas l'église. Le monde des affaires, ce n'est pas le Secours populaire. Et l'Amérique, ce n'est pas la France », conclut-il avec indifférence.

La réponse de Zack rendit Éléonore amère. La morale chrétienne finissait toujours par rattraper Éléonore. L'égoïsme de Zack était au contraire sa plus grande force. Si l'offre de BPI se confirmait, Zack ne resterait plus que six mois dans l'entreprise. Qu'envisagerait-il alors ? Consciente que l'estomac jouait un rôle central chez les ascètes du grand capital, Éléonore ne se faisait guère d'illusions.

Alors qu'elle s'apprêtait à partir, Zack, le nez dans son journal, l'interpella :

« Tu devrais lire l'article du *Wall Street Journal* sur Higgs World. Gadamer me semble mal en point !

— "When Quantum Computing Stumbles : Higgs World Caught up in Turmoil". C'est celui-ci, n'est-ce pas ? »

Zack hocha la tête en signe d'approbation, puis il ajouta : « Certains pensent que Gadamer prend le chemin de WeWork, ou pire… que c'est un Theranos en puissance ! » Éléonore parcourut rapidement l'article.

« Mais toi, tu en penses quoi ? lui demanda-t-elle.

— Je pense qu'il a intérêt à produire quelque chose et vite, sinon il peut faire une croix sur le marché, et ça en général, c'est le début de la fin. »

Préoccupée par les propos de Zack, Éléonore contacta Lawkins. L'instabilité engendrée par les rumeurs avait rendu les investisseurs de Higgs World fébriles. Cette situation était d'autant plus problématique qu'une entreprise canadienne dénommée Quantic Brain Labs venait d'annoncer la publication imminente de résultats concluants sur un algorithme très similaire.

Quelques heures plus tard, Éléonore reçut un e-mail de Juergen. Il souhaitait la rencontrer chez Higgs World, au plus vite. Ils convinrent de se voir le lendemain. L'idée de retrouver Nicky réjouit Éléonore.

À son arrivée, la journaliste découvrit, déçue, qu'à la place occupée par la pétulante Nicky se tenait désormais une jeune femme aussi froide que nonchalante. Personne ne venait solliciter la nouvelle recrue que rien ne semblait intéresser davantage que son smartphone. Tous les problèmes de machine à café semblaient s'être envolés avec Nicky et ses bourrelets. Le placard à fournitures était ouvert et en désordre. La fontaine à eau était vide. La remplaçante s'appelait Maisie.

Juergen arriva aussitôt. Agacé par l'état négligé de la réception, il ferma brutalement le placard avant de se diriger vers

Éléonore. Il avait mauvaise mine. Son sourcil gauche tressautait en continu. Éléonore et Juergen n'évoquèrent ni la soirée de gala, ni Mackenzie.

Sur la table de son bureau traînaient trois tasses vides. De cela non plus, Maisie ne s'acquittait pas.

« Éléonore, j'ai peu d'admiration pour la presse mais j'ai toujours respecté le travail des journalistes lorsqu'il était accompli avec sérieux. Vos confrères du *Wall Street Journal* sont impardonnables. Ils n'ont aucune conscience professionnelle. Publier un article sur Higgs World, de cette teneur et sans me consulter, c'est inacceptable ! »

Juergen se tut, puis reprit : « Rendez-vous compte qu'ils ont publié ces mensonges d'après les seuls dires d'un employé parti pour mon concurrent ? C'est misérable de la part d'un journal de cette qualité ! Misérable ! »

À la demande d'Éléonore, Juergen lui présenta l'état de ses recherches.

« Notre dernier cycle d'expérimentations se termine, lui expliqua-t-il. D'ici l'été, juin probablement, nous serons en mesure de communiquer officiellement les résultats de notre algorithme optimisé pour vingt portes quantiques. » L'introduction en Bourse semblait encore envisageable. « Ces rumeurs, ajouta-t-il, sont une pure manipulation du marché orchestrée par Quantic Brain Labs. C'est sournois mais c'est à l'image de ces physiciens de pacotille. »

Quantic Brain Labs avait été lancé un an après Higgs World par deux chercheurs ukrainiens. La start-up, qui s'était installée à Toronto afin d'attirer de la main-d'œuvre américaine qualifiée, avait plagié l'idée de Juergen.

« Comment votre équipe prend-elle les choses ? lui demanda Éléonore.

— C'est compliqué, d'autant que l'employé qui est parti était l'un de mes meilleurs mathématiciens. »

L'évocation de ce mathématicien piqua la curiosité d'Éléonore. S'agissait-il du Mathématicien ? Si tel était le cas, on ne pouvait pas faire confiance à un homme incapable de verrouiller son smartphone.

« J'ai parlé à mes ingénieurs, poursuivit-il, ils restent confiants. Nous allons organiser un séminaire pour ressouder l'équipe. » Juergen se leva d'un bond. « Venez, je vais vous montrer où nous en sommes. Nous n'avions pas eu le temps de faire le tour du laboratoire la dernière fois. »

Il l'entraîna d'abord dans l'open space où il la présenta à ses ingénieurs. Leur montrer que *The Economist* faisait une enquête ne pouvait qu'être positif. Ils descendirent ensuite visiter la pièce dans laquelle était installé l'ordinateur quantique. La machinerie était impressionnante. Au centre, un cylindre long de trois mètres était divisé en trois compartiments sur chacun desquels étaient disposés plusieurs jeux de poignées. Le tout était retenu par un double portique. Cette masse tubulaire, harnachée au plafond, avait des allures de capsule spatiale. Des kilomètres de câbles multicolores couraient d'une myriade d'équipements sophistiqués vers une armée de serveurs et d'ordinateurs traditionnels. L'ordinateur quantique ne se concentrait que sur les calculs qu'un ordinateur normal était incapable de réaliser.

Deux ingénieurs en blouse blanche s'approchèrent du

cylindre. Ils saisirent les poignées et, dans une performance d'une précision épatante, firent coulisser harmonieusement les parois. Éléonore découvrit, ébahie, le cœur de la machine quantique. L'ordinateur était construit comme un fastueux chandelier à étages. Juergen lui détailla chaque élément. Au premier étage en partant du haut se trouvaient l'amplificateur de signal des qubits refroidi au zéro absolu ainsi que les lignes micro-ondes réceptrices. À l'étage en dessous étaient installés les lignes coaxiales supraconductrices, les isolants cryogéniques et la chambre mixte. Enfin, vers le bas, étaient placés les amplificateurs quantiques et le blindage protégeant le processeur quantique des ondes électromagnétiques.

La démonstration terminée, Juergen raccompagna Éléonore à la réception. En chemin, ils croisèrent le Mathématicien. À sa vue, Éléonore se sentit soulagée et ne put réprimer un sourire. Lorsque l'ingénieur la reconnut, il rougit, baissa les yeux et plongea son regard dans les documents qu'il transportait. Une fois à sa hauteur, Éléonore le salua. Le matheux ne répondit pas et accéléra le pas. Juergen, accaparé par la lecture d'un e-mail, ne remarqua rien de cette pantomime.

« Éléonore, je ne laisserai pas ces vauriens me voler ma recherche, croyez-moi, lui dit-il avant de la quitter. Ma technologie est de loin la plus aboutie. Je le démontrerai ! »

La véhémence du ton de Juergen révélait l'affliction que cet article lui avait causée. Éléonore éprouva pour lui une profonde empathie. Elle aurait voulu pouvoir l'aider en communiquant quelque chose de positif sur son projet mais Juergen peinait à constituer sa défense.

« Une dernière question, Juergen, lui dit-elle. Les puces de Gertrude… Sont-elles prêtes ? »

Gertrude avait trois mois de retard mais cela ne semblait pas inquiéter Juergen, étant donné le retard accumulé par ses propres équipes.

« Neurathink pourrait-il être une alternative ? » s'enquit la jeune femme.

Compte tenu de la puissance des implants, Juergen voyait d'un mauvais œil une telle collaboration.

« Éléonore, cette puce, c'est l'accès illimité à la pensée. Concentrer toute cette information dans les mains de l'homme le plus puissant du monde serait bien trop risqué ! Neurathink n'est pas une solution envisageable d'un point de vue éthique. »

À ce stade, Éléonore n'avait pas d'autre choix que de prendre contact avec Quantic Brain Labs. Elle écrivit à Yulic Kolvalev qui lui proposa aussitôt une entrevue en ligne. La présentation de Kolvalev et de son associé, Demyan Sidorenko, impressionna Éléonore. Leur mise en scène était parfaite, de la blouse blanche qu'ils arboraient aux fiches de présentation de l'entreprise qu'ils déroulaient avec aisance. Les Ukrainiens répondirent à l'intégralité des questions de la journaliste, à l'exception de celles relatives à leur financement. « Nous sommes financés par des fonds réputés, établis au Canada et en Angleterre », arguèrent-ils sans plus de précisions. L'information était exacte mais les deux fondateurs omettaient de dire que les sociétés mères de ces fonds étaient toutes des sociétés domiciliées aux Bahamas ou sur l'île de Jersey. Kolvalev et Sidorenko confirmèrent enfin à Éléonore que Quantic Brain Labs était sur le point de produire un algorithme semblable à celui de Higgs World. La seule différence portait sur le nombre de portes quantiques utilisées. Seize pour Quantic Brain Labs, vingt pour Higgs World.

Éléonore ne parvint pas à obtenir la date d'officialisation des résultats mais elle réussit à négocier une exclusivité de vingt-quatre heures sur le communiqué, au moment de sa sortie.

Sa discussion avec les physiciens terminée, Zack, Zoé et elle se mirent en route pour les Catskills où ils avaient prévu de passer leurs vacances de Pâques. Pendant que Zack conduisait, Éléonore cogitait. En regardant défiler le paysage, elle se dit que Juergen avait de bonnes raisons de s'inquiéter. Lorsque la médisance commençait à poindre, mieux valait faire preuve de sagacité.

Quantic Brain Labs tenait désormais entre ses mains une insignifiante petite boîte blanche.

II

II

23

Le trajet jusqu'à Round Top fut rapide. Le trafic était fluide. La majorité des vacanciers de Pâques avait quitté Manhattan la veille. Un ours en céramique bleue, pâle copie d'une sculpture d'Orlinski, se tenait à la droite du portail de la propriété où Zack, Zoé et Éléonore s'apprêtaient à passer la semaine. Éléonore n'appréciait guère Orlinski. Elle avait découvert l'attrape-nigaud de la résine chez Myriam, une maman de l'école. Orlinski faisait fureur dans la communauté française depuis que la maire de Paris s'était entichée de ses gorilles et les avait disséminés dans les rues de la capitale.

En ouvrant le portail, Éléonore jeta un œil à la plaque apposée sur le socle de la sculpture. L'artiste était Alberto Romanio, le chorégraphe propriétaire de la résidence de danse qu'ils avaient louée. L'œuvre était sponsorisée par la fondation Rockefeller. Un ours, un crédit d'impôt. Une habileté d'artiste, se dit Éléonore. Orlinski pariait sur le bourgeois en quête de sens, Romanio misait sur le philanthrope en quête de défiscalisation.

La voiture emprunta un chemin de terre, traversa un pont puis se gara devant deux vieux hangars blancs réhabilités. Celui sur leur droite était le studio de danse de la résidence, celui face à eux, leur logement pour sept jours. Alors qu'ils sortaient de leur véhicule, Alberto vint à leur rencontre. Sa démarche chaloupée portait les stigmates de décennies de travail à la barre. Son marcel noir, son pendentif christique comme ses innombrables tatouages donnaient à Alberto un côté bad boy qui avait dû faire des ravages dans la communauté homosexuelle des années quatre-vingt-dix. « Vous arrivez juste à temps, le soleil ne va pas tarder à se coucher ! » s'exclama-t-il, l'air enjoué.

Alberto logeait à proximité de la résidence, dans une ancienne chapelle de bois blanc que lui et son compagnon, arboriculteur, avaient restaurée. Il partageait son temps entre son studio au sud de Manhattan et Crow's Nest, la résidence dont il avait fait l'acquisition deux ans plus tôt grâce au soutien de généreux mécènes. Les donations avaient afflué pour ce phénix de la danse contemporaine.

Voyant le soleil décliner, Alberto proposa aux locataires de faire le tour de la propriété. Cossue, la résidence pouvait accueillir une douzaine de danseurs. Ils étaient trois et ne dansaient pas. Alberto emmena la petite famille visiter le potager avant de les conduire vers le fond du jardin. « Qu'est-ce qu'on va voir maintenant ? » demanda Zoé à sa mère. Éléonore haussa les épaules sans réponse. « Une cabane », répondit Alberto. « Une cabane ! » reprit la fillette, les yeux écarquillés. Apercevant la maisonnette, la petite se précipita sur le pont qui y menait. La cabane était construite sur pilotis afin de compenser la pente abrupte du terrain sous-jacent. Elle disposait d'une vue à deux cent soixante-dix degrés. Une onde verte s'étendait à l'infini. Le soleil crépusculaire s'y recueillait.

Deux portraits étaient accrochés sur l'un des murs. Le premier représentait Noureev, le second un danseur qu'Éléonore ne reconnaissait pas. « Steve Paxton », lui chuchota Alberto en la voyant s'attarder devant. Une odeur de citronnelle embaumait la pièce. Elle provenait d'une ribambelle de bougies étalées le long des murs. Une table basse séparait deux banquettes couvertes d'une toile aux rayures rouges et vertes. « Moi, je dors là ! » s'écria Zoé en plongeant dans les rayures. En contrebas de la cabane, Éléonore aperçut une mare verdâtre traversée par un petit pont en rondins et bordée de toupillons violacés.

La descente du crépuscule mit fin à la visite.

« Vous avez gardé contact avec l'ancien propriétaire ? demanda Zack à Alberto alors qu'il regagnait son véhicule.

— Il est mort. Vous le connaissiez ?

— Son fils Rob surtout. »

Enfants, Rob et Zack avaient fait les quatre cents coups à Crow's Nest, jusqu'à ce que la famille de Zack déménage à Brooklyn. Alberto apprit à Zack que Rob vivait toujours à Round Top.

Alberto parti, Zack s'installa sur une grosse pierre. Dans la pénombre grandissante, il conta à Éléonore et Zoé ses souvenirs à Crow's Nest. « Le samedi après-midi, on jouait dans le hangar, là-bas », dit-il en pointant du doigt le studio de danse. Éléonore écoutait d'une oreille distraite. L'œil fixé sur son smartphone, elle lisait attentivement la biographie d'Alberto qui se définissait comme un « accro du mouvement ». Zoé, curieuse, buvait les paroles de son père.

« Tu venais tous les samedis ? s'enquit la fillette.

— Oui ! Mes parents travaillaient le week-end. Personne ne pouvait s'occuper de moi. Nous n'avions pas les moyens d'avoir une baby-sitter. C'était Crow's Nest ou la télé.

— Ils travaillaient où tes parents ?

— Dans une pharmacie à Cairo, la grande ville d'à côté. Pendant qu'ils travaillaient, je venais chasser des grenouilles et pêcher des salamandres. Il nous arrivait même d'attraper des orvets près de la mare ! Ensuite, on chipait des bocaux dans la cuisine et on courait les cacher dans notre cahute, près du ruisseau.

— Waouh ! Des orvets ! Tellement cool ! »

Zoé était médusée. Zack avait rarement l'air ému mais l'évocation des amphibiens et des reptiles semblait avoir ouvert une brèche.

La nuit était maintenant tombée. Il était temps de rentrer.

Zack n'avait pas revu Rob depuis trente-six ans. Ses recherches confirmèrent les informations communiquées par Alberto. Rob était conducteur de camions pour GTB Transportation. Sa femme se prénommait Amy. Zack n'en apprit pas davantage mais lui envoya un message pour lui faire part de sa présence et lui proposer de se revoir.

Cette première soirée fit du bien à Éléonore. Crow's Nest était un lieu propice à la réflexion. Une atmosphère calme et rassurante y régnait. Le dîner terminé, elle s'installa, seule, dans le salon. Là, elle se laissa bercer par les cordes *piano* du *Lacrimosa.* L'impression de sentir Victor s'affaisser contre ses reins, s'assoupir entre ses cuisses, l'envelopper… la troubla. Son visage épousait sa nuque comme si elle avait été faite pour lui. Leurs chairs tièdes s'enlaçaient, leurs phalanges se croisaient, leurs souffles se mêlaient. Éléonore éprouva de la nostalgie en se remémorant leurs nuits rue Barbet-de-Jouy. La vie n'avait jamais eu autant d'éclat. Sous la puissance chromatique du crescendo, elle ressentit un léger étourdissement puis tout redevint calme. Un sentiment de légèreté l'envahit.

La porte s'ouvrit brusquement. Zack entra, ses écouteurs sur les oreilles. « Tu n'as pas vu mon chargeur d'iPad ? » s'écria-t-il. Le regard courroucé d'Éléonore fixa le fil qui pendillait le long de son torse. Zack portait un tee-shirt de course vert fluo en matériau respirant, un short de nuit en coton gris et des tongs jaunes qui lui donnaient une allure de nageur du dimanche à la piscine municipale d'Albi. La lourdeur de Zack mit Éléonore en colère. « Il est là ton chargeur », bougonna-t-elle en lui indiquant la tablette de la cheminée. Zack s'avança, hésitant. « Là, tu ne vois pas le fil qui court le long du linteau ? » Zack attrapa le fil et ressortit aussitôt. Éléonore se leva, claqua la porte et relança le *Lacrimosa* afin de retrouver la respiration de son amant. Le manque s'insinua de nouveau, mais ce soir-là au sous-vide de Manhattan s'opposait le sur-plein de Round Top.

Arpenter l'aseptisé new-yorkais asséchait Éléonore. Elle sentait sa passion pour le journalisme la quitter. L'enquête sur l'ordinateur quantique la captivait mais les autres sujets la lassaient. Asphyxiée par ce monde dans lequel on exécrait le corps, fuyait la chair, arrachait les poils, chassait les odeurs… où toute aspérité était gommée, Éléonore sentait que protéger ses derniers sens devenait vital. La journaliste prenait enfin conscience que la seule vertu collatérale de l'absurde était l'amour. Dans un monde dénué de sens, l'essentiel n'était-il pas d'aimer ? Éléonore avait eu beau fuir à six mille kilomètres, douze ans plus tard, son amour pour Victor la rattrapait.

Les premières lueurs du jour la réveillèrent. Elle s'installa silencieusement dans le canapé du salon. De là, elle contempla longuement les branches d'un vieux chêne qui caressaient la baie vitrée sous l'effet du vent. En contrebas, elle aperçut une clairière pleine de fleurs sauvages. Une barrière oxydée, maigre repoussoir à ours, encadrait le paysage impressionniste. Derrière, une forêt de pins verdoyants s'étendait à perte de vue.

Un bruit violent la fit sursauter. Le bruit semblait provenir de la terrasse. Éléonore se redressa. À l'extérieur, rien ne semblait avoir bougé. Perplexe, elle se leva, enfila une veste et sortit. L'air frais était vivifiant. Tout semblait très calme. Déconcertée, Éléonore se dirigea vers le jardin lorsque le bruit retentit de nouveau. Un passereau brun-olive venait de heurter la vitre à pleine vitesse et de s'écraser à ses pieds. Ailes contre terre, l'oiseau était inerte. Un excès de transparence venait de l'emporter. Éléonore contempla la dépouille. Saisie d'effroi, elle l'enjamba et se dirigea vers la clairière.

Le chemin qui y menait contournait la mare. À cette heure matinale, les orvets pionçaient à poings fermés. Éléonore craignait davantage de croiser un ours. Percevant de l'agitation près d'un vieux cabanon, elle s'approcha lentement. Un homme en tenue d'apiculteur retirait sa combinaison. Deux petites ruches blanches se trouvaient à une vingtaine de mètres en contrebas. Éléonore salua l'homme qui se contenta de répondre par un hochement de tête. C'est alors qu'elle distingua d'intrigantes fleurs blanches à fruits dont les pédicelles grêles formaient de petits amas étiolés. Éléonore se pencha pour les observer de plus près. « *Actaea rubra*, lui murmura l'homme. Ses baies sont vénéneuses, n'y touchez pas. » « Et celles-là ? » lui demanda Éléonore en lui indiquant de grandes fleurs rose fuchsia qui proliféraient à l'entrée de la clairière. « C'est un sabot de la Vierge », lui répondit-il. Elle sourit. Le visage de l'homme s'adoucit. « Les bourdons raffolent du sabot de la Vierge, lui expliqua-t-il. Ils s'y glissent à la recherche de nectar mais malheureusement ils n'en trouvent pas car cette plante n'en produit pas. Elle berne les bourdons, qui une fois à l'intérieur ne peuvent plus sortir en reculant puisque le bord de la fleur est tourné vers l'intérieur. Ils sont obligés de pivoter pour ressortir. En pivotant, ils passent sous le stigmate de la fleur et y déposent le pollen des autres fleurs, collé sur eux. En ne produisant pas de nectar, la plante économise de l'énergie. En leurrant le bourdon, elle obtient la fécondation dont elle a besoin. Malheureusement, après quelques visites, les bourdons comprennent la supercherie. » Ensemble ils parcoururent la clairière. L'apiculteur prit soin de faire l'anthologie des fleurs en latin : *Podophyllum peltatum*, *Polygala paucifolia*, *Lychnis flos-cuculi*, *Veronica chamaedrys*, *Kalmia latifolia*… Éléonore s'émerveillait de la délicatesse d'un pétale comme de la finesse d'une tige. Cette clairière lui sembla aussi vivante que la musique de Victor.

Lorsqu'elle rentra, Zack était en train de faire sauter des crêpes. « Où étais-tu ? Tu as envie d'une crêpe ? » Cette flânerie l'avait mise en appétit, elle accepta volontiers. Pendant que Zack s'affairait, Éléonore l'observait. De leur complicité ravie ne subsistait désormais qu'une politesse trompeuse. Plus son regard le scrutait, plus une indifférence glaciale l'infiltrait. Éléonore n'éprouvait plus rien pour Zack. Mais elle avait faim, très faim.

« Rob m'a répondu, lui dit-il en se tournant vers elle.

— Maman, maman, s'écria Zoé, très excitée, on va rencontrer le copain de papa !

— Rob nous a proposé de nous joindre à sa famille pour un barbecue demain… J'ai accepté… J'espère que tu n'y vois pas d'inconvénient ? »

Être ici ou ailleurs… sans Victor… quelle différence ? Elle hocha la tête en guise d'approbation.

24

Après le déjeuner, Zack les emmena randonner en direction de Black Dome, un sommet des environs. Le chemin moussu commençait dans le hameau de Windham. La mousse de Windham était épaisse et abondante, une invitation à la caresse. Petite, Éléonore avait passé de longues heures à explorer la mousse sur les galets devant la cuisine. La mousse de son enfance était bien plus filandreuse, d'un vert brunâtre sur les pointes. Éléonore aimait glisser ses ongles sous les petits amas veloutés. Là, elle observait avec amusement le ballet anarchique des coléoptères éblouis. Au-delà de l'observation d'arthropodes, son repaire végétal lui permettait de surveiller en catimini le spectacle quotidien d'ivrognerie maternelle. L'inconséquente vidait ses paquets de cigarettes comme elle descendait ses bouteilles. La main gauche fermement arrimée à son téléphone, sa main droite remplissait les verres immédiatement siphonnés. Pendant ce temps, la fillette se tapissait dans le royaume des insectes, un livre à la main.

Ce jour-là, les conditions de marche étaient optimales. L'air était frais, le temps ensoleillé. Zack et Éléonore n'abordaient pas la marche par le même versant. Zack fonçait, Éléonore lambinait. Ce qui intéressait Éléonore n'était pas tant la vitesse que le mouvement. La marche, à laquelle elle s'était adonnée tardivement, la rassérénait. Elle avait grandi dans les Alpes mais découvert la randonnée dans les collines de New York. « La randonnée, c'est pour les ploucs ! » juraient ses parents qui, au pas cadencé, préféraient le feuilleton du dimanche sur M6. Lui passait haut la main le filtre parental du prolétariat. Pendant ce temps-là, chez les prolétaires, on dévorait du Baudelaire.

Sur le chemin du retour, ils s'arrêtèrent dans une ferme. Zack tenait à ne pas arriver les mains vides. Éléonore jeta son dévolu sur une tarte fine aux pommes, un luxe dans les environs. La femme qui servit Éléonore avait une cinquantaine d'années et les cheveux grisonnants. Elle avait entendu son collègue l'appeler Susan. Susan portait des lunettes vertes très originales et une robe ample qui masquait sa silhouette étique. Elle détonnait. Éléonore et elle bavardèrent quelques minutes. « J'ai longtemps travaillé dans le monde de l'art, lui confia Susan à mi-voix. J'étais en charge des relations publiques d'une grande galerie new-yorkaise… Hauser & Wirth ! » Au moment où elle prononça le nom de la galerie, son visage s'illumina. « J'y suis restée près de quarante ans ! » poursuivit-elle. Aux yeux de Susan, Éléonore représentait le monde d'avant, quelqu'un susceptible de l'apprécier à sa juste valeur. Éléonore savait que chez Hauser & Wirth on ne vendait rien à moins de six chiffres, que la vente d'une seule œuvre de Roni Horn ou de Pierre Huyghe aurait permis de financer l'achat de cinquante pour cent des terrains de Round Top. Et pourtant, sa monture de lunettes griffée et déjà démodée était tout ce qui restait à Susan. Chaque branche renfermait les secrets d'une vie trépidante consacrée aux plaisirs d'une élite qui ne savait même pas où se trouvait Round Top. Fini le chichi des vernissages, Susan ne pouvait plus prétendre qu'à une simplicité rustique. Ses paroles troublèrent Éléonore. Comme disait Cioran, il fallait accepter de vivre dans un monde raté et que chaque instant disparaisse à jamais. Pour Éléonore, tout pouvait disparaître, tout excepté la vie rue Barbet-de-Jouy.

Zack était à la fois impatient et nerveux de revoir Rob. Éléonore partit courir tôt le dimanche matin, pendant que Zack et Zoé jouaient aux échecs. En bas de la route qui menait à Crow's Nest, elle s'arrêta pour observer la carte. Son téléphone n'avait aucune connexion. Éléonore se déplaça de plusieurs mètres, en vain. Son regard fut soudain attiré par un vieux mobile home, totalement négligé. Ce qui la troubla ne fut pas tant l'état de délabrement de l'habitation qu'un panneau de basket-ball en plastique noir qui gisait sur une bande de graviers gris, envahie par les mauvaises herbes. Aucune voiture ne stationnait devant ce taudis. On était loin des maisons cossues des Hamptons. Dans l'antre des nantis, berlines et décapotables formaient d'interminables processions, tant ces gens-là recevaient. Recevoir du monde était un signe extérieur de richesse, mais pour recevoir, il fallait avoir quelque chose à montrer. Tout ce que le propriétaire de cette habitation décrépite avait à montrer se trouvait déjà à portée de vue. Une vieille bouée représentant un beignet à moitié dégonflée et noircie par les intempéries s'affaissait contre une bombonne de gaz. Un drapeau américain, flambant neuf, avait été accroché dans le tronc d'un arbre. L'ensemble avait des allures de Fukushima après l'explosion de sa centrale. Les objets de ce lieu sentaient à la fois la vie et la mort, l'actualité et le suranné, l'interrompu. Éléonore avait terriblement envie de relever ce panneau de basket. Le reste du fatras ne la dérangeait pas mais ce panneau la démangeait.

Elle sentit son téléphone vibrer, la carte apparut. Elle identifia un chemin de course et se mit en route en écoutant les nocturnes de Chopin joués par Victor. Éléonore enchaînait les kilomètres dans cette campagne éminemment pieuse. Les jardins des environs témoignaient de la dilection de leurs propriétaires pour la Vierge. Pas un nain de jardin mais une horde de madones. Les sculptures édéniques lui rappelaient les petites fioles d'eau bénite en forme de sainte que sa mère lui rapportait de ses passages à Lourdes. La picoleuse en déposait toujours une sur sa table de nuit, lui recommandant d'en utiliser chaque soir quelques gouttes pour faire son signe de croix. Éléonore ne voulait pas blesser sa mère mais elle valorisait avec bien trop de lucidité la parole d'une ivrogne. Chaque soir, la récitation du Notre-Père terminée, elle déversait en catimini quelques gouttes d'eau sacrée dans les toilettes. Un plaisir intense la gagnait au moment où elle tirait la chasse.

Au retour de sa course, le panneau n'avait toujours pas bougé. Éléonore aborda la montée de Crow's Nest avec difficulté. Ses genoux la faisaient souffrir. En arrivant à la résidence, elle se précipita dans la salle de bains aux allures de thermes romains. Deux immenses statues en bronze encadraient la douche à l'italienne, une extravagance d'Alberto qui donnait à la pièce une sensualité méditerranéenne. La pression de l'eau était particulièrement puissante. Aucun bruit ne fuitait. Éléonore se capitonna sous le jet d'eau chaude. Elle n'entendit pas Zack qui la priait vainement de se dépêcher.

Elle était ailleurs.

25

Rob et sa famille habitaient une ferme aux façades patinées par les intempéries. Sur le toit chancelant du hangar mugissait le drapeau américain. Zack gara sa Tesla entre un volumineux pick-up Ford bleu nuit et une Honda Odyssey grise. À droite de la Honda était stationnée une Harley-Davidson au guidon extraordinairement surélevé. Sur le réservoir était peint un pygargue à tête blanche.

Deux hommes grassouillets buvaient des Pabst Blue Ribbon près du barbecue installé dans l'herbe. L'un portait des tongs, un bermuda beige et le maillot numéro quatorze de l'équipe des Jets. L'autre, barbu et légèrement plus âgé, arborait la panoplie complète du motard : jean, santiags et ceinture en cuir noir garnie de son arme et de ses clés. Éléonore regarda avec insistance son tee-shirt noir. Le logo de la marque lui rappelait un événement qu'elle ne parvenait pas à identifier.

L'implantation capillaire en forme de casque du numéro quatorze accentuait la rondeur de son visage et l'épaisseur de ses joues rosies par l'alcool. Il s'approcha, souriant mais hésitant. « *Hey, Zack!* » dit-il d'une voix nasillarde. Zack scruta ce visage qu'au premier coup d'œil il n'avait pas reconnu. L'écart entre le souvenir de leur complicité juvénile et la distance qui dorénavant les séparait les jetait dans un fossé d'étrangeté.

La jovialité du ton de Rob mit fin à l'hésitation générale. Zack lui présenta sa famille. Éléonore lui tendit la tarte aux pommes. « *Hey, Amy!* » vociféra aussitôt Rob. Une petite femme replète accourut en legging léopard, tee-shirt blanc moulant et tongs à strass. La douce Amy respirait la bonté. Son léger zézaiement renforçait son amabilité naturelle. Ses cheveux blond filasse étaient remontés en un chignon désordonné que retenait une pince en plastique rose fluo. Son œil charbonneux, un dimanche de canicule à la campagne, attestait d'une maîtrise professionnelle du pinceau à maquillage. Amy se saisit de la tarte et invita Zack, Éléonore et Zoé à se servir à boire. De son index nacré, elle leur indiqua un bac en plastique jaune. « V'z'avez des verres à côté », précisa-t-elle. Le bac, placé à côté du barbecue, était rempli de bières et de sodas. En dehors des glaçons, il ne contenait pas une goutte d'eau. Éléonore prit un Snapple Peach Tea. Zoé jeta son dévolu sur un Kiwi Strawberry. Rob tendit une bière à Zack puis leur présenta Jim. Éléonore rejoignit Amy en cuisine.

Zoé ne voulait pas quitter sa mère. Après une dizaine de minutes, Éléonore lui enjoignit d'aller jouer avec Gunner, le fils d'Amy et Rob. Gunner devait avoir douze ou treize ans. Pendant que sa sœur s'abêtissait devant des clips musicaux, lui s'adonnait aux jeux vidéo. Zoé, intimidée, ne semblait pas très enthousiaste à cette idée et pressa sa mère de lui donner son livre. La petite s'installa sur un banc de la terrasse, le troisième tome des aventures de Harry Potter entre les mains. « T'aimes Harry Potter ? » lui demanda très gentiment Amy. « Oui, beaucoup madame ! » répondit-elle d'une voix fluette. « Mes enfants aussi. Hein, Gunner ! s'écria-t-elle en se tournant vers son fils. Mais z'aiment pas les livres, eux. Pas trop des intellos. » Zoé la regarda circonspecte. Comment pouvait-on ne pas aimer les livres ?

Jim était le voisin de Rob. Depuis sa reconversion, il travaillait comme contremaître dans le bâtiment. Avant de frayer avec les sacs de ciment, Jim avait passé près de trente ans chez Libbey Glass, un fabricant de verre localisé à Toledo dans l'Ohio. Jim était fier de son emploi de contremaître dans le verre. L'ingénierie du verre était autrement plus prestigieuse que celle du béton. À l'apogée de sa carrière, Jim dirigeait une équipe de dix-huit ouvriers. Quand son entreprise l'avait licencié, il avait tenté de retrouver du travail dans la même branche mais les manufactures de Toledo ne faisaient plus le poids face aux agglomérations verrières chinoises. Après plusieurs mois de recherches, Jim, fraîchement divorcé, s'était résigné à rejoindre l'entreprise de travaux publics de son frère à Cairo.

Rob n'avait pas connu les mêmes déboires. Il travaillait depuis vingt-six ans chez GTB Transportation, une entreprise de transport de produits industriels. Rien n'avait changé pour Rob. Il avait épousé son amour de jeunesse, n'avait pas quitté son village natal et fréquentait l'église tous les dimanches. Après la messe, son plus grand plaisir consistait à se vautrer devant les matchs de football américain.

Autour du barbecue, on ne parlait plus que de football. Au

détour de leur conversation, Rob demanda à Zack : « Toi, qu'est-ce tu fais pour gagner ta vie ?

— Je suis entrepreneur… dans la fintech », marmonna Zack, gêné d'avoir si bien réussi.

Rob resta perplexe. Pour retrouver de la contenance, il saisit sa Pabst, avala une gorgée et s'allégea d'un « ahhh » de satisfaction, la bouche ouverte. Zack qui ne voulait pas laisser son ami dans l'embarras ajouta : « J'aide des influenceurs d'Instagram ou de TikTok à se financer.

— Hey Ashlyn, dit Rob en interpellant sa fille. Tu vois, si tu marches bien sur TikTok, mon ami Zack pourra te filer un emprunt. »

L'adolescente que son père avait dérangée en plein zapping fit la moue. Avachie contre la grange, elle mâchait du chewing-gum la bouche ouverte, exhibant fièrement un piercing au nombril que l'on avait du mal à distinguer sur cette ceinture abdominale aussi juvénile que flasque. « Bravo ! insista Rob en regardant Zack d'un air épaté. Ça a l'air de bien rapporter ! Elle est comment la Tesla ? » La conversation se poursuivit sur les voitures auxquelles, à part la Tesla, Zack ne connaissait absolument rien. Rob et Jim étaient dubitatifs sur le modèle : trop basse, trop petite, pas assez de puissance. Eux rêvaient d'un huit cylindres, bien ronflant, idéalement le dernier modèle Dodge Viper. Les yeux de Rob rougirent en évoquant l'Américaine.

Rob avait installé un écran LCD massif de cent cinquante-deux centimètres sur sa terrasse. Le match des Jets de New York contre les Buccaneers de Tampa Bay était sur le point de commencer. Éléonore disposait les serviettes de table en papier lorsqu'elle entendit Rob s'écrier : « *Come on, big guy! Block! Block this guy!* » Quelques secondes plus tard, il renchérit : « *That's my boy!* » Elle sursauta puis leva les yeux, interloquée. Le plat d'épis de maïs grillés à la main, Rob était en extase devant une action du défenseur des Jets, le fameux numéro quatorze. Zack et Jim approchaient chargés de burgers et de hot dogs. Tout le monde se mit à table. Rob s'installa face à l'écran. Trois gros labradors débarquèrent. Amy remplit leurs gamelles.

Alors que chacun mâchonnait son épi l'œil rivé sur le petit écran, Gunner qui ingurgitait son burger, la bave aux lèvres et la bouche maculée de ketchup, lança à Zoé : « Faut qu'tu voies… la collec d'armes… de mon père. » Zoé, décontenancée, jeta un regard perdu vers sa mère. Rob détourna le regard du téléviseur, regarda son fils et lui dit sur un ton ferme : « Gunner, la prochaine fois ! » Gunner, déçu, s'entêta : « Mais papa, j'voulais juste lui montrer ton dernier Ruger. » Se tournant vers Zoé, il continua : « Il est dingue, c'est un semi-automatique. On peut plus en acheter des comme ça. C'est collector. T'en as jamais vu de pareils, j'suis sûr ! » Gunner avait raison. Zoé n'avait jamais vu une arme de sa vie. Rob rabroua son fils. Gunner, dépité, se résigna et attrapa son verre en plastique. Le verre à paille intégrée, rempli de glaçons, avait une contenance d'un litre. En quelques instants, Gunner engloutit la totalité du liquide sucré. Il lâcha la paille mâchouillée puis se délesta bruyamment de l'air emmagasiné dans son estomac.

Le téléphone de Jim vibra. Jim tendit l'appareil à Rob en s'exclamant : « Rob, regarde ! Ça bastonne dur !

— Merde alors ! C'est dingue ! répliqua Rob. Gunner,

viens vite voir, fiston. Ashlyn, toi aussi. Les Proud Boys sont en train de mettre une raclée à Antifa ! »

Ashlyn ne bougea pas, bien trop occupée à réparer l'un de ses faux ongles.

« Qu'est-ce tu lui montres encore ? s'énerva Amy.

— Une baston entre les Proud Boys et Antifa… à Catskill… en ce moment. »

Zack et Éléonore se regardèrent, perplexes.

« Il y a des échauffourées à Catskill ? s'inquiéta Zack.

— Antifa qu'a balancé une bouteille sur nous », expliqua Jim.

Mais oui ! se dit Éléonore en regardant de nouveau le tee-shirt de Jim. C'est un Fred Perry ! Jim portait l'emblématique polo des Proud Boys. Deux des collègues d'Éléonore venaient de boucler un dossier sur ce groupe néofasciste que le monde avait découvert lors de l'insurrection du Capitole.

Jim et Rob observaient les deux groupes s'affronter violemment pendant que quelques Proud Boys exhibaient fièrement leurs armes au cri de *uhuru*.

« Ces voyous d'Antifa n'en loupent pas une ! Qu'ils leur mettent une raclée, ils l'ont bien cherché, vitupéra Rob.

— Qu'ont-ils fait ? demanda Zack naïvement.

— J'sais pas, ils manifestent. Faut leur faire la peau à ces rats, tempêta Rob.

— Ils manifestent contre une œuvre de street art, précisa Jim. Un artiste qu'a peint ça sur la façade d'la mairie, poursuivit-il en montrant l'œuvre. Paraît qu'ils la trouvent raciste. D'façon, ces types-là, y trouvent tout raciste. Y comprennent pas qu'les Blancs dominent l'Occident parce qu'y sont plus forts. C'est la nature. C'est comme ça. »

Au bout de quelques minutes, Jim se leva pour aller rejoindre ses camarades à Catskill. Éléonore et Zack en profitèrent pour partir. Rob salua Zack puis s'avança vers Éléonore qu'il serra chaleureusement contre lui. La joue suintante de Rob effleura la tempe d'Éléonore. Rob transpirait abondamment. Les effluves nauséabonds écœurèrent Éléonore qui se retira aussi vite que possible. Après une dernière salve de remerciements, tous trois prirent la route.

Dans la voiture, Zack paraissait amer. De Rob, il n'aurait préféré retenir que les bocaux d'orvets.

26

Ryan, l'ami singapourien de Zack, les rejoignit deux jours plus tard. Ryan avait quarante-deux ans. Serial entrepreneur, il avait vendu sa première start-up à Google à l'âge de trente-trois ans. Il venait de vendre la deuxième à BPI et était en phase de transition. Après dix années passées à San Francisco, Ryan était de retour à New York. La raison ? Les femmes. Contrairement à Zack, Ryan n'avait jamais eu de faible pour les femmes d'origine asiatique auxquelles il préférait les Méditerranéennes ou les Texanes. À San Francisco, la pénurie de peaux mates et de cheveux ondulés était sans précédent. Ryan avait donc décidé de rejoindre la côte Est. Le Singapourien était un homme fringant au crâne rasé et au corps musculeux. Il ne portait que des tee-shirts blancs moulants, des pantalons de sport bleu marine et des hoodies gris. Ryan ne possédait rien en dehors d'une Tesla et d'une collection de unes du *New York Times* conservée dans le coffre d'une banque. Tout le reste relevait du locatif, y compris ses relations sexuelles.

Ryan et Zack consacrèrent leur temps au nouveau projet de Ryan et à la cession de Finfluences. Chaque soir, ils se retrouvaient tous les trois autour du feu pendant que Zoé faisait griller de la guimauve.

« Pourquoi tu ne crées pas une boîte, Léo ? lui demanda Ryan, un soir.

— Ce n'est pas mon métier. Je suis journaliste.

— Je ne vois pas où est le problème. Tu as les compétences requises. Disrupte ton marché !

— Et comment "disrupte"-t-on son marché ?

— Il faut que tu crées un classement de référence des journalistes. De cette manière, on ne paiera plus pour le *Times* mais pour suivre un journaliste dont la cote est élevée.

— Je ne suis pas certaine que cela favorise la qualité de la presse. On adouberait davantage un profil que l'excellence journalistique. Non, franchement, ce n'est pas ma vision du métier.

— Ryan a raison. C'est une excellente idée ! renchérit Zack. En revanche, je commencerais par proposer le service aux professionnels. Chaque journal pourrait l'utiliser en interne, en tant qu'outil de gestion… parce que toucher le lecteur, d'emblée, risque de coûter cher en marketing.

— Je suis cent pour cent d'accord avec toi, affirma Ryan. Tu le fais en deux temps. La bonne vieille méthode du cheval de Troie fonctionne toujours. Tu rentres d'abord comme solution professionnelle, puis quand tout le monde est dessus, tu passes en classement grand public. Comme Peloton a créé des stars du vélo en ligne, on pourrait voir émerger des stars du journalisme.

— N'insistez pas, ce n'est pas pour moi ! s'agaça Éléonore.

— Mais tu as tort ! Les gens paieraient très cher pour ça, insista Ryan. Ça tuerait le *Times*, c'est sûr. Réfléchis et quand tu es prête, dis-moi. Je pourrais te filer un coup de main et quelques contacts. Il y a un max de blé à se faire là-dessus. »

Éléonore ne répondit pas. Elle s'assit près de Zoé et scruta les contractions de la guimauve, sous l'action des flammes.

Zack et Ryan poursuivirent leur brainstorming.

« Il faudrait qu'on passe au cinéma sur mesure, suggéra Ryan, pensif.

— Qu'est-ce que tu entends par "cinéma sur mesure" ? Parce que pour moi, Bardot dans *Le Mépris*, c'est du sur-mesure, lâcha Zack que l'alcool rendait badin.

— Cet après-midi, je regardais Zoé écouter sa boîte à histoires, choisir ses personnages, les actions... et je me disais qu'avec de l'intelligence artificielle on devrait arriver à offrir aux gens une boîte à films.

— Tu veux dire qu'ils choisiraient les éléments du film eux-mêmes et que le film se ferait en l'espace de quelques minutes ?

— Exactement ! Et les quelques Godard contemporains se feraient subventionner par des mécènes, dans des galeries. Il y en aurait moins, c'est sûr, mais c'est la loi du marché ! » conclut Ryan.

L'idée semblait fasciner Zack.

« Quelle tristesse ! Vous me déprimez ! » s'insurgea Éléonore, que la vision d'un monde sans réalisateur bouleversa. Elle attrapa son verre et rentra. Elle eut envie de pleurer mais ses yeux restèrent secs, crispés comme de la guimauve brûlée.

Quantic Brain Labs envoya son communiqué à Éléonore le matin de leur départ. La journaliste avait l'exclusivité pour vingt-quatre heures. Elle lut plusieurs fois l'annonce. Leur expérimentation ne comportait certes que seize portes quantiques mais ces premiers résultats étaient indéniablement prometteurs. Elle contacta aussitôt Juergen.

« Éléonore, je ne sais pas quoi vous dire… Ces expérimentations sont le fruit du travail de Higgs World. »

Higgs World avait non seulement perdu un mathématicien mais, plus récemment, l'un des architectes de son algorithme.

« Dans ce cas, Juergen, pourquoi ne pas communiquer vos résultats ?

— Nous étions sur le point de terminer notre test mais notre cryostat vient de nous lâcher. L'enchaînement des événements est invraisemblable, Éléonore ! Il nous faut tout recommencer.

— Pourquoi tout recommencer ? s'étonna-t-elle.

— Les qubits ont été endommagés… »

Juergen était atterré.

Éléonore publia son article sur Quantic Brain Labs. Toute la presse technologique le reprit, ce qui raviva de plus belle les rumeurs à l'égard de Higgs World. Deux jours plus tard, Deep Tech Global Bridge annonça, en première page du *Wall Street Journal*, investir cent millions de dollars supplémentaires dans Higgs World. La cotation en ligne de mire, il fallait à tout prix rassurer les marchés et stabiliser les prévisions des analystes quant à la pérennité de la start-up.

Sur le chemin du retour, Éléonore interrogea Zack sur le nouveau projet de Ryan, qui était resté très évasif lorsqu'elle avait tenté d'aborder le sujet.

« C'est un projet sur le cloud. L'idée est brillante ! D'ailleurs, Ryan m'a proposé d'être cofondateur après la vente de Finfluences », lui confia Zack.

Éléonore fronça les sourcils et détourna la tête, l'air désabusée.

« Éléonore, nous n'en sommes qu'au stade de la discussion. Le projet est extraordinaire. C'est une opportunité que je ne peux pas laisser passer… Ce que tu peux être égoïste, parfois ! »

27

Mackenzie avait progressivement repris des forces. Depuis plusieurs mois, elle était volontaire le week-end dans l'un des centres de planning familial gérés par Diane Williams. Mackenzie avait été affectée à l'agence du Queens où elle s'occupait de jeunes femmes désirant avorter. La plupart étaient des jeunes filles issues de milieux défavorisés dans lesquels l'accès aux moyens de contraception comme l'éducation sexuelle étaient quasi inexistants. Certaines arrivaient du Missouri, d'autres d'Alabama, où presque tous les centres d'avortement avaient été fermés. S'endetter pour avorter dans un autre État était monnaie courante. Tout n'était qu'une question de taux d'intérêt et les taux, dans ce domaine, pouvaient battre des records. De ce point de vue, l'investissement dans la pierre restait plus attractif que dans la mort de fœtus.

Au milieu de cette détresse, Mackenzie cicatrisait et trouvait un nouveau sens à sa vie à tel point qu'en juin elle démissionna du Guggenheim. Diane Williams lui avait proposé le poste de vice-présidente Communications et Marketing, un poste prestigieux dont elle avait été profondément flattée.

Elle avait toutefois refusé. Après des mois de bénévolat sur le terrain, Mackenzie ne s'imaginait pas retourner dans un bureau vitré du Financial District. Rester au contact des patientes lui semblait une nécessité. Elle fut nommée au centre du Queens, dont la directrice partait à la retraite.

Depuis quelque temps, elle revoyait Jay qui avait quitté Google pour Datadog, une jeune licorne qui offrait un service de surveillance du cloud fondé sur l'analyse de données. Jay n'avait pas abandonné le whist mais cela convenait désormais à Mackenzie qui passait la majorité de ses soirées au planning familial, les autres à ses cours de salsa. Tous deux avaient trouvé un équilibre, si bien qu'en août ils décidèrent d'emménager ensemble. Mackenzie souhaitait se rapprocher de son agence située à Long Island City. L'un comme l'autre préféraient rester à Brooklyn. Ils arrêtèrent leur choix sur le quartier de Greenpoint. Le salaire de Mackenzie avait considérablement augmenté. L'avortement en milieu associatif rémunérait bien mieux que l'organisation d'expositions pour l'élite. Quant au salaire de Jay, il le faisait entrer dans la classe moyenne supérieure, d'autant qu'il avait obtenu une compensation en actions Datadog dont la valeur avait été multipliée par six depuis son arrivée dans l'entreprise. Mackenzie et Jay étaient donc en mesure d'allouer six mille dollars par mois à un logement, sept en cas de coup de cœur. Jay était plutôt tenté par les nouvelles promotions immobilières du groupe Brookfield situées au bord de l'eau et à proximité de la ligne de métro qu'emprunterait Mackenzie. Ces tours en verre offraient une vue imprenable sur Manhattan et Long Island City. Le représentant du groupe leur proposait des conditions très avantageuses. La location d'appartements de luxe était en berne depuis la pandémie et n'avait pas réussi à trouver un second souffle. La population de hipsters aisés s'était massivement ruée vers les cabines nature et découverte de la Hudson Valley ou les condominiums flambant neufs de Nashville. La tour sur laquelle Jay avait jeté son dévolu était équipée des commodités élémentaires attendues dans un immeuble new-yorkais de standing : une gym *state-of-the-art*, une salle de jeu pour enfants, un espace dédié à la relaxation, une salle de projection, un roof top et, chose plus rare, un lounge tech. Le lounge tech plaisait beaucoup à Jay qui avait opté pour le télétravail à durée indéterminée, une option qu'offrait désormais la quasi-totalité des entreprises de son secteur. Cela permettait un confort total auquel Jay n'avait nullement envie de renoncer, pas tant pour l'accès illimité à ses carrés de chocolat préférés que pour ses séances de masturbation qui, elles aussi, avaient subi une inflation considérable. La masturbation pluriquotidienne était une conséquence silencieuse du covid. De cela, personne n'osait parler. Les entreprises qui désespéraient de voir revenir leurs employés n'avaient pas compris l'enjeu du problème. « Ils feraient mieux d'installer des cabines de masturbation plutôt que de nous proposer des bonus », avait confié Jay à Mackenzie. « Inenvisageable dans l'antre du puritanisme ! » lui avait-elle objecté.

À la tour avec vue Mackenzie préférait un duplex en rez-de-jardin dans une maison en briques néogrecque de Lorimer Street, située près du McCarren Park. La construction, qui datait de 1884, avait beaucoup de caractère. Mackenzie accordait une grande importance à l'authenticité comme à la hauteur sous plafond, deux éléments qu'offrait le duplex. La cuisine avait été refaite à neuf. Le chauffage était collectif mais la climatisation individuelle n'avait pas été centralisée. Il fallait donc s'attendre à un bruit assourdissant du *window air conditioner* pendant la période estivale. Malgré tout, Mackenzie, qui avait grandi dans une maisonnette du Bronx, semblait prête à quelques concessions afin de disposer d'un jardin. L'oreille affûtée, Amanda, l'agent immobilier du duplex en rez-de-jardin, une professionnelle du secteur depuis plus de quarante ans, abonda dans le sens de la jeune femme. « Vous pourrez effectuer votre séance de sport matinal au grand air ! » arguait-elle. Elle-même avait opté pour le rez-de-jardin afin de s'adonner à un yoga oxygénant. Jay avait du mal à imaginer Amanda, la soixantaine avancée et raide comme un bâton, faire du yoga.

« C'est vrai que c'est important de pouvoir prendre l'air, reconnut Mackenzie.

— Mais tu ne fais pas de yoga, tu fais de la salsa, lui rétorqua Jay. Pour la salsa, un espace intérieur me semble plus approprié. »

En dépit des efforts d'Amanda, Jay eut gain de cause. Mackenzie acquiesça à condition d'aller à la campagne régulièrement.

Mackenzie et Jay se mirent à partir en week-end plus souvent. Ils rendaient fréquemment visite à Sam, le frère de Jay, et sa compagne Melissa. Le couple s'était installé à Hollowville, un village hipster près de Hudson où fourmillaient désormais les actifs aisés en quête de verdure. Hudson était devenu une réplique de Williamsburg. Des épiciers de qualité proposaient des produits soigneusement sélectionnés. On privilégiait le bio et le local. Quelques magasins d'antiquités offraient du recyclé tandis que la boutique Fluff ne vendait que des vêtements en alpaga fabriqués dans sa ferme familiale. La pandémie avait convaincu Sam et Melissa de quitter Manhattan. Tous deux étaient consultants, sans enfants. Jeunes et idéalistes, Sam et Melissa avaient commencé leur carrière dans le domaine du conseil, déterminés à faire valoir parité, équité et durabilité au sein de l'entreprise. Ils avaient rapidement déchanté, les entreprises ne faisaient appel aux cabinets de conseil que pour légitimer leurs licenciements.

Sam et Melissa avaient acquis une ferme en parfait état, construite sur un terrain de cinq hectares comprenant un bois, un potager et un petit étang. L'habitation était dotée de trois chambres. L'une d'elles avait été transformée en bureau, l'autre en chambre d'amis. Celle-ci était équipée d'un lit Ikea modèle Vadheim vert clair, d'une table de nuit en cerisier et d'un bean bag anthracite sur lequel l'appétit sexuel de Mackenzie trouvait à s'épancher dans des conditions de confort optimales. On ne pouvait pas en dire autant de l'insonorisation. Cela ne semblait pas gêner Sam qui voyait la lascivité de Melissa s'intensifier les week-ends où son frère et sa compagne étaient de passage.

Lorsqu'ils ne séjournaient pas à la campagne, Mackenzie et Jay fréquentaient un petit bistrot français de leur quartier, Chez ma tante, dont les pancakes faisaient la réputation. Jay prenait l'option myrtilles-crème tandis que Mackenzie se contentait d'une salade Caesar et d'un Bloody Mary. Ils s'installaient dans les niches qui avaient envahi trottoir et lieux de stationnement. Ces installations éphémères avaient fleuri pendant la pandémie et transformé les rues de New York en favelas brésiliennes. Paris avait ses cafés distingués, New York ses cahutes à ciel ouvert. Leur brunch terminé, ils consacraient le reste de leur après-midi à une balade à vélo le long de la rivière ou à la lecture dont Mackenzie était friande. La quantité de livres que Mackenzie possédait avait effaré Jay. « Ce n'est ni écologique, ni économique ! lui avait-il fait remarquer lors de leur emménagement. Achète-toi plutôt une liseuse électronique.

— Hors de question ! J'ai besoin de toucher et d'annoter mes livres », avait-elle rétorqué.

Les foyers aux tables basses jonchées de beaux livres de mode ou de design, que personne ne lisait, révulsaient Mackenzie. Outre des essais d'esthétique, on trouvait dans sa bibliothèque des pépites de Ralph Waldo Emerson ainsi que *Gouverneurs de la rosée* de l'Haïtien Jacques Roumain, un recueil de poésie de René Depestre, deux ou trois manuels sur le feng shui et, bien sûr, *Je t'aime, je te trompe* de la célèbre psychothérapeute Esther Perel.

Mackenzie participait à de plus en plus de conférences en faveur de l'avortement. Elle publiait régulièrement des articles sur l'éducation sexuelle dans les milieux défavorisés et échangeait très fréquemment avec les autorités locales. Une fois par mois, elle se rendait dans des lycées partenaires du planning familial pour sensibiliser les jeunes à l'importance de la contraception. Les jeunes femmes refusaient de prendre la pilule. Pour les y encourager, Mackenzie n'hésitait pas à partager son expérience personnelle. Mais la meilleure contraception restait la sodomie. De cela, Mackenzie ne pouvait malheureusement pas parler. De toute façon, même sur ce sujet, Jay et elle avaient pris leurs marques. À l'intensité érotique des premiers mois de leurs retrouvailles s'était progressivement substituée une routine qui, de manière surprenante, semblait convenir à Mackenzie. Mackenzie n'était pas dupe, elle avait conscience que l'espacement des rapports sexuels dans un couple était, comme la machine à laver ou le chat, un signe d'installation. D'ailleurs, ils venaient d'acheter un chat. Jay avait choisi un mau égyptien. La démarche et la poche ventrale de ce félin à poil court, tacheté, rappelaient celles d'un guépard. Ils l'avaient prénommé Pablo. Pablo était gris, musclé, sportif. Son regard, presque inquiet, lui donnait un air attentif.

Entre le chat et son travail, Mackenzie jouissait de ce nouvel équilibre. C'est de cela qu'elle avait besoin en approchant de la quarantaine, du moins tentait-elle de s'en persuader. « Les jeunes sont idéalistes, avait-elle confié à Éléonore, surprise de leur emménagement. Si, à quarante ans, tu croises quelqu'un d'autre que ta femme de ménage quand tu rentres le soir, c'est que tu n'as pas complètement raté ta vie. »

28

À la différence des routes accidentées de Manhattan, celles du New Jersey qu'empruntait Juergen étaient de bonne qualité. Coudes à hauteur de genoux, mains au fond du cintre, Juergen avalait les kilomètres sur son vélo Canyon Endurace. Il avait longuement hésité entre le modèle Ultimate et le modèle Endurace, deux vélos de route haut de gamme en carbone. Le modèle Endurace, plus polyvalent et légèrement moins onéreux, avait été élu meilleur vélo 2022 par le magazine germanique *Gran Fondo*. Ce palmarès avait emporté la conviction de l'Allemand.

Juergen roulait depuis plus d'une heure lorsqu'il sentit une présence derrière lui. Il pivota le torse et tourna légèrement la tête, continuant à maintenir son effort. Un cycliste au coup de pédale soyeux lui suçait la roue. Ironie du sort, l'homme roulait sur un Canyon Ultimate ! Juergen accéléra la cadence. Il connaissait cette route par cœur. Il savait gérer l'effort mais l'importun en avait sous la pédale. Un raidard arrivait et son concurrent ne semblait absolument pas prêt à lâcher. Juergen était au maximum. Il donna un dernier coup de giclette dans les premiers mètres de la montée. Rien à faire ! L'Ultimate fila et le dépassa. À bout de souffle, Juergen rendit les armes, en concluant que les recommandations du *Gran Fondo* n'étaient plus à la hauteur de la réputation du magazine. Juergen s'arrêta, prit une gorgée d'eau et jeta un œil à son application Strava. Sur le segment sur lequel il roulait, un seul coureur l'avait battu : #FLYnn1965. Ah l'enfoiré! Un aîné en plus!

Juergen roula encore deux heures avant de rentrer à Colts Neck. Wendy et lui y avaient acheté une maison lorsque Higgs World avait installé ses bureaux à Holmdel. Colts Neck avait l'avantage de se situer à équidistance de la start-up du physicien et du laboratoire Merck de Kenilworth dans lequel travaillait Wendy.

Wendy n'avait pas quitté Merck & Co depuis l'obtention de son doctorat en biophysique à l'université de Stanford où elle avait rencontré Juergen qui y effectuait son programme postdoctoral. Son enfance à Shanghai au sein d'une famille conservatrice et sous l'égide d'un père autoritaire, haut dignitaire de l'armée, lui avait enseigné rigueur et ténacité. Ses aptitudes en sciences lui avaient valu l'obtention d'une bourse et son admission à Stanford. Depuis un an, Wendy avait la charge du département de biophysique et spectrométrie de masse du laboratoire de Kenilworth. Sa mission consistait à découvrir de nouvelles molécules afin de permettre la création de médicaments plus efficaces. Wendy était très appréciée chez Merck. Elle jubilait de sa dernière prise. L'un des meilleurs chercheurs de Johnson & Johnson, un Américain d'origine chinoise dénommé Li Wei Shi, avait rejoint son équipe six semaines plus tôt. Li Wei Shi était désormais le premier violon de l'orchestre biophysique de

Wendy. Li Wei était célibataire et sans enfants, légèrement plus jeune que Wendy.

Au retour de sa virée à vélo, Juergen trouva la maison vide. Son fils passait la journée chez un camarade de classe, Wendy était au golf. L'idée d'échapper au bruit du robot de cuisine de sa femme le ravit. Le brouhaha que produisait cet engin l'exaspérait. Il se demandait parfois si Wendy ne faisait pas exprès de l'utiliser aux heures les plus matinales afin de le faire fuir. L'hypothèse était plausible. Wendy ne pouvait plus souffrir le bruit de mastication de Juergen au petit déjeuner. Juergen se nourrissait essentiellement de muesli croustillant dont chaque bouchée engendrait un processus masticatoire bruyant. Wendy n'y avait jamais prêté attention au cours de leurs deux décennies de vie commune. Un matin, elle s'était mise à n'entendre plus que cela. Tout avait commencé cinq semaines plus tôt, comme le golf. La danse de l'évitement mutuel s'était progressivement installée entre eux. Désormais, Juergen préférait danser sur son vélo, Wendy sur son green. Juergen n'imaginait pas Wendy jouer au golf. S'il n'avait pas vu son sac entreposé dans leur garage, il aurait eu du mal à y croire. Il ne savait pas où jouait sa femme. Il savait simplement qu'elle jouait beaucoup.

La course contre le Canyon Ultimate avait ouvert l'appétit de l'Allemand. Aux œufs brouillés qu'il prépara, Juergen ajouta une copieuse portion de bacon ainsi qu'un avocat bien mûr. Il croqua à pleine bouche le bacon goûteux, amplifiant volontairement la mastication. Braver le rigorisme chinois l'excitait. Après le déjeuner, Juergen se délassa devant un film pornographique. Ses dimanches se résumaient désormais au trio vélo, porno, boulot. En ce qui concernait le porno, sa préférence allait aux couples mixtes. Juergen avait du mal à oublier les courbes de Mackenzie… sa bouche aussi.

29

Juergen retourna au bureau en début d'après-midi. Lorsqu'il arriva chez Higgs World, il trouva Deepak dans l'open space, concentré derrière son ordinateur. Deepak était un ingénieur indien de vingt-huit ans, le nouvel architecte en chef de l'algorithme de Higgs World. Grignotant des oursons acidulés en gélatine, Deepak ne remarqua pas la présence de Juergen qui s'installa discrètement dans son bureau.

Depuis le remplacement du cryostat défectueux deux mois plus tôt, les expérimentations avaient considérablement avancé. Juergen anticipait une publication des résultats de son algorithme d'ici trois à quatre semaines. Il jubilait devant les ramifications potentielles de sa création. Outre la communication intra-implants, il était permis d'envisager que cet algorithme soit en mesure, avec l'aide du machine learning, de gérer seul une entreprise. Quantic Brain Labs pouvait fanfaronner, Higgs World n'avait pas dit son dernier mot.

Un sujet inquiétait toutefois Juergen : Gertrude. L'Allemand commençait à douter de la capacité de son fournisseur à respecter le délai de livraison prévu. Juergen se leva, s'approcha de l'open space et toqua à la vitre. Le jeune ingénieur, dont la main était encore plongée dans le bol d'oursons vide, sursauta puis dodelina de la tête. Comprenant qu'il s'agissait de Juergen que le vitrage l'empêchait d'apercevoir, il se leva et s'empressa de le rejoindre.

« J'ai jeté un œil aux chiffres. Nous devrions être prêts d'ici un mois mais ce qui m'inquiète encore, ce sont les puces et leur capacité à transmettre le signal. Gertrude nous avait promis un implant puissant mais… j'ai l'impression qu'ils traînent. Vous leur avez parlé récemment ? » demanda Juergen.

Juergen savait que la transmission du signal était la pierre angulaire du système. Le schéma conçu par Juergen était simple. Au moment où l'individu A envoyait, par le biais de l'implant, une demande d'information à l'individu B, la requête de A transitait vers B par le biais d'un ordinateur traditionnel. En revanche, lorsque l'individu B répondait à l'individu A, la réponse passait d'abord par un ordinateur quantique, capable de traiter le signal avant de renvoyer l'information à l'individu A. Le traitement du signal permettait de se débarrasser de toute pensée étrangère à la requête.

« Pas récemment », marmonna Deepak, gêné.

La tête baissée, il triturait discrètement un ourson en gélatine coincé dans la poche de son jean.

« Alors il faut prévoir un rendez-vous avec eux cette semaine. On ne peut pas prendre de risques. Les Ukrainiens nous ont à l'œil », l'avertit Juergen.

Après les difficultés rencontrées par Higgs World, Juergen savait que commettre le moindre impair condamnerait définitivement le projet.

« Quelle serait notre alternative si Gertrude n'était pas à même de fournir la puissance requise ? bredouilla Deepak, enfonçant violemment l'ongle de son auriculaire dans le ventre de l'ourson. Si nous n'avions plus le choix… vous envisageriez Neurathink ? »

Juergen réitéra sa position : « Neurathink n'est pas envisageable ! » Cette puce promettait de donner accès à la racine de la pensée, il fallait être extrêmement vigilant.

Deepak sortit inquiet. Il retira la main de sa poche et regarda, hébété, ses doigts. Ils collaient.

En fin de journée, Wendy somma Juergen d'aller récupérer leur fils. Un cocktail dînatoire organisé en l'honneur des nouveaux adhérents la retenait au golf. Ce club ne lésinait pas sur l'accueil de ses membres, eu égard à la quantité étonnante de cocktails auxquels Wendy participait.

Juergen emmena son fils manger une pizza chez Attilio's. Les deux taciturnes détonnaient dans le décor italo-kitsch de cette pizzeria de banlieue. Le père et le fils s'installèrent face à face, au fond du restaurant, devant un poster écorné représentant la baie de Naples. L'affiche démodée était entourée de colonnes en stuc saumoné. Leur conversation se limita à un échange succinct avec le serveur afin de commander, pour l'un, une pizza aux champignons, pour l'autre, un verre de chianti non millésimé et une margherita avec de l'huile piquante. *Felicità* d'Al Bano et Romina Power en fond sonore, ils mastiquèrent consciencieusement leur repas, ne relevant la tête que pour venir à bout des fils de fromage fondu de leurs pâtes à pain suintantes.

30

« Les puces ne sont pas suffisamment puissantes ! Le signal ne peut pas être optimal dans ces conditions ! gronda Juergen, furieux. Mettez-leur la pression ! »

Debout face à son bureau, Deepak et le Mathématicien baissaient honteusement la tête.

« Maisie ! » vociféra Juergen en sortant précipitamment de son bureau. Maisie, rivée sur son smartphone, ne réagit pas. « Vous pensez que vous êtes payée à quoi exactement ? lui dit Juergen qui s'était déplacé jusqu'à la réception. Quand je vous appelle, répondez ! » Le visage de Maisie blêmit. Personne n'avait jamais osé lui parler sur ce ton. Dans l'après #metoo, une telle imprudence pouvait coûter cher mais Juergen était à bout de nerfs. Higgs World avait pris des mois de retard en raison de la panne du cryostat et, alors que la publication de l'algorithme était imminente, on découvrait que les puces de Gertrude manquaient de robustesse. Juergen savait que si l'information fuitait, Higgs World ne survivrait pas. Les investisseurs avaient absorbé une première salve de méfiance, la deuxième, aussi proche de l'entrée sur le marché, serait le coup de grâce.

« Je ne trouve pas mes billets pour demain. Où les avez-vous mis ? s'énerva Juergen.

— Quels billets ? » demanda Maisie, perdue.

Les mains de Juergen se mirent à trembler. Maisie semblait déboussolée par le flux d'informations qu'elle venait de recevoir. Ses connexions neuronales souffraient. Cela prouvait bien que le traitement du signal était la pierre angulaire de tout système de pensée. Juergen partait le lendemain pour Las Vegas où se tenait l'une des principales conférences de son secteur mais sa secrétaire n'était capable de lui fournir ni ses billets d'avion, ni son badge.

Juergen regagna son bureau, furieux. Il aurait dû se douter que le réveil avait été trop harmonieux. Depuis qu'il dormait dans la chambre d'amis, ses insomnies s'étaient espacées. Ce matin, il s'était même réveillé avec une énorme érection. Il avait éteint son alarme et joui des seins fantasmés de Mackenzie. En regardant son membre aux veines enflées, il avait souri niaisement. L'arrivée au bureau avait été nettement moins réjouissante.

Une fois à Las Vegas, Juergen eut juste le temps de déposer son sac à la conciergerie de l'hôtel. Maisie avait été incapable de retrouver son badge, Juergen dut faire la queue pendant plus d'une heure. La conférence comportait trois volets : les stands où les entreprises présentaient leurs dernières innovations, les salles de conférence et les open spaces consacrés aux rencontres entre participants. Conscient de l'appétence de sa clientèle pour le jeu, l'organisme chargé de l'événement proposait un concours. À chaque stand, le visiteur pouvait répondre à un quiz. La personne engrangeant le plus grand nombre de bonnes réponses remportait un séjour en camping-car en Islande. Le jeu était sponsorisé par Google. Aménagé par le géant de Mountain View, le camping-car était équipé, entre autres, d'un distributeur d'oursons en gélatine, d'un tiroir de briques Lego ainsi que de chaussettes en laine estampillées du G quadricolore.

Juergen se baladait entre les stands lorsque son téléphone vibra. Aditya Vijay, le numéro deux de Neurathink, lui proposait de le rencontrer avant la soirée Google. Juergen tergiversa quelques minutes puis accepta. Que pouvait bien lui vouloir Vijay ? Perdu dans ses pensées, il déambula entre les entreprises du cloud jusqu'à atteindre l'espace de présentation de Datadog. Juergen était intrigué par cette entreprise fondée par deux ingénieurs français et qui, en quelques années, avait réussi à atteindre une valorisation deux fois plus élevée que celle de Saint-Gobain.

Lorsque Juergen arriva, Vijay l'attendait. Petit, l'air revêche, Vijay parlait à vive allure mais très distinctement. Un dynamisme nerveux animait ce corps chétif.

« Ravi de faire votre connaissance, Juergen ! lui dit-il alors que Juergen s'asseyait. Je vous ai contacté sur les conseils de Michael Steigler qui vient de rejoindre notre équipe. » Juergen avait un souvenir ému de sa collaboration avec Steigler. Il avait été un élément essentiel au succès de ses projets chez Google. Sa présence chez Neurathink le déçut.

Vijay ne perdit pas de temps. Il fixa son regard sur Juergen et, tout en manipulant son stylo, lui dit : « Votre projet nous intéresse. Nous serions prêts à entrer au capital de votre entreprise. Les synergies sont exceptionnelles. Votre technologie alliée à nos implants ouvrirait l'ère de la post-humanité. »

Une puissante montée d'adrénaline frappa Juergen. Une sensation de chaleur envahit son corps.

« Vijay, j'apprécie votre intérêt pour Higgs World, rétorqua-t-il, mais à ce stade… nous ne sommes pas intéressés. Nous sommes déjà engagés avec l'un de vos concurrents. »

Vijay n'insista pas et lui tendit sa carte de visite en esquissant un sourire de flagorneur. Il s'éloigna, l'air satisfait.

Juergen se sentit fébrile. Fallait-il accepter la main tendue par Neurathink ? Vijay aurait-il pris le temps de le rencontrer s'il n'avait pas eu vent des difficultés de Gertrude ? Une chose était certaine : l'alliance entre les implants de Neurathink et l'ordinateur quantique de Higgs World serait une révolution sans précédent. Cet implant, c'était de la dynamite. Encore fallait-il savoir la manipuler.

31

Juergen prit un taxi pour rejoindre son hôtel. À cette heure de pointe, le hall du Cosmopolitan était saturé. Les réceptionnistes s'agitaient comme des automates derrière le comptoir. Leur tension était palpable. Juergen s'inséra dans la file d'attente et observa la foule dans laquelle se côtoyaient des financiers, des geeks, des joueurs de black jack, des amateurs de poker, des croupiers, des serveurs, des prostituées et des usagers de machines à sous. Tous étaient des parieurs de l'existence, seul variait le vice.

Un vieux réceptionniste souffreteux, aux doigts déformés par l'arthrose, s'occupa de lui. « Nous sommes désolés pour cette attente inhabituelle. Nous sommes débordés aujourd'hui. Le Cosmopolitan est néanmoins ravi de vous offrir un surclassement exceptionnel », s'exclama-t-il. Son sourire forcé dévoila une dentition aussi aurifiée qu'horrifiante. Juergen le remercia puis se pressa de gagner sa chambre. La soirée Google avait commencé depuis plus d'une heure.

Les soirées de la GAFAM en pole position de l'acronyme étaient devenues incontournables. Les fondateurs de licornes les fréquentaient, conscients qu'un rachat de leur entreprise par Google demeurait le meilleur dénouement de leur aventure entrepreneuriale. Google ne lésinait pas sur les moyens. Ce soir-là, l'événement organisé sur le thème du carnaval comptait autant de salles que d'ambiances. De Rio à Venise, toutes les déclinaisons étaient permises. Juergen avait prévu de retrouver ses anciens collègues dans la salle Rio où était organisé un championnat de tennis de table. Le championnat n'avait pas commencé. Quelques participants s'échauffaient pendant que la majorité des invités confectionnait des masques dans la salle Casino Royale. N'apercevant pas ses anciens collègues, Juergen commanda une caïpirinha puis patienta devant l'une des tables de ping-pong. Une partie était en cours. Les joueurs étaient des pongistes émérites.

La partie terminée, l'un d'eux tendit une raquette à Juergen. « Une partie ? » lui proposa l'inconnu. Juergen hésita puis céda devant son insistance. Son adversaire le battit à plate couture. L'homme s'avança alors vers lui pour se présenter.

« Jay, ravi de faire votre connaissance ! lui dit-il.

— Juergen. Enchanté ! Vous avez un sacré coup de raquette ! Qu'est-ce que vous faites en dehors du ping-pong ?

— Je travaille chez Datadog. Et vous ?

— Dans une start-up spécialisée en physique quantique. »

Le téléphone de Juergen vibra. Ses anciens collègues s'étaient installés dans une autre salle. Juergen s'excusa auprès de Jay et les rejoignit. Peter et Zhang, assis à une table de black jack, semblaient très concentrés. Juergen les salua rapidement puis s'installa entre Peter et un jeune Cubain devant lequel s'amoncelaient de hautes piles de jetons. L'homme avait été chanceux.

Fatigué et préoccupé, Juergen abandonna après quelques tours infructueux. De retour à l'hôtel, il lut l'actualité et parcourut ses messages. Wendy n'avait pas jugé nécessaire de lui en envoyer un. Tourmenté par la proposition de Vijay, Juergen eut du mal à trouver le sommeil.

Il prit le premier vol pour New York le lendemain matin. Alors qu'il patientait près de la porte d'embarquement, une bande de jeunes garçons se mit à chahuter autour de lui. Son téléphone sonna. Juergen ne parvenait pas à entendre Deepak tant les garçons étaient bruyants. Agacé par le tumulte, il rassembla ses affaires et alla s'installer quelques mètres plus loin.

« Juergen… nous avons un problème, dit Deepak sur un ton contrit. Le directeur de l'équipe de Gertrude vient de me contacter.

— Que se passe-t-il ? demanda Juergen, inquiet.

— Les implants ne sont pas en état de marche et ce n'est plus un problème de puissance…

— Tu veux dire qu'ils ont du retard ?

— Oui mais le problème est plus grave… Les puces testées avec le niveau de signal requis présentent un vice de fabrication. Soixante-dix pour cent des cochons implantés pour le test ont développé une méningite. Le problème est en cours d'investigation.

— Comment est-ce possible ? rétorqua Juergen, atterré.

— Probablement un défaut de fabrication… Le silicium. »

32

« Voici l'article ! » L'e-mail de Deepak ne contenait que cette formule lapidaire suivie du lien vers l'article du *MIT Technology Review*. Juergen cliqua dessus. Le papier décrivait de manière circonstanciée les vicissitudes de l'implant de Gertrude, laissant entendre que l'avenir de la start-up était compromis. Depuis son retour de Las Vegas deux semaines plus tôt, Juergen cherchait en vain une solution à l'insoluble. Higgs World était maintenant prête à annoncer le lancement de son ordinateur quantique. Mais que faire sans les puces ? En dehors de Gertrude, seule Neurathink avait une légitimité sur le hardware cérébral.

Juergen cogitait derrière son écran lorsque le téléphone sonna.

« Juergen, mon équipe vient de me transmettre le papier du *MIT*. Il faut que l'on fasse un point. Vous en êtes où ? lui demanda froidement Lawkins.

— Notre algorithme tourne impeccablement avec vingt portes quantiques.

— Je suis au courant de cela. Ce que je veux savoir c'est

où vous en êtes en ce qui concerne la puce parce que c'est bien d'avoir construit l'ordinateur, c'est même très bien, mais si c'est pour qu'il reste lettre morte... On a déjà essuyé des rumeurs au printemps qui nous ont coûté cher. On vous a fait confiance mais là... Je vous le dis tout de suite, sans les puces, c'est la fin de Higgs World. À partir du moment où la presse financière aura pris connaissance de cet article, vous pourrez faire une croix sur votre start-up si vous n'avez pas un fournisseur de puces sous la main. Nous ne sommes pas le département de physique quantique d'une université, Juergen. Gardez bien cela en tête ! Le résultat, c'est l'algorithme et la puce. Une solution de repli est inévitable. À ce stade, Neurathink me paraît la seule solution.

— Matt, Matt ! s'emporta Juergen. Pas Neurathink ! Ce serait, d'un point de vue éthique, totalement irresponsable. Vous vous rendez compte de la puissance de cette puce ?

— Oh que oui, Juergen ! Et nous avons la ferme intention de monétiser notre investissement. Vous croyez que c'est éthique de mettre en danger vos investisseurs ? De vous asseoir sur cent millions de dollars pour des motifs puérils ? Si vous vouliez faire de l'éthique, il fallait rester à Stanford. Si vous ne revenez pas avec une solution d'ici deux jours, nous vendrons notre participation à Neurathink. J'ai de très bons rapports avec Lusk, son P-DG. Soit vous sortez par le haut et vous devenez multimillionnaire, soit c'est Lusk qui vous mettra dehors. Vous avez quarante-huit heures. Votre succès ne dépend que de vous ! »

Matt raccrocha. Juergen était acculé. Neurathink devenait inévitable, à moins de vendre Higgs World à un autre candidat que Deep Tech Global Bridge adouberait. Mais lequel ? Matt avait été clair : Neurathink était la seule solution qu'ils envisageaient. Pour Deep Tech Global Bridge, Higgs World n'avait de valeur qu'adossée à une puce. Quel autre groupe, disposant de synergies communes, avait les moyens de racheter Higgs World ? Amazon ? Peut-être, mais Juergen n'avait aucune relation chez Amazon. Établir le contact, la confiance, tout cela prendrait des semaines. Google ? Plus probablement. Compte tenu du délai, cela ne pouvait être qu'une entreprise avec laquelle Juergen avait déjà de solides attaches. Il envoya un e-mail à Joseph Siervinski, son successeur à la direction du laboratoire de physique quantique. Ce dernier lui répondit immédiatement et lui proposa un échange en milieu d'après-midi.

Maisie entra sans frapper dans le bureau de Juergen. « Nous avons un problème de fuite dans la cuisine », lui annonça-t-elle. Juergen, furieux qu'on le dérange pour un problème de plomberie à un moment aussi crucial, la rabroua sèchement et la somma de contacter un plombier sur-le-champ. Mais pourquoi Nicky s'était-elle entichée d'un guitariste d'Albuquerque ! Maisie sortie vexée. L'ingénieur jeta un coup d'œil à sa montre, prépara quelques notes pour son rendez-vous avec Siervinski puis se leva, ferma la porte et se changea. La musique de Sonic Youth dans ses écouteurs, il longea l'open space en tenue de course. De la cuisine où elle vidait des seaux d'eau, Maisie, exaspérée, lui jeta un regard noir.

Juergen s'élança sous la pluie. Sa foulée saccadée se fluidifia progressivement. Pris dans un rythme apaisant, son esprit s'éclaircit. Il fixa son regard sur le marquage au sol. La bande blanche lui offrait un point d'accroche stable. Les idées se mirent à fuser. Google entreverrait certainement le potentiel d'une telle puce. Au lieu de connecter deux individus, la puce pourrait connecter un utilisateur et le serveur Google. Juergen rationalisait. Google ne pouvait pas passer à côté d'une telle opportunité, d'autant qu'avec son bracelet connecté Amazon avait encore renforcé sa stratégie d'acquisition de données. D'un point de vue opérationnel, les choses seraient simples puisque Juergen connaissait la maison. Revenir chez Google ne serait pas un échec mais la consécration de l'esprit entrepreneurial que l'entreprise encourageait chez ses employés. L'honneur serait sauf.

Les problèmes de puces et de plomberie rangés sous le revêtement goudronné, Juergen reprenait espoir. Si Google soumettait une offre de rachat acceptable, Lawkins oublierait Neurathink. Juergen en était convaincu. Le tout était de lui servir un veau d'or avantageux. Rien n'était plus prévisible que la morale des tenants du grand capital.

Juergen repensa avec nostalgie à ses années de recherche à Stanford et à Yale. Comment avait-il pu en arriver là, lui que tout promettait à un prix Wolf ou à un prix Nobel de physique ? Sans doute un excès de probité. Dans le monde des licornes, la probité ne produisait aucun retour sur investissement.

Juergen rentra rompu de fatigue mais moralement revigoré. En le voyant passer Maisie ne put réprimer un haut-le-cœur. Des gouttes de sueur perlaient abondamment sur le front du physicien. En pénétrant dans son bureau, Juergen retira ses baskets et poussa négligemment ses chaussettes derrière la porte puis il s'assit à son bureau, secoua la souris et entra son mot de passe. Ses notes apparurent. Son tee-shirt trempé dégoulinait sur le cuir de sa chaise. Un goût de sel imprégnait ses lèvres. Une soif brûlante le consumait. Il attrapa une bouteille d'eau sous son bureau et en avala la moitié d'un trait. Le téléphone sonna, Maisie lui passa Siervinski. « Le délai est sacrément serré mais je vais voir ce que je peux faire. C'est une belle opportunité. Je vous rappelle demain », conclut Siervinski après quarante minutes de conversation.

Juergen n'avait pas raccroché que Maisie faisait déjà irruption dans son bureau. En voyant les chaussures et les chaussettes en vrac, Maisie grimaça.

« La fuite est réparée, dit-elle sur un ton arrogant après avoir posé la facture sur le bureau.

— Vous verrez, on prend goût au travail », lui dit Juergen avec défi.

Maisie ressortit aussitôt. Elle fulminait. De retour derrière le comptoir de la réception, elle replongea dans OnlyFans. Tout n'était pas perdu. Quelques selfies pris dans la cuisine entre le seau d'eau et la serpillière ajouteraient certainement un brin d'authenticité à son profil. La jeune Asiatique se rêvait en Belle Delphine, une influenceuse connue pour son profil aux touches cosplay et pour la vente de flacons d'« eau de bain pour fille joueuse ». Cette célébrité du Net remportait un vif succès grâce à un contenu semi-pornographique disponible par abonnement mensuel pour la modique somme de trente dollars. Les aspirations de Maisie se trouvaient là.

Et s'il fallait en passer par un dénudement contrôlé, pourquoi pas. Mais les chaussettes… certainement pas.

Lorsque Juergen rentra chez lui, Wendy et Nathan avaient déjà dîné. Le rez-de-chaussée était désert. Son fils jouait à un jeu vidéo dans sa chambre. Sa femme était au téléphone dans la sienne. Wendy ne prit pas la peine de sortir saluer son mari. Juergen avala un sandwich, assis en tailleur sur le lit de la chambre d'amis. Une heure plus tard, il reçut un message. *Merci de déposer ton fils à l'école demain.* Wendy ne jugeait plus nécessaire qu'ils se parlent. Juergen avait conscience du tragique de la situation mais y avait-il une solution ? Cette femme, non seulement il ne la désirait plus, mais il ne la reconnaissait plus.

Wendy avait perdu douze kilos en l'espace de trois mois. Comme toute femme qui change de corps, elle s'était offert une nouvelle coupe de cheveux. Wendy avait tout coupé. Outre le golf, sa nouvelle passion, elle s'était remise à parler mandarin avec leur fils. Juergen aurait dû écouter les conseils de son avocat et signer un contrat prénuptial mais Wendy avait été rusée. « Si tu me fais signer un contrat, c'est que tu ne me fais pas confiance », lui avait-elle objecté. L'argument était valable. Le contrat de confiance n'existait que dans la bouche de vendeurs d'électroménager.

Juergen travailla sans relâche toute la soirée. Ce partenariat avec Google lui semblait de plus en plus évident. À deux heures du matin, il s'endormit, confiant.

33

La nuit était tombée à New York lorsque Éléonore reçut un appel de son père. Le vieux l'appelait peu d'ordinaire. Il n'avait d'ailleurs jamais réussi à retenir le moindre numéro et ne se déplaçait jamais sans son répertoire téléphonique. Le carnet était si abîmé que de nombreuses pages s'étaient détachées. L'ensemble avait jauni. Le répertoire était épais car le vieux n'effaçait rien. Dans le carnet du père d'Éléonore, il y avait beaucoup de ratures.

Au gré des biffures, la volubilité de l'homme s'était tarie. Sa longue carrière de notaire avait fini par assainir sa production salivaire. Le vieil assermenté était à sec. Il en avait fallu des litres de salive pour venir à bout de l'ignominie humaine qui inondait les études notariales. C'était peut-être pour cela qu'on les appelait des charges. Il fallait la porter la mouscaille, la porter comme un chameau.

Éléonore y avait échappé de si peu. « Pour une femme, c'est un métier idéal. Tu auras le temps de t'occuper de tes enfants et tu gagneras facilement ta vie », lui répétait inlassablement son père. Cette misogynie bienveillante accablait Éléonore. Son ascension vers le journalisme s'était faite dans la douleur. « Une fille comme toi n'intéressera jamais un grand journal », persiflait-il. « Les Claire Chazal, ça ne court pas les rues ! Au mieux, une par génération. » Éléonore avait donc fait son droit avant de rejoindre l'école des Hautes Études commerciales. La désaliénation avait pris du temps.

« Éléonore, je suis désolé de t'appeler si tard. Je voulais te prévenir que ta mère vient d'être hospitalisée à la Pitié-Salpêtrière, lui annonça son père. Un problème d'arythmie. Je ne voulais pas t'alarmer, simplement te mettre au courant. »

Comme elle, en plus d'une légère tachycardie diagnostiquée deux ans plus tôt, sa mère souffrait d'une forte dyslipidémie. Elle prenait chaque jour un bêtabloquant et des statines. Depuis, tout allait bien, de ce côté-là du moins.

« D'accord mais tu penses qu'il faut que je vienne ? demanda Éléonore.

— Non, ça va aller. Tout est sous contrôle. Envoie-lui un petit message. Dès qu'il y aura du nouveau, je t'appellerai. »

Rassurée, Éléonore raccrocha.

Au petit matin, elle reçut un nouvel appel. La situation était maintenant grave. L'arythmie avait engendré un infarctus. Sa mère était en observation au moment de la crise. Les médecins avaient réussi à la sauver. « Compte tenu de l'évolution de la situation, il est peut-être préférable que tu nous rejoignes », lui dit cette fois son père.

À Paris, le lendemain matin, le temps était maussade. Éléonore n'avait pas fermé l'œil du vol. Son taxi la déposa rue Georges-Ville dans le seizième arrondissement, devant le pied-à-terre de ses parents. Depuis quelques années, les septuagénaires s'étaient entichés de Paris. Ils délaissaient régulièrement leur sérénité savoyarde pour un brin de tumulte parisien, tumulte circonscrit au bruit du camion poubelle à l'aube et aux cris stridents mais sporadiques d'une voisine atteinte d'une légère bipolarité de type deux. Pour le reste, la copropriété dans laquelle ils avaient trouvé un petit deux-pièces était calme et proprette, la façade en excellent état. La porte venait d'être repeinte.

Après avoir déposé son sac, Éléonore et son père sortirent prendre un café, attendant de pouvoir se rendre à l'hôpital. Sa mère était en soins intensifs, les heures de visites étaient restreintes.

« Imagine si ta mère ne s'en remet pas, s'inquiétait son père.

— Mais non, papa, ça va aller ! le rassurait Éléonore. Les médecins sont confiants. Son état est stable. C'est plutôt positif.

— Non mais imagine si elle est paralysée, ne serait-ce que partiellement. Il faudra changer d'appartement. On y pense depuis longtemps mais là… là, c'est sûr… il faudra changer d'appartement. Sans ascenseur… c'est compliqué.

— Tu veux bien arrêter ! s'emporta Éléonore. Elle a survécu à tous ses comas éthyliques et maintenant tu t'inquiètes pour un infarctus à jeun ! »

Pendant que son père monologuait, Éléonore ouvrit l'application Expedia et réserva une chambre à L'Hôtel, un établissement d'hébergement de Saint-Germain entrevu dans le magazine d'Air France. L'établissement se trouvait à une distance raisonnable, à pied, de l'hôpital. Elle en profita pour envoyer un message à Salomé qu'elle n'avait pas eu le temps de prévenir de son arrivée. Éléonore était éreintée par le voyage mais ressentait un besoin pressant de s'étourdir. Consciente qu'à vingt heures le vieux serait imbibé de somnifères, elle préférait s'éclipser plutôt que supporter ses délires.

Salomé était une vieille amie d'Éléonore, rencontrée sur les bancs de la faculté de droit. Brillante avocate en droit pénal des affaires, elle venait d'ouvrir son cabinet et de se marier. Éléonore avait assisté au mariage en tant que témoin mais ne pouvait décemment témoigner de rien puisqu'elle ne connaissait pas son mari. Il s'appelait Patrick et, d'après ce que lui en avait dit Salomé, il était un cador du private equity. Salomé appela aussitôt Éléonore. Son mari et elle devaient dîner chez un couple d'amis proches, Élisa et Jean. Élisa travaillait pour le magazine *Les Inrocks* tandis que Jean opérait dans le même fonds d'investissement que Patrick. Salomé était dithyrambique sur les dîners du couple où festoyait le Tout-Paris. « Il n'y aura qu'une douzaine d'invités. Allez, viens ! insista-t-elle. Ça te fera du bien. » D'ordinaire, Éléonore aurait refusé, mais cette journée était tout sauf ordinaire. Salomé lui donna rendez-vous à vingt heures au 30 rue Guynemer.

Éléonore et son père passèrent deux heures à l'hôpital. En la voyant entrer dans sa chambre, sa mère la gronda d'avoir fait tout ce chemin pour « une broutille ». Quelle broutille ? Elle ou l'infarctus ? se demanda Éléonore. Sa mère avait toujours tendance à se minusculiser. Fille unique élevée par une grand-mère trop occupée à nourrir sa dizaine de rejetons, elle était le numéro complémentaire d'Italiens rescapés du fascisme. Elle était entrée dans le monde par la porte de service. L'abandon était sa grammaire. Un viol, un inceste, ça aurait eu de l'allure. L'extraordinaire, quand bien même abject, n'en demeurait pas moins une forme de grandeur. Il n'y avait rien de grand chez cette enfant abandonnée qui n'était que le fruit d'une relation conjugale consentie à une période où la pilule n'existait pas.

La visite terminée, Éléonore raccompagna son père, récupéra son sac et se dirigea vers Saint-Germain.

Comme l'indiquait la brochure Air France, L'Hôtel situé 13 rue des Beaux-Arts était un hôtel de charme quatre étoiles, chic et bohème. Lorsqu'elle pénétra dans le hall, un réceptionniste timide vint à sa rencontre. Le jeune homme ne parvint pas à trouver la réservation d'Éléonore. Gêné, il alla chercher sa supérieure. Éléonore avait réservé une chambre simple. Malheureusement, toutes les chambres étaient occupées, toutes sauf la suite Oscar Wilde. La responsable de L'Hôtel, qui avait un sens américain du service, lui proposa de bénéficier de la suite Wilde au prix d'une chambre individuelle. Éléonore la remercia, s'empara de la clé et monta.

Elle franchit la porte avec soulagement. Après avoir posé son sac sur la chaise du secrétaire, elle ouvrit la porte-fenêtre donnant sur une terrasse d'angle arborée puis s'affala sur le lit. Cette chambre était d'une singularité accueillante. La plupart des murs étaient couverts de boiseries et d'une tapisserie vert foncé ornée de paons dorés. Certains orgueilleux à plume s'embrassaient. Les autres murs étaient tapissés de rayures jaunes, vertes et framboise. À gauche de la porte-fenêtre se trouvait un secrétaire d'époque; de l'autre côté, un petit guéridon et deux chaises. L'épaisse moquette rouge créait une sensation de chaleur. Cette chaleur semblait lourde mais enveloppante. Éléonore avait terriblement besoin d'être enveloppée. L'histoire de cette chambre l'intriguait. Elle se leva et s'approcha du secrétaire sur lequel était posé un grand carnet en cuir vert olive. D'après la brochure, Wilde avait passé les deux dernières années de sa vie dans cette pièce où il avait poussé son dernier souffle. La tapisserie aux paons d'or s'inspirait de sa salle à manger londonienne. Tout respirait Wilde, tout respirait Londres. À la description de la brochure Air France, Éléonore aurait aimé ajouter l'adjectif *enveloppant*. Malheureusement, on ne comptait plus sur les humains pour rédiger les recommandations hôtelières des magazines.

Éléonore fit couler un bain. La robinetterie qui devait dater de Wilde fuitait légèrement. Lorsqu'elle ferma le robinet, un léger clapotis persista. Cet allegretto la berça. Après une vingtaine de minutes, il cessa. L'eau était à peine tiède, il était temps de sortir. Elle enfila un jean, un tee-shirt et un long blazer noir puis chaussa ses mocassins fétiches en daim vert.

Éléonore se mit en route pour le 30 rue Guynemer. Ses vingt minutes d'avance lui permirent de flâner dans ces ruelles où pas un pavé n'avait changé. Dans l'intemporalité de la pierre se dessinait l'écart entre les circonvolutions d'une existence d'exilée faite d'allers et de retours et la linéarité rassurante de la terre d'origine. Cette badauderie emplit Éléonore d'une immense joie. Elle aborda la rue Guynemer, l'âme légère.

34

Une grande femme brune aux cheveux longs, au visage anguleux et aux traits fins lui ouvrit. La longueur inhabituelle de ses cheveux surprit Éléonore. Ils étaient si soyeux qu'elle eut envie de passer la main dedans. Vêtue d'un jean et d'une chemise blanche légèrement débraillée, cette femme respirait l'allégresse. Son accueil chaleureux mit Éléonore à l'aise.

Sur la table du hall à l'arrondi majestueux, des papillons naturalisés aux ailes chamarrées semblaient batifoler sous une cloche en verre. Alors qu'Éléonore les scrutait en repensant à Guillaume, Salomé se jeta sur elle pour l'embrasser. Les deux amies ne s'étaient pas revues depuis des mois. Patrick, au beau milieu d'une conversation animée, la salua d'un clin d'œil discret. Salomé et Éléonore discutèrent une dizaine de minutes dans l'entrée avant de rejoindre le groupe pour l'apéritif. En passant devant un piano de concert en laque noire, Éléonore eut une pensée émue pour Victor. Tout était majestueux dans cet appartement de quatre cents mètres carrés en point de Hongrie. Salomé avait raison, Jean devait être un cador du private equity pour se permettre une telle extravagance du chevron.

Jean servit à Éléonore un verre de pommard. Le ténor capitaliste était fier de son premier cru à la robe grenat. Il en avala une lichée, entrouvrit légèrement les lèvres pour aspirer quelques bulles d'air puis fit circuler les arômes en expirant par les voies nasales. « Sentez ces notes de fruits rouges… Une merveille ! s'extasia-t-il. Et ces tannins… tellement soyeux ! » Éléonore lui trouvait plutôt une odeur de café. Neuf personnes se bousculaient maintenant autour d'Élisa et Jean sur le sofa Paulin de couleur crème. Jean lui présenta Serge. Serge était grand reporter au journal *Le Monde*. Il avait couvert la guerre de Crimée, la Syrie, le Sud-Soudan et, naguère, l'Irak. Serge était un nostalgique de l'interventionnisme américain. Il regrettait que le monde se soit tant pacifié. Éléonore et lui échangèrent sur son activité au sein de *The Economist* puis sur la politique américaine à l'égard du géant chinois et du trublion nord-coréen. En les entendant évoquer la Corée du Nord, Jean tendit l'oreille. Il avait dans son salon l'œuvre d'une plasticienne de la péninsule faite de journaux nord-coréens et de chocolat. Jean avait acquis cette œuvre quelques années auparavant dans une jeune galerie new-yorkaise. À l'évocation du titre, *Choco Pie with Capitalist Cream*, l'œil de Serge pétilla. Le grand reporter ne put s'empêcher de leur conter l'histoire du Choco Pie, ce biscuit distribué dans la zone démilitarisée et devenu monnaie d'échange sur le marché noir nord-coréen. Le récit terminé, Jean déplora que la galerie new-yorkaise ait dû fermer. « Elle était talentueuse cette jeune galeriste, c'est dommage ! »

Propriétaire d'une galerie rue Saint-Claude, Dominique

tendit l'oreille. Sa galerie exposait exclusivement de la photographie de cinéma. En dépit du succès qu'elle rencontrait, gagner sa vie relevait, certains mois, du défi. « Dans ce milieu, il n'y a plus de place pour les audacieux ! » s'exclama-t-elle de sa voix rauque, une cigarette aux lèvres.

De l'autre côté de la table, la conversation battait son plein entre Pauline, une blondinette qui gérait la rubrique musique des *Inrocks*, Thomas, un banquier d'affaires, et Catherine, une amie d'enfance d'Élisa légèrement bègue. Catherine était chargée d'enseigner la philosophie en hypokhâgne au lycée Louis-le-Grand.

Le conclave mondain batifolait gaiement en attendant les derniers invités. Éléonore en profita pour prendre des nouvelles de Zoé. Afin de ne pas gêner son entourage, elle s'isola dans un couloir. Elle eut à peine le temps de s'entretenir avec la baby-sitter tant Zoé trépignait d'impatience à ses côtés. « Maman, maman, maman ! Je t'en supplie… J'ai besoin d'acheter des crédits Roblox ! » implora la fillette. Éléonore, peu favorable aux jeux vidéo, refusa catégoriquement de céder à sa demande. Zoé insista mais Éléonore ne vacilla pas, consciente qu'un oui de confort immédiat ferait précédent devant la Cour de Justice Maternelle. Elle entendit soudain la sonnerie de la porte puis d'interminables embrassades. Elle pressa Zoé d'en finir.

La rumeur de l'entrée progressa vers le salon. L'agitation s'intensifia puis le silence s'installa. Alors qu'Éléonore s'apprêtait à rejoindre le bouquet d'invités, les cordes du piano vibrèrent. Éléonore s'immobilisa derrière la porte, saisie par les larmes contenues des cordes. Nietzsche disait qu'en écoutant Wagner, il avait été ravi hors de lui. Éléonore aussi était ravie hors d'elle par cette musique dont le style lui semblait étrangement familier. Elle reconnut le *Lacrimosa* du *Requiem* de Mozart. Un léger larmoiement perla dans ses yeux. Était-ce cette musique ou les tannins un peu trop soyeux du pommard ? Sans doute le décalage horaire, conclut Éléonore. Elle tapota du bout des doigts le contour de ses paupières puis sortit à pas feutrés. Une femme enceinte se tenait près du piano, le reste de l'assistance, en arc de cercle derrière l'instrument. La prégnante effectuait de petits mouvements circulaires sur son ventre protubérant. Une fanatique de la communication intradermique, se dit Éléonore.

Éléonore ne parvenait pas à voir le visage du pianiste dissimulé derrière les silhouettes imposantes de Patrick, Serge et Jean. Entre leurs manches de chemise, elle ne discernait que des fragments, de ses mains essentiellement : la légère courbure de son index, l'épaisseur de ses doigts, *sa* bague… Une montée d'adrénaline l'ébranla au moment où ses yeux se posèrent sur l'anneau. Un tremblement secoua ses genoux. Ses mains devinrent moites. Les trois hommes se déplacèrent de concert. Son regard et celui du pianiste se croisèrent. Éléonore replongea instantanément sur son récamier. En dehors de ses tempes grisonnantes, sa silhouette, son allure, ses expressions, son sourire avaient la couleur de l'éternel retour. S'il n'avait fallu conserver qu'une seule image, c'eût été le regard qu'il posa sur elle à cet instant. Décontenancé, il cessa de jouer et suggéra à Élisa de poursuivre après le repas. Le dîner était servi, Élisa approuva. La petite troupe s'achemina vers la salle à manger. Stupéfaite, Salomé signifia son embarras à Éléonore par une grimace gênée.

Éléonore s'attarda près du piano afin de saluer Victor. Au moment où elle s'avança vers lui, la femme enceinte s'approcha de l'instrument, prit la main du pianiste et la posa amoureusement sur son ventre. Un arrondi de cinq mois, six peut-être, estima Éléonore. Éléonore avait du mal à évaluer la maturité de ce ventre tant le reste de son corps était mince. Victor retira la main de la jeune femme et lui suggéra d'aller s'installer.

« Éléonore ! s'exclama-t-il lorsqu'ils furent seuls. Quelle surprise ! Je ne savais pas que tu connaissais Élisa et Jean. Tu es rentrée à Paris ou de passage ? » Éléonore lui expliqua la situation de sa mère pendant qu'ils rejoignaient le groupe. « Tu es radieuse, lui dit-il, toujours aussi solaire ! » Éléonore ne se sentait pas solaire, la fatigue l'étourdissait. Leur échange fut bref car la tablée avait déjà commencé à festoyer.

Placés de part et d'autre de la table, Victor et Éléonore ne cessaient de se chercher du regard, attirant l'attention de Serge. « Vous vous connaissez ? » s'enquit le reporter auquel rien n'échappait. « Nous nous sommes rencontrés il y a quelques années à l'occasion d'un reportage que j'effectuais pour *Le Monde* », prétendit Éléonore.

La compagne de Victor, Elena, ne portait pas d'alliance. Elle avait trente-deux ans et travaillait en France, depuis cinq ans, à la suite d'un master en management à l'ISG. En dépit de la douceur et de la sympathie qu'elle dégageait, Éléonore la trouva banale. Même ses cheveux étaient plats. Son diplôme en poche, Elena avait rejoint *La Vie claire*, une chaîne de magasins spécialisés dans la vente de produits biologiques où elle travaillait comme assistante marketing. En apprenant qu'elle venait d'Estonie, Éléonore lui demanda si elle aimait le style tintinnabuli du dernier Arvo Pärt. À l'évocation du compositeur, le visage de Victor s'illumina, mais à sa grande surprise Elena ne connaissait pas Arvo Pärt. Cette femme qui attendait l'enfant de l'un des plus grands pianistes contemporains ne connaissait pas le compositeur de son Estonie natale. Victor était gêné, elle absolument pas. Il balbutia qu'il lui avait déjà joué du Pärt, mais cela ne l'avait pas marquée. Victor insista, Elena persista.

Sentant la tension poindre entre eux, Serge recentra le débat sur l'impôt. On maugréa sur une prétendue hausse, feignant de dissimuler la satisfaction sociale qu'engendrait un assujettissement fiscal important. Le chapitre imposition clos, on s'attaqua à l'héritage auquel chacun tenait comme à la prunelle de ses yeux, y compris Elena qui se refusait à une naturalisation sans bénéfices pour sa progéniture en construction. Éléonore avait sur ce point une vision profondément anglo-saxonne : la transmission devait être limitée pour ne pas entraver le dynamisme de la société. À ses yeux, le problème de la France se résumait à un excédent brut d'héritiers. Victor était du même avis mais plus il soutenait son propos, plus Elena le toisait. Sous la pression de Tallinn, il se résigna, contrarié et soumis. Désappointée, Éléonore regarda son pianiste capituler. Dans le gonflement nerveux des veines temporales de Victor, Éléonore cherchait à se représenter leur vie, et puis leurs insomnies. S'endormaient-ils affamés sur le tapis du salon ? Se perdaient-ils dans les ruelles de Saint-Germain ? Encadraient-ils leur vie sur des consoles ? Et les albums… Avaient-ils des albums ? Certainement. Mais alors… comment classaient-ils leur bonheur ? Plus Éléonore les regardait, plus la sensation d'être passée à côté de lui, de leur vie, l'ébranlait.

Élisa entra, une tarte aux figues à la main. Elle suggéra à ses invités d'agrémenter leur dessert d'un filet de sirop de figue qu'Elena lui avait apporté. Grâce au nectar sucré, on se focalisa sur l'agriculture biologique. Elena vanta les mérites diurétiques de son sirop confectionné par les sœurs bénédictines du Limousin. C'était peut-être la maîtrise de la figue et de ses antioxydants qui avait conquis Victor. Elena avait probablement compris l'importance de l'estomac.

Le carillon de la verrerie Saint-Louis sonna l'heure du digestif. L'assemblée repue se dirigea vers le salon où, comme promis, Victor se remit au piano. Personne ne remarqua qu'il avait abandonné Mozart pour Pärt mais tous alimentaient leurs réseaux sociaux de sa performance. On filmait, on photographiait, on publiait. La partition importait peu aux orgueilleux.

Cela ne sembla pas affecter Victor, trop occupé à jouer dans une autre sphère, celle de l'entre-*eux*-deux. Ensemble, ils voyageaient à l'unisson sur l'orbite d'Aristophane. Pendant que l'heureux cortège se remettait à babiller, Éléonore imaginait Victor se lever, saisir sa main et l'entraîner dans la pénombre de Chanaleilles ou l'intimité de Bellechasse. Sous une porte cochère, sa jambe appuyée contre un chasse-roue, il l'embrasserait à pleine bouche, sa main droite sur sa nuque, l'autre enveloppant amoureusement l'arrondi de sa taille. La nuit leur appartiendrait. Sa pénombre ne serait faite que d'insouciance et de plaisir. Le temps se dissoudrait, pour quelques heures, dans la sérénité nocturne de la rive gauche.

Pendant qu'Éléonore refaisait l'histoire, l'assistance ironisait sur la géographie. Pauline, grisée par le cognac, se demandait à voix haute à quoi servait encore le métier de géographe. « Mais pourquoi cette question, ma chère Pauline ? Tu n'aimes donc plus la géographie ? » la taquina Jean. Son ton éminemment caustique fit éclater de rire l'assemblée, confortablement vautrée dans les courbes veloutées du canapé. Les joues ordinairement pâles de Pauline s'empourprèrent. Serge, que la blondinette ne laissait pas indifférent, soutint que la question était pertinente puisque l'étude des océans revenait à l'océanologue, celle des villes à l'urbaniste et, enfin, celle de la société au sociologue.

« Il reste l'… l'… l'histoire, bégaya discrètement Catherine.

— Si les géographes se mettent à faire de l'histoire, nous sommes perdus ! » s'amusa Jean.

Tous se bidonnèrent. Comme un orchestre, ils n'en finissaient plus de s'accorder. Éléonore et Victor, de se regarder… *Spiegel im Spiegel.*

Le récital terminé, Éléonore se leva et remercia chaleureusement ses hôtes. Victor la rattrapa au moment où elle s'apprêtait à partir. Seuls dans le hall de l'étage, ils se regardèrent hébétés et émus.

« Quand repars-tu ? » lui demanda-t-il, à mi-voix.

Éléonore murmura un timide « samedi ».

« Je serai à New York en décembre. Je joue au Lincoln Center. Comment puis-je te joindre ? »

Elle lui laissa son numéro. Il l'embrassa sur la joue. En humant son parfum, le désir de la serrer contre lui le saisit brutalement. Il la prit tendrement dans ses bras. Dans la douceur de cette étreinte s'effacèrent douze années de séparation. Tous deux auraient voulu prolonger indéfiniment cet enlacement. Hélas, Tallinn veillait.

Le retour à l'hôtel soulagea Éléonore. L'image de Victor la hantait, comme le souvenir de sa main sur le ventre arrondi d'Elena. En se remémorant cette grosseur féconde, Éléonore ressentit un chagrin écrasant, l'impression sourde d'éclater. « Va-t'en », semblait lui crier cet utérus en expansion. Éléonore aurait voulu fuir dans un autre monde, un monde à eux, un monde où tout recommencer.

Son téléphone vibra.

L'hôtel de Varenne pour un café ? lui proposa Victor.

Éléonore ne répondit pas et s'endormit.

35

Le lendemain, Éléonore retrouva son père à proximité de la Pitié-Salpêtrière. Nicolas venait de les rejoindre.

« Où va-t-on déjeuner ? s'enquit-il.

— On n'a qu'à aller place de la Contrescarpe, suggéra leur père. Il y a une brasserie pas mal. Je crois d'ailleurs qu'elle s'appelle La Contrescarpe.

— Heureusement qu'ils sont brasseurs ! Une telle créativité, ça force le respect, railla Nicolas.

— On ne lit visiblement pas Hemingway à Harvard, répliqua Éléonore. C'est ici que commence *Paris est une fête* ! »

Nicolas fit une moue boudeuse. Cela faisait bien longtemps que la biographie de Steve Jobs et le dernier livre de Daniel Kahneman avaient remplacé Hemingway sur ses étagères. Leur père évoqua la contrescarpe de Carcassonne, selon lui la plus belle de France.

« Vous vous souvenez ? Nous y étions allés avec votre mère. Éléonore, tu devais avoir dix ou onze ans. »

Éléonore hocha tristement la tête.

Nicolas ne prêtait qu'une oreille distraite au ressassement des souvenirs familiaux, occupé à répondre à ses e-mails.

« Nous ne retournerons probablement jamais à Carcassonne », conclut le père avec nostalgie.

Éléonore n'était pas si nostalgique. Faire la tournée des bars pour retrouver sa mère dans un état proche de l'inconscience ne l'avait pas tellement exaltée. Cette mémoire sélective paternelle la surprenait.

Le déjeuner terminé, ils se rendirent à l'hôpital. L'état de la cardiaque était stable mais la pose d'un défibrillateur semblait inéluctable. L'opération fut programmée au lendemain matin.

Quand Éléonore arriva à l'hôtel, le réceptionniste lui remit une volumineuse enveloppe. « Un homme a déposé ce paquet pour vous, il y a une heure environ », lui dit-il de sa voix flûtée. Éléonore le remercia et s'éclipsa. Installée sur la terrasse, elle décacheta l'enveloppe. Le pli contenait un livre, l'œuvre de Goschler sur Mozart intitulée *Vie d'un artiste chrétien*. Sur un petit carton blanc, glissé entre la première de couverture et la page de titre, était inscrit à l'encre noire :

Mozart mettait ensemble les notes qui s'aiment.
Je crois qu'il aurait aimé les nôtres.

La carte était signée Victor et accompagnée d'une clé USB. Éléonore se leva, inséra la clé dans son ordinateur puis s'allongea sur le lit.

Mozart, Concerto pour piano n° 23.

Éléonore ferma les yeux. L'ivresse reprit… Elle sentit les doigts de Victor glisser du piano vers ses reins, dessiner amoureusement la courbe de ses fesses puis s'insinuer dans l'intimité de ses cuisses. La chaleur de son souffle remonta du bas de son dos aux linéaments de son cou. Son parfum l'emplissait d'une volupté ineffable. Leurs corps nus s'épousaient dans une torpeur apothéotique. Lentement, très lentement, ils s'unirent dans l'effleurement perlé de leurs sueurs. Le vertige de cette sensualité fantasmée l'emmena si loin qu'elle s'assoupit.

Leur amour avait commencé au premier regard. Le choc des particules, la puissance de l'impact, l'intrication. Victor et Éléonore étaient les deux états indéterminés d'un même qubit. Le revoir l'avait bouleversée. Elle avait beau convoquer Freud et Lacan, Éléonore avait du mal à lutter contre le désir.

Elle quitta Paris le lendemain matin. L'opération de sa mère s'était bien passée, il était temps de rentrer. Lorsqu'elle atteignit, haletante, la passerelle de l'avion, la totalité des passagers avait déjà embarqué. Elle se précipita à bord de l'appareil. Les portes se refermèrent aussitôt. La pluie battante fouettait les hublots par saccades.

L'avion fut tracté vers la piste. Sous les trombes d'eau, Éléonore aperçut un homme en gilet jaune faisant de grands gestes pour faciliter la manœuvre de l'avion, imperturbable malgré la pluie violente. Éléonore se demanda ce qu'il pouvait ressentir. Est-ce que lui non plus ne ressentait rien ? Plus rien. Peut-être que son corps à lui aussi était en veille.

Le terminal s'éloigna progressivement. L'homme cessa ses grands gestes, monta dans une voiturette électrique et disparut. L'avion avait maintenant rejoint la piste de décollage. Éléonore saisit son téléphone pour le désactiver.

Un nouveau message de Victor…

36

« Ce n'est pas le moment. » Siervinski était clair. Si le projet était mirifique, Google n'était néanmoins pas prêt à se lancer dans une acquisition de ce type, déjà trop engagé sur d'autres fronts. « Reparlons-en dans quelques mois et surtout tenez-moi au courant, Juergen. Bon courage ! » Siervinski avait du mal à dissimuler sa compassion. Juergen était terrassé. Après avoir raccroché, il s'empara de l'un de ses Rubik's Cube d'un geste maniaque.

Une heure plus tard, Juergen, dans un état de sidération, était encore en train de manipuler l'objet lorsque la sonnerie du téléphone de son bureau retentit. « Matt Lawkins pour vous », lui annonça Maisie.

« Juergen ! Mon cher Juergen, que le monde est petit ! Je ne savais pas que nous avions un ami commun. Ce cher Aditya Vijay est un vieil, très vieil ami. Nous avons fait nos classes ensemble à Wharton. »

Le sadisme de Lawkins n'avait d'égal que la voracité de l'aigle du Caucase. Lawkins s'en donnait à cœur joie avec le foie de Juergen. Le physicien vomissait l'esprit clanique de cette junte néo-aristocratique de petits parvenus narcissiques exclusivement attachés à la préservation de leur entre-soi.

Aditya Vijay… Aditya Vijay… Vegas ! Mais oui, Vegas ! Ah les salopards ! Ils avaient tout manigancé !

« Aditya sera ravi de s'entretenir avec vous, reprit Lawkins. Il a trouvé votre première conversation… un peu rapide. Le plus tôt sera le mieux. Tenez-moi au courant. Bonne chance, Juergen ! »

Lawkins raccrocha, le stade de la discussion était passé. Il était temps de gagner de l'argent, de produire du retour sur investissement, de cracher de la performance.

Une heure plus tard, Vijay adressa un e-mail laconique à Juergen. *Let's talk!*

Juergen prit sa voiture et rentra chez lui, la mine défaite. Lorsqu'il arriva dans la cuisine, Wendy rayonnait revêtue d'une robe de mousseline rose poudré qu'une large ceinture en cuir prune mettait admirablement en valeur. Ses manches papillon sublimaient son port de tête. Un maquillage naturel illuminait son teint. Ses fines lèvres à peine rosées exhalaient un érotisme élégant. Des notes de patchouli et de bergamote se dégageaient çà et là de ses mouvements, emportant le carillon feutré de ses boucles d'oreilles créoles. Wendy paraissait légère, si légère. Elle flottait dans l'atmosphère douce et gourmande de la cuisine où elle terminait la cuisson d'un kaiserschmarrn, le plat autrichien préféré de Juergen. Cette crêpe épaisse était la spécialité de sa grand-mère paternelle. La vieille Autrichienne saupoudrait l'entremets d'une fine dentelle de sucre glace que le jeune Juergen prenait plaisir à estomper du bout des doigts avant de les lécher. Les vacances de Juergen dans son chalet de Saint-Gilgen avaient un goût d'inoubliable.

Au centre de l'assiette, Wendy avait pris la peine de disposer les accompagnements traditionnels : une sauce aux airelles rouge et une compote de pommes tiédie. L'odeur de pommes chaudes inondait la pièce. Cette atmosphère chaleureuse emplit Juergen d'une joie inattendue. Wendy lui donnait si peu d'attention d'ordinaire. Qu'elle pensât à lui le toucha infiniment. Ses yeux brillèrent. Il s'approcha d'elle pour la prendre dans ses bras. Au moment où il posa sa main sur sa taille, Wendy le repoussa froidement.

« Tu devrais lire ce document », lui suggéra-t-elle en lui indiquant quelques feuilles agrafées, disposées à côté du kaiserschmarrn.

Wendy attrapa son sac et son pardessus.

« Mais tu sors ? demanda Juergen, hébété.

— Lis ! » insista-t-elle.

Juergen saisit le papier. Sur l'en-tête était inscrit en lettres capitales :

DEMANDE DE DIVORCE PAR CONSENTEMENT MUTUEL POUR DIFFÉRENCES IRRÉCONCILIABLES.

Il releva la tête, sidéré. « Je veux divorcer, Juergen… Je ne veux plus de cette vie… Je suis désolée », dit-elle. Sur ces mots, elle ouvrit la porte, se retourna un instant et ajouta : « Nathan dort chez Tom. » La fluidité de cette scène amplifiait la sensation de farce qu'éprouva subitement le physicien. Wendy avait prévu son coup. Quelle garce !

La voiture de Wendy démarra. Juergen contempla, hébété,

le véhicule s'éloigner. Abattu face à son kaiserschmarrn, il attrapa la cuillère et se mit à l'avaler goulûment, sans faim. Des larmes coulèrent abondamment le long de ses joues, mouillant la crêpe. Lorsque les sanglots cessèrent, la colère l'envahit.

Le physicien tenta en vain de trouver un sens à l'irrationalité de ce coup. Plutôt que de l'accompagner dans le risque de son projet révolutionnaire, Wendy avait choisi la fuite. Il monta, fit couler l'eau de la douche et s'assit à même le carrelage pendant que le puissant jet s'abattait sur ses épaules. Un cri de colère jaillit de sa gorge. Juergen frappa violemment le sol de ses poings, entaillant légèrement la jointure de ses phalanges. Un mince filet de sang se mêla au fluide aqueux. Lorsque l'eau devint glaciale, il sortit, oubliant de se laver.

Juergen attrapa son téléphone. *Vous avez raison, il est temps qu'on parle !* écrivit-il à Vijay. À son message, il adjoignit une proposition de rendez-vous pour le lendemain. Dix minutes plus tard, Vijay accepta.

Juergen ne réussit pas à trouver le sommeil cette nuit-là. Wendy avait-elle rencontré quelqu'un ? À quoi pouvait-il ressembler ? La faisait-il autant jouir que lui naguère ? Était-il aussi brillant que lui ? Ses angoisses galopaient dans un demi-sommeil vaseux. Vers deux heures du matin, n'y tenant plus, il se leva, se dirigea vers la chambre de Wendy et fouilla chaque recoin. Elle avait tout emporté.

37

« Mon cher Juergen, quel plaisir de vous entendre ! » lui dit Vijay sur un ton exalté. Il confirma à Juergen le rachat de Higgs World par Neurathink. « Mes avocats vous contacteront dans les prochains jours afin de fixer la date de la vente. Nous nous réjouissons de cette collaboration, Juergen. Nous allons accomplir tant de choses ensemble ! »

Juergen était anéanti. La mauvaise foi de Vijay le mettait au supplice. Leur conversation terminée, Steven Axelrod, associé du prestigieux cabinet Skadden & Arps et conseil de Neurathink, lui adressa les termes de l'offre. Juergen contacta immédiatement son avocat, Ruben Wittstein. Originaire de Boston, le petit homme trapu au crâne chauve et à la barbe mal entretenue était un grand amateur de trois-pièces qu'il ne portait jamais sans bretelles. Pur produit de l'école de droit de Harvard, le Bostonien à la faconde déconcertante était le ténor du deal tech.

La vente eut lieu cinq semaines plus tard. Conformément à l'usage, il fut convenu qu'elle se tiendrait dans le cabinet de Skadden & Arps. Wittstein et Juergen se retrouvèrent devant les bureaux peu avant neuf heures. Un SDF dormait en position fœtale sur l'un des bancs du parvis pendant que les avocats se précipitaient sur les portes coulissantes de la tour vitrée, un café à la main. Le SDF, un homme d'une cinquantaine d'années au visage ravagé par la rosacée alcoolique, portait un bonnet vert et un manteau de femme noir. Le pardessus décati bâillait outrageusement, laissant entrevoir une chemise de flanelle miteuse. L'homme serrait dans ses bras un coussin à franges au velours jaune crasseux. La sérénité du laissé-pour-compte troubla Juergen.

Juergen était profondément agité, son visage marqué par la fatigue d'une nuit blanche. L'œuvre de sa vie était sur le point de glisser entre les mains d'hommes aussi cupides que puissants. En dépit de la douceur de l'hôtesse d'accueil dont l'opulence de la poitrine ravissait l'œil lubrique de Wittstein, Juergen ne parvenait pas à se détendre. Pendant qu'il parcourait nerveusement la salle d'attente, Wittstein ne cessait de solliciter la bienveillante, scrutant avec avidité l'aréole rosée que laissait poindre, à chaque mouvement, l'échancrure de son décolleté. Pour l'avocat d'humeur badine, la journée commençait sous les meilleurs auspices.

Une salle de réunions au quatorzième étage avait été assignée à Higgs World et son équipe. Neurathink occupait la salle bien plus magistrale du quinzième. Steven Axelrod vint rapidement les saluer. Axelrod était un homme imposant, tant par sa taille que par sa poignée de main. La fulgurance de sa carrière, des bancs de Yale à l'association chez Skadden & Arps, en avait fait l'homme de confiance de Lusk.

La vente débuta aux alentours de neuf heures trente. Les avocats commencèrent par passer en revue les documents juridiques. Tous les membres des conseils d'administration étaient maintenant sur place ou avaient donné pouvoir à un tiers de les représenter. Seul Matthias Dunn manquait à l'appel dans les rangs de Higgs World. Forcé de répondre à l'impatience d'Axelrod, Juergen tenta de le joindre à plusieurs reprises. Sa secrétaire le rappela une heure plus tard. Dunn était retenu aux urgences où son fils venait d'être admis à la suite d'une commotion cérébrale. La secrétaire était incapable de lui fournir davantage d'informations. Devant l'incertitude de la situation, un avocat fut dépêché à l'hôpital afin de récupérer la procuration de l'absent.

Vers quinze heures, Axelrod sollicita un entretien privé avec Wittstein.

« Ruben… Ruben… Mes clients refusent de signer si une clause de paiement à dix-huit mois n'est pas insérée dans le contrat, conditionnant la vente au fonctionnement de l'ordinateur quantique de Higgs World sur les implants de Neurathink. Cinquante pour cent tout de suite, le reste dans dix-huit mois.

— J'espère que vous plaisantez ? » rétorqua Wittstein.

Neurathink se refusait à prendre le moindre risque. Axelrod laissa une heure à Juergen pour rendre sa décision.

« Avons-nous le choix ? dit Juergen, sur un ton fataliste.

— Pas tellement, en effet. Ils sont en position de force mais nous pourrions négocier le délai, demander un paiement à douze mois au lieu de dix-huit. Ils veulent acquérir votre technologie rapidement. C'est un atout… Seront-ils en mesure de vérifier la compatibilité de votre algorithme avec leur implant en moins de douze mois ?

— Certainement ! répondit Juergen qui avait retrouvé de la vigueur. Demandez-leur également de réduire mes engagements sur la transition. Je ne veux pas passer plus de trois mois à travailler pour ces voleurs. Trois mois dans le désert des Tartares, c'est déjà trop. »

Après deux heures d'âpres négociations, les parties tombèrent d'accord. Le terme de la vente fut fixé à douze mois, sous condition suspensive, et Juergen tenu d'assurer son travail, au sein de l'entreprise, pendant une période de trois mois.

Le contrat signé, on libéra les parties en prenant soin de leur faire emprunter des colonnes d'ascenseur distinctes. Pendant que Vijay et Axelrod trinquaient, Wittstein prenait congé, non sans regret, de la généreuse secrétaire.

38

« Juergen, essayez de voir le bon côté des choses, lui dit Wittstein dans le hall. Vous partez avec la bagatelle de quarante-cinq millions de dollars tout de même ! Ce n'est pas rien !

— Vous oubliez deux choses : les impôts et mon divorce sans contrat prénuptial ! Il me restera au mieux dix millions, pas de quoi mener grand train à New York mais peu importe, vous savez que je ne suis pas un homme d'argent… »

Juergen se tut subitement. Yulic Kolvalev et son associé Demyan Sidorenko, les dirigeants de Quantic Brain Labs, plaisantaient avec Vijay devant l'ascenseur. Leur présence surprit l'Allemand et son avocat. Quelques minutes plus tard, Vijay quitta le bâtiment par une porte latérale. Wittstein salua Juergen qui partit à pied en direction de Penn Station. La présence de ses concurrents l'inquiéta. Que pouvaient-ils bien faire là ?

Alors qu'il arrivait au croisement de la 34e Rue et de la Huitième Avenue, Juergen reçut un message de Vijay. *La marche des vertueux est semée d'embûches !* Lorsqu'il releva la tête s'apprêtant à traverser l'avenue, la vitre teintée d'un SUV arrêté au feu s'abaissa.

« Hey, Juergen ! s'écria Vijay. Vous savez quel est mon film préféré ? *Pulp Fiction* ! Tarantino avait tout dit ! » Le rire sardonique de Vijay se dissipa dans le crissement des pneus du véhicule qui démarrait en trombe. La rage s'empara de Juergen qui serra les poings afin de contenir sa colère.

Une heure plus tard, le *Wall Street Journal* célébrait, en première page, le tour de force de Neurathink : l'acquisition concomitante de Higgs World et de Quantic Brain Labs. Dans une interview exclusive, Lusk vantait les synergies de la fusion et annonçait la nomination de Yulic Kolvalev à la tête du groupe consolidé. Juergen était consterné. Éléonore ne tarda pas à le contacter et le persuada de la rencontrer le lendemain.

Après quelques politesses, la journaliste entra dans le vif du sujet. Éléonore souhaitait d'abord comprendre les raisons de la vente de Higgs World. Juergen, enclin à lui parler, tenait toutefois à ce que leur échange reste confidentiel.

« Je n'ai pas eu d'autre choix que de vendre, lui confia-t-il. Lorsque nous nous sommes rendu compte que les puces de Gertrude étaient défectueuses, Deep Tech Global Bridge nous a mis devant le fait accompli. Lawkins et Vijay avaient prévu leur coup depuis longtemps. Ce sont de vieilles connaissances. »

Juergen flairait le coup monté mais la preuve était impossible à rapporter. Même la défectuosité des composants utilisés pour la production des puces de Gertrude ne pouvait être scientifiquement expliquée.

« Une enquête a-t-elle été menée sur la défectuosité de ces puces ? lui demanda Éléonore.

— Un cabinet de San Francisco, Mercer & White, a été chargé de l'enquête. Celle-ci a révélé un défaut de pureté du silicium, l'un des principaux composants de la puce. Pour que la puce fonctionne, il faut que le silicium soit pur à quatre-vingt-dix-neuf pour cent. Ce n'était pas le cas du silicium utilisé par Gertrude. Et pourtant, Silizin, le fournisseur de silicium de Gertrude, est l'un des meilleurs producteurs du marché. D'ailleurs, seuls les lots de silicium reçus par Gertrude ont été endommagés. Aucun autre client n'a rencontré de problème.

— Pourquoi Gertrude a-t-elle choisi de travailler avec une société russe ?

— La Russie est le deuxième producteur mondial de silicium, après la Chine. »

Éléonore entra dans le détail des événements rencontrés par Juergen puis résuma : « Revenons à la chronologie des faits. Vous perdez d'abord l'un de vos architectes, qui rejoint Quantic Brain Labs, puis Lawkins vous pousse à l'introduction en Bourse. Cela expose votre société au marché. Vous rencontrez ensuite un problème de cryostat alors même que vous êtes sur le point de publier les résultats de votre expérimentation. Les puces de Gertrude sont alors viciées du fait d'un composant impur. Là, Lawkins l'apprend et vous met devant le fait accompli : soit vous achetez, soit ils vendent à Neurathink. Or, Lawkins a prévu son coup puisqu'il a déjà pris contact avec Vijay, qui lui-même a commencé à avancer ses pions à Vegas avec vous. Finalement, Lusk rachète Higgs World au rabais, acquiert Quantic Brain Labs pour une somme modique et place à la tête de l'ensemble un homme de paille.

— Et entre-temps, je divorce ! » ajouta Juergen.

Éléonore regarda Juergen avec compassion. L'inquiétude se lisait sur son visage. Le déploiement non régulé de la puce l'angoissait, bien plus que son propre sort.

« Quels sont vos projets maintenant ? lui demanda-t-elle.

— Me tenir le plus loin possible de la vilenie humaine. »

39

Éléonore poursuivit son investigation et prit contact avec Mark Nash, le responsable de l'enquête menée sur Silizin par le cabinet Mercer & White. Nash confirma à Éléonore les informations communiquées par Juergen. Silizin possédait ses propres gisements de quartz et produisait un silicium d'une rare pureté. Nash lui certifia qu'aucune négligence n'avait été observée sur la chaîne de production. Seule subsistait la possibilité d'une fraude au moment de l'expédition. La preuve était impossible à rapporter. Éléonore décida de concentrer ses recherches sur l'origine du financement de Quantic Brain Labs et la nature des relations que Lusk et ses sbires entretenaient avec les deux fondateurs de la start-up canadienne.

Son entretien avec Nash terminé, elle ferma à la hâte son ordinateur et se précipita dans un taxi. Mackenzie et elle avaient rendez-vous au Modern, le restaurant du MoMA. Comme à son habitude, Mackenzie était déjà installée au bar.

« Quoi de neuf, ma chère Mack ? lui demanda Éléonore en l'embrassant.

— Je me présente aux élections locales dans le Queens ! » lui annonça fièrement son amie.

Éléonore, surprise de cette annonce, la félicita chaleureusement.

Forte de son expérience auprès des femmes du Queens, Mackenzie avait trouvé le courage de s'engager au sein du Parti démocrate. Intervenir dans des conférences en faveur de l'avortement l'avait aguerrie politiquement. Mackenzie était devenue une oratrice éloquente. Son énergie, la sincérité de son engagement et son aura étaient des atouts clés pour une campagne. Ses chances de devenir Queens Borough President, et de présider à la destinée de cet arrondissement new-yorkais, étaient élevées. Le candidat sortant, un pilier démocrate de la circonscription dans laquelle se présentait Mackenzie, lui avait offert son soutien. La communauté du Queens était jeune, de classe moyenne et essentiellement composée de minorités. Ses membres s'identifiaient à Mackenzie. Travailler au sein du planning familial local constituait un tremplin idéal.

« Comment Jay a-t-il pris la nouvelle ? lui demanda Éléonore.

— Nous n'avons pas eu l'occasion d'en discuter. Il est en Islande depuis dix jours. Il a gagné un voyage Google en camping-car. Il est parti avec un collègue.

— Le monde de l'art ne va pas te manquer ?

— Tu veux dire le monde des triathlètes d'exposition, de ces petits cultivés qui croient trouver un sens à leur existence en parcourant du ciment ciré ? »

La grimace de Mackenzie ne laissait aucune place au doute.

« Tout le monde ne peut pas s'y connaître aussi bien que toi ! » rétorqua Éléonore.

Le jugement de Mackenzie était sans appel : conservateurs comme marchands n'étaient, à quelques exceptions près, que d'avides collectionneurs de *likes*. Mackenzie préférait désormais changer le monde plutôt que se divertir de son désenchantement par de l'art à l'état gazeux.

« Tu as déjà choisi ton équipe ? s'enquit Éléonore.

— Je suis en train de le faire mais j'ai déjà ma directrice de campagne. C'est une femme rompue à l'exercice qui a travaillé de nombreuses années aux côtés de Diane Williams. Elle est formidable. Elle s'appelle Stacy Morales.

— Quand démarre la campagne ?

— Le premier rassemblement devrait avoir lieu dans trois semaines à l'occasion des vœux. J'espère que tu seras là ! »

Les plats arrivèrent. Entre deux fourchetées, Mackenzie pria Éléonore de lui raconter son voyage à Paris. Éléonore relata avec fébrilité sa rencontre avec Victor. À l'évocation du pianiste, le sourcil de Mackenzie fronça.

« C'est plus qu'une vieille histoire d'amour, n'est-ce pas ? » subodora Mackenzie. Éléonore opina. « Enfin un peu de vie dans ton quotidien monacal, ma chère Léo ! J'espère que tu en as bien profité.

— Ce n'est pas ce que tu crois. Il ne s'est rien passé mais… j'y pense… j'y pense souvent.

— Éléonore, enfin, ouvre les yeux ! Tu ne peux pas vivre en pensant à un homme. J'ai toujours senti qu'il y avait quelque chose avec lui. Mais bon sang, il vit en France !

— Et il va devenir père.

— Alors oublie ! Trouve-toi un homme, un vrai, pas un courant d'air.

— Mais tu ne comprends donc pas ! Cet homme, c'est ma vie ! »

La sincérité impétueuse de sa confession la déstabilisa. Elle rougit.

« C'est une sorte d'amour… immarcescible, poursuivit-elle. Cet homme me procure un sentiment d'absolu. C'est comme une reconnaissance.

— L'amour métaphysique ! Voilà qui me surprend de ta part.

— Je n'arrive pas à l'expliquer. L'évidence, de toute façon, ça ne s'explique pas.

— Eh bien dans ce cas, prends un avion mais sors de cette contemplation stérile. Tu ne vas pas passer ta vie à regarder ta machine de mari construire des licornes. Il n'y a plus rien entre vous. Ça crève les yeux ! »

Mackenzie fut interrompue par Javier Martez qui s'était approché des deux femmes pour les saluer. Éléonore le complimenta sur le programme de la nouvelle saison, le qualifiant d'audacieux et de percutant. Mackenzie approuva pleinement. Tous trois promirent de se revoir autour d'un déjeuner.

Un nouveau message de Victor arriva au moment où Éléonore quittait la table. À la lecture de son prénom, un sourire angélique se dessina sur ses lèvres. Éléonore avait souvent eu envie de lui écrire mais elle s'était retenue. Éléonore fuyait les ruptures. Quitter l'étreinte de la rue Guynemer avait été profondément douloureux. Il avait fallu tant de force pour oublier ce ventre. Éléonore s'était murée dans un silence protecteur. Mais comment résister cette fois à l'invitation de Victor ? Le concert auquel il la conviait à New York, quelques jours avant Noël, était entièrement consacré à Mozart. Victor avait pris soin de joindre à son message une place d'orchestre au premier rang. Éléonore succomba, le remercia et promit de venir.

40

Lorsque Victor entra sur la scène du David Geffen Hall, le visage d'Éléonore s'illumina. Il s'avança pour saluer l'auditoire. Il releva la tête et chercha discrètement Éléonore du regard. En apercevant sa silhouette gracile, son sourire redoubla. Éléonore était belle, sobre mais rayonnante. Ses longs cheveux bruns légèrement ondulés tombaient en cascade sur ses épaules dénudées. Victor prit place devant le piano. Le silence inonda la salle. Les premiers violons lancèrent l'allegro du Concerto pour piano nº 23. Victor fermait les yeux. Soudain il les rouvrit et ses doigts s'envolèrent sur le clavier. C'était la première fois qu'Éléonore l'écoutait jouer dans une salle de concert. Le Victor de la rue Barbet-de-Jouy s'était métamorphosé en une créature mi-dieu, mi-homme, que plusieurs centaines de personnes écoutaient religieusement. L'imposante scène du David Geffen Hall amplifiait l'aura du concertiste. Éléonore voulait retrouver les sensations de sa musique mais une impression de distance l'en empêchait. Le moindre raclement de gorge, la plus petite gesticulation l'irritaient. Afin de reprendre le chemin du salon de musique parisien, elle ferma les yeux. Des éclats de Saint-Germain l'assaillirent : les franges du tapis, *Voyage au bout de la nuit*, la couture du velours… Éléonore se mit à trembler sur le second mouvement de l'adagio. Doucement, très doucement, elle s'apaisa.

Lorsque le concert fut terminé, elle se dirigea vers les couloirs latéraux pour regagner l'entrée. Elle sentit soudain une pression sur son bras. Une ouvreuse lui demanda de la suivre. Les deux femmes empruntèrent un escalier dérobé. « Attendez ici, je vous prie, M. Clément va vous rejoindre dans un instant », lui annonça l'ouvreuse, devant les loges du théâtre. Éléonore en profita pour remettre son manteau. Victor arriva derrière elle au même instant et attrapa délicatement le pardessus. Sentir sa main effleurer son poignet la fit frissonner. « Je suis désolé, mes mains sont froides », lui dit-il avec douceur. Éléonore se retourna. Victor ne l'embrassa pas. Dans ce couloir vide et austère des profondeurs du Lincoln, il ne voulait pas jouer le deuxième acte des retrouvailles parisiennes. Éléonore sentit poindre une imperceptible retenue entre eux.

« J'avais prévu de t'emmener au bar du Lincoln. Cela te convient ? lui demanda-t-il.

— Oui, très bien. »

Le Victor qu'Éléonore avait connu aurait pris la peine de chercher un endroit plus singulier. Bien qu'agréable, le bar du théâtre restait le bar du théâtre, une cantine de pianiste en somme. Dans les dédales qu'ils arpentaient silencieusement, Victor regardait, médusé, les bas d'Éléonore. Un mince fil noir épousait le galbe de ses mollets jusqu'au creux des genoux et disparaissait sous le satiné de sa robe. Victor ressentit une ardente excitation. Il aurait voulu que la traversée durât plus longtemps, qu'elle durât toujours. Il aurait voulu avoir le temps d'examiner en détail les plis de l'étoffe noire qui moulait ce corps tant désiré. Les talons d'Éléonore claquaient sur le revêtement en béton malgré l'effort qu'elle déployait pour limiter le choc. Mais cela ne semblait pas gêner Victor.

Lorsqu'ils arrivèrent au bar, un serveur français à l'accent méridional les accueillit. Il les installa dans un espace privé, dont le mur était occupé par une collection de liqueurs. Le tamisage créait une atmosphère douce et feutrée. Après la commande de mojitos, Éléonore remercia Victor puis le félicita pour sa performance.

« Je suis heureux que tu aies pu écouter ce concerto. C'est Horowitz qui m'a donné envie de le jouer. Il ne l'a jamais interprété en public. Seul subsiste un enregistrement avec l'orchestre de la Scala conduit par Carlo Maria Giulini. Il m'a marqué à vie », lui confia-t-il à mi-voix, son regard dans le sien.

Éléonore, troublée, baissa les yeux, les releva, recroisa le regard bleu, hésita puis se déroba. Elle était partagée entre désir et appréhension. Derrière l'envie de croire au retour d'un amour indestructible se cachait la crainte d'être de nouveau prise au piège d'un virtuose de la séduction.

« Quel plaisir de t'entendre dans une si belle salle ! murmura-t-elle. C'était la première fois que je te voyais jouer en public. »

Victor la dévisageait, la contemplait, la dévorait. Il était sous le charme, frappé par la beauté de cette femme que la maturité rendait encore plus désirable. Ses gestes comme ses paroles dégageaient une sensualité qui le troublait. Ses grands yeux expressifs, ses épaules gracieuses, les plis érotiques de ses lèvres charnues qu'il avait eu tant de plaisir à baiser. Tout l'obsédait.

Pendant qu'elle lui parlait de ses derniers articles, Victor l'imaginait se mettre à genoux et entamer des va-et-vient rapides, de plus en plus rapides, jusqu'à l'éclaboussure. « Pourquoi nous sommes-nous séparés ? » demanda-t-il. Éléonore ne répondit pas. Elle se contenta d'esquisser un léger rictus. Victor n'avait pas changé. Éléonore était rompue à son art de la manipulation. Victor usait toujours de la même arme : la culpabilisation. Et quand cette arme n'était pas assez puissante, il la doublait d'un éloge amoureux dithyrambique afin de provoquer le besoin de repentir. Chez lui, on ne trouvait jamais ni remords, ni regrets. Victor passait toujours en force. Éléonore finissait toujours par vaciller. Mais ce soir-là, pour la première fois, Victor ressentit les limites de son jeu. L'aplomb d'Éléonore, sa résistance l'ébranlèrent. Son excitation redoubla. Il devait la soumettre coûte que coûte.

« En mai, j'ai joué à Florence. Cela m'a fait penser à notre dernier week-end. Tu te souviens ? Nous avions marché jusqu'au Giardino Torrigiani. »

À l'évocation de Florence, le visage d'Éléonore s'illumina.

« *No Surprises* !

— Nous étions si bien… C'est encore si frais dans ma mémoire. J'ai l'impression que c'était hier. »

Dans le *hier* se jouait le tragique de leur situation. Éléonore et Victor sentaient que quelque chose persistait mais les vicissitudes de la vie, l'ambition, un brin de paresse au moment inopportun les avaient éloignés. L'avion que l'on ne prend pas, la concession que l'on refuse en se disant qu'on a le temps, que la vie est longue, que s'il faut se retrouver, on se retrouvera, et puis un jour, la vie bascule sans crier gare. On se marie, on a un enfant, on a des enfants, on s'installe avec une personne qui était là, qu'on aime ou pas mais avec laquelle le quotidien se déroule sans difficulté, confortable, douillet, tranquille. Peur de la mort, besoin de stabilité, compatibilité sexuelle… Les prétextes sont toujours bons. On cherche sa place, sa reconnaissance, l'ambition dévore tout, et on oublie de s'aimer. On dit oui au succès, non à l'amour. On s'accomplit dans l'ambition, on laisse mourir les sentiments jusqu'au rappel, la douloureuse épreuve du rappel. Alors on ose, on y va, on se jette enfin sur la scène de ce que l'on prend pour de l'amour, le vrai, le sincère. Et l'on se rend compte que depuis bien longtemps il n'y a plus personne dans la salle. Le rideau est tombé, la lumière s'est éteinte, l'orchestre s'est tu. Alors on rumine, on regrette, on souffre, on se torture, on se met en colère, on trépigne pour oublier l'inoubliable, effacer l'indélébile. C'en est fini. On accepte.

« Tu avais terminé cette anthologie de Bresson ? De mémoire, il nous restait à voir *Au hasard Balthazar* ! s'exclama Éléonore en esquissant un sourire.

— Je n'en ai plus tellement eu l'occasion. Maintenant, ce serait compliqué.

— Pourquoi ? s'étonna Éléonore.

— Disons… disons qu'Elena n'aime pas tellement les films d'art et d'essai. »

« Si seulement ça avait été toi, plutôt qu'elle… » Voilà ce que trahissait la réponse de Victor qui, par désir ou par esprit de conquête, tentait par tous les moyens de séduire Éléonore. Et pourtant, c'était sa vie, celle qu'il s'était choisie. Éléonore ne pouvait s'empêcher de penser que l'homme qu'elle avait en face d'elle s'apprêtait à devenir père, père d'un enfant qui ne porterait pas ses gènes. Plus le charme opérait, plus elle y pensait. Éléonore omettait le fait que c'est elle qui avait fui à New York, que c'est elle qui s'était mariée la première, que c'est elle enfin qui avait enfanté la première. Et pourtant, là, devant lui, elle éprouvait une jalousie terrible, un sentiment d'injustice qui la mettait en rage. Victor ne lui avait pas donné l'assurance d'une épaule solide. Dans ce cas, oui, elle serait restée. Elle aurait patienté et fermé les yeux sur ses écarts. Qu'avait fait cette femme à Victor pour qu'avec elle il s'engage ? Rien, sans doute rien. Victor avait tout simplement vieilli, l'Estonienne avait été là au bon moment avec constance et patience. Elle voulait cet homme, sa notoriété, ses finances. Pour cela, elle n'avait rien lâché. L'opportunisme nécessitait rigueur et ténacité, chance et malignité. Éléonore n'avait jamais su se placer.

Cette oscillation entre la joie d'être ensemble et la douleur de ce qui avait été perdu les rongeait. Ce soir-là, ils le savaient, il n'y aurait pas de films de Bresson, pas de côte de bœuf chez Joséphine, pas de *Spiegel im Spiegel* et, bien sûr, pas de délicate éclaboussure. La pesanteur d'un temps sur lequel ils n'avaient plus d'emprise les accablait face à cet amour qui inexorablement renaissait.

Le serveur leur fit signe que le bar était sur le point de fermer. Éléonore et Victor rassemblèrent leurs affaires.

« Es-tu déjà allée au festival de Bayreuth ? lui demanda Victor alors qu'ils s'apprêtaient à sortir.

— Non jamais ! J'avais réussi à obtenir des places il y a deux ans et puis… Nous avons dû annuler à cause d'une obligation familiale. Mais j'en rêve ! » répondit Éléonore.

Dehors, le vent s'était levé, un vent glacial pour la saison. Victor, qui avait laissé son manteau dans sa loge, grelottait. Face à face, ils semblaient gênés de se quitter. Aucun n'osait faire le premier pas. Une bourrasque mit fin aux atermoiements. Victor s'avança vers Éléonore et la serra dans ses bras. Ni l'un ni l'autre n'osait plus ciller, comme si leur immobilité eût permis de faire perdurer infiniment cet enlacement suspendu. Son nez au creux de son cou, elle chercha les notes hespéridées de bergamote et de cédrat, ce parfum qu'elle n'avait jamais oublié. Dans la chaleur de ses bras qui l'enveloppaient, elle le retrouva.

Le froid était mordant. Il fallait rentrer. Le temps était compté. « Prends soin de toi, Victor », lui glissa-t-elle à l'oreille avant de s'extraire de ses bras avec une retenue pleine d'affliction. Victor la regarda s'éloigner à la hâte dans la brume hivernale. Il ne sentait plus le froid qui le brûlait, il ne sentait plus le vent qui l'assourdissait, il ne sentait plus qu'elle.

Il courut jusqu'à son hôtel. Dans sa suite qui surplombait le parc, il alluma son ordinateur et chercha *Au hasard Balthazar*, en vain. Il sonna le concierge qui arriva aussitôt. « On va vous trouver cela, Monsieur ! » Quinze minutes plus tard, le DVD était livré devant sa porte. Malgré la fatigue, le décalage horaire et l'alcool, il dévora chaque plan dans l'espoir de voir renaître son amour fantasmé.

Lorsqu'il rouvrit les yeux, Balthazar avait cessé de braire. Marie avait disparu. Seul subsistait le syncrétisme virginal de leurs parfums.

III

41

La neige tombait à gros flocons lorsque Juergen arriva devant l'office notarial. La façade du bâtiment à l'architecture néoclassique était recouverte d'une couleur ocre qui complétait la palette des façades chatoyantes de la rue. Les Munichois se pressaient d'une boutique à l'autre. De la chocolaterie de la place émanaient de gourmands effluves de chocolat chaud. De nombreux clients patientaient dans le froid hivernal pour une lichette du nectar lacté.

Un grésillement sourd retentit au moment où Juergen pressa le bouton de l'interphone. « C'est au deuxième », annonça la voix fluette de la réceptionniste. L'office notarial de maître Rainer Krauss était sobre, à l'image de sa secrétaire, une jeune binoclarde pâlotte. Le hall ne comprenait que cinq meubles en bois, sans fioritures, recouverts d'une lasure naturelle. Le parquet de même teinte amplifiait l'impression de dépouillement. Aucun dossier ne traînait. Une grande fenêtre laissait pénétrer les rais timides d'un soleil hivernal déclinant.

« Maître Krauss va vous recevoir dans un instant », dit la clerc à Juergen, l'invitant à patienter dans le hall d'entrée.

Juergen y trouva quelques cartons publicitaires vantant les services d'une société de pompes funèbres locale. Il attrapa le premier de la pile. Le slogan déclencha un léger rictus sur le visage de l'Allemand. « Vous n'en reviendrez pas ! » était estampé, en gros caractères, sur une photographie représentant une mer de nuages. La formule était suivie d'un vendeur « à partir de 1 999 euros ». Juergen regretta qu'il ne restât rien du cercueil paternel tant il aurait aimé recourir à ces croque-morts sinistrement drôles. Pour la crémation, il aurait sans doute eu l'option « Partir en fumée ».

Il écoutait religieusement le son émis par les touches du clavier de la jeune femme. Sa vitesse de frappe le déconcerta. Juergen se dit que Maisie eût été incapable d'une telle dextérité. Il n'avait malheureusement jamais souscrit au service en ligne de Maisie. On pouvait tout reprocher à Maisie mais certainement pas le manque de souplesse de son doigté.

Au bout d'une quinzaine de minutes, maître Krauss entra dans la pièce. Le ton compassé du notaire lors de leurs échanges téléphoniques avait donné à Juergen l'image d'un homme froid et poussiéreux. Il était, au contraire, un jeune assermenté fringant et élancé dont le costume bleu nuit seyant mettait en valeur les traits fins, le regard ténébreux et les manières presque féminines.

« Je vous renouvelle mes sincères condoléances, monsieur Gadamer. Comment s'est passé votre voyage ? s'enquit le notaire en accueillant Juergen dans son bureau.

— Bien, merci.

— Les démarches relatives à la succession de M. Albert Gadamer ayant été effectuées à distance, le rendez-vous de ce jour a pour but de clôturer la succession. Je rappelle que vous l'avez acceptée et que l'actif des biens allemands s'élève à sept cent cinquante-deux mille euros et soixante-douze centimes ; le passif, à cinquante-six mille euros. »

Le notaire tendit à Juergen une copie de l'inventaire.

« Passons les biens en revue une dernière fois si vous le voulez bien. Votre père n'a pas laissé de testament. En l'absence de conjoint héritier et de descendant en ligne directe concurrent, tous ses biens vous sont dévolus, créances incluses. La succession comprend un appartement situé au deuxième étage du 42 Schinkelstrasse à Munich, d'une surface de soixante-douze mètres carrés. Le bien est doté d'une cave ; le tout est estimé à six cent quatre-vingt-trois mille euros et non grevé de dettes. Les biens meubles attachés à cet immeuble ont une valeur de vingt-deux mille euros. »

Le notaire s'arrêta un instant, fronça les sourcils puis regarda l'inventaire de plus près.

« J'avais cru voir une erreur mais non, c'est bien cela. Je reprends… Nous avons également identifié un compte bancaire d'une valeur de quarante-sept mille euros et soixante-douze centimes, non investis, ouvert au sein de la Deutsche Bank. Il n'y a, à notre connaissance, ni de coffre à la banque, ni d'œuvre d'art. Néanmoins, comme vous le savez, votre père avait récemment souscrit à un crédit à la consommation pour s'acheter un véhicule de sport, une Mercedes classe C décapotable. Le crédit à solder est de cinquante-six mille euros. Quant au chalet de Saint-Gilgen, comme convenu, j'ai pris contact avec mon homologue autrichien, maître Brunner, dont l'étude est située dans le centre du village. Vous ne pouvez pas le louper, il est face aux archives. Il a préparé les documents relatifs à la succession portant sur le chalet situé rue de Laim. Une expertise a été effectuée à sa demande. Le chalet dispose d'un terrain de deux hectares. L'expert mandaté par maître Brunner a estimé que, en l'état actuel, sa valeur était de neuf cent cinquante mille euros. Saint-Gilgen attire depuis plusieurs décennies une clientèle aisée, monsieur Gadamer, ce qui explique la valeur du terrain parce que, pour le reste… je ne vous cache pas qu'une rénovation complète est à envisager. Je vous laisse relire attentivement les documents. Nous procéderons ensuite à la vérification du paiement et vous serez libre de partir. Souhaitez-vous un café, monsieur Gadamer ? »

Juergen acquiesça d'un hochement de tête puis commença la lecture.

« Avez-vous des questions ? demanda le notaire une vingtaine de minutes plus tard.

— La voiture… Où est-elle garée ?

— Sur le parking de l'immeuble, 42 Schinkelstrasse. Nous avons les clés. Nous les avons trouvées sur la table de la cuisine. Quel dommage que votre père n'ait pas eu le temps d'en profiter. C'est un bel engin ! »

Juergen sentit l'œil de Krauss pétiller à l'évocation du cabriolet.

« L'infarctus malheureusement… ça ne prévient pas. »

Juergen appelait rarement son père. Depuis que sa mère était morte, cet ancien ingénieur du groupe Siemens vivait seul et consacrait son temps à la musique. Albert Gadamer était organiste. Il jouait bénévolement pour les petites paroisses de la commune munichoise. La dernière fois que Juergen l'avait appelé, c'était pour lui annoncer son divorce.

Albert, qui n'avait jamais apprécié Wendy, avait simplement acquiescé. Son père n'avait pas jugé nécessaire d'évoquer l'achat du cabriolet.

« L'étude s'occupera de la publicité successorale, précisa Krauss. Quant au paiement des droits liés à la dévolution, je vous confirme que nous en avons accusé réception ce matin. Voici les clés de l'appartement ! » Krauss tendit un trousseau à Juergen. « Ah, j'oubliais le principal… les clés de la Mercedes ! Tout est maintenant réglé, monsieur Gadamer. Je vous souhaite un très bon retour aux États-Unis. N'hésitez pas à revenir nous voir. La Bavière mérite bien une petite visite de temps en temps. Quand repartez-vous ?

— Après-demain. »

Juergen remercia Krauss, sortit et héla un taxi.

L'appartement de la Schinkelstrasse n'avait pas changé. Juergen n'y avait pas remis les pieds depuis plus de trois ans. Il reconnut au premier coup d'œil les bibelots, le tapis du salon et la vieille collection de poupées en porcelaine de sa mère. La tapisserie avait légèrement jauni, certains coins se décollaient. Juergen ne s'appesantit pas. Il se saisit des clés du chalet autrichien et d'un paquet de gaufrettes à la noisette posé sur le vaisselier, puis il partit.

42

Saint-Gilgen était situé à deux heures de route de Munich. Le cabriolet roulait à vive allure sur les routes allemandes. Au passage de la frontière, Juergen se souvint de ses voyages avec son père. Sa mère les accompagnait rarement. Elle n'aimait pas l'Autriche et avait peu d'affection pour sa belle-mère. Pour faire peur au petit Juergen qui s'agitait à l'arrière de la voiture, Albert Gadamer racontait à son fils que les douaniers étaient de vilains ogres qui n'hésiteraient pas à le dévorer s'il bougeait une oreille. Le jeune Juergen plongeait alors sur la banquette arrière, cachait son visage sous sa veste et ne pipait mot jusqu'à ce que son père, qui n'hésitait pas à abuser de ce répit silencieux, sonnât la fin de la traversée aux mille périls. Les rares fois où sa mère les avait accompagnés, elle avait pesté contre son mari et les idées saugrenues qu'il mettait dans la tête de leur fils. « Cesse de l'effrayer ! grognait-elle. Qui va se lever ce soir s'il fait des cauchemars, hein ? »

Lorsque Juergen arriva à Saint-Gilgen, la nuit était tombée. L'étude de maître Brunner était fermée. Juergen jeta son dévolu sur la Gasthof zur Post, une auberge du centre-ville dont les avis des internautes louaient unanimement la chaleur de l'accueil. Sa chambre réservée pour la nuit, Juergen s'installa au bar du restaurant. Il déposa sur le comptoir une pochette en cuir marron trouvée dans la boîte à gants de la Mercedes. Affamé et harassé de fatigue, il commanda une pinte de Stiegl ainsi qu'une portion de schnitzels. En attendant ses escalopes panées, Juergen se mit à fouiller la pochette contenant les papiers d'immatriculation du cabriolet. Il y trouva deux factures du garage Mercedes de Munich ainsi qu'une photographie prise récemment. Son père et une femme d'une cinquantaine d'années, aux seins refaits et à la bouche pulpeuse, prenaient la pose sur le capot du cabriolet devant le lac Wolfgang. En dépit du dégoût que la vue de leurs corps enlacés suscita, Juergen ressentit une pitié affectueuse pour son père. L'ingénieur discret et introverti était mort heureux.

Saint-Gilgen était un village de Haute-Autriche dont le lac Wolfgang faisait la réputation. Été comme hiver, on venait dans le village de la mère de Mozart s'adonner au ski ou à la randonnée vers le sommet du Schafberg. Enfant, Juergen aimait contempler la vallée depuis ce pic. Là-haut, le petit Allemand comptait les nombreux lacs de cette région qu'il aimait tant. Le père de Juergen prenait ses congés les deux premières semaines du mois d'août. Chaque jour, le père et le fils marchaient une dizaine de kilomètres dans les montagnes verdoyantes du Salzkammergut. À leur retour, ils trouvaient sur la table de la cuisine un kaiserschmarrn légèrement tiédi dont ils se régalaient.

Au petit matin, Juergen sortit se balader dans ce village qu'il n'avait pas revu depuis la mort de sa grand-mère, dix-huit ans plus tôt. Rien n'avait changé, excepté les cabines téléphoniques. La ville les avait mises à disposition d'artistes. L'une d'elles attira l'attention de Juergen. Ses vitres étaient entièrement recouvertes de photos de pétales de rose. Sur la porte était gravé *Clouds of Petals*. Une notice explicative présentait l'artiste américaine, Sarah Meyohas, comme l'une des artistes les plus avant-gardistes de sa génération. Son œuvre employait la technologie la plus avancée – intelligence artificielle, processus algorithmiques, réalité virtuelle – afin d'explorer les concepts de beauté et de subjectivité dans l'ère digitale. Son film avait été réalisé chez Bell Works… à Holmdel ! Cette coïncidence sidéra Juergen.

L'accès à la cabine était payant. Juergen glissa sa carte dans la machine, s'installa et plongea dans le film seize millimètres de Meyohas. Un doigt qui effleure un bouton de rose, l'ouvre et l'effeuille… Un pétale sous un scanner, un flash, le laboratoire… Des pythons jaunes et blancs entrelacés, un parterre de pétales rouges, un sol immaculé… Plus qu'un film, une poésie. Juergen sortit de la cabine, médusé. Le physicien éprouva alors un profond soulagement.

Sa balade terminée, Juergen se rendit à l'étude de maître Brunner qui consentit à le recevoir sur-le-champ. En sortant de l'office notarial, Juergen se dirigea d'emblée rue de Laim. Le chalet familial n'avait pas changé. Situé à l'écart du village, il répondait aux canons de l'architecture autrichienne traditionnelle : bardage de bois, toit à pignons, poutres de construction apparentes, balcons sculptés. Ce chalet aurait pu avoir de l'allure s'il avait été entretenu mais son père n'avait eu ni les moyens ni la volonté de s'en occuper. Tout juste venait-il de faire installer le chauffage dans les pièces principales. La neige camouflait l'aspect décrépit de l'édifice. Le bois du bardage avait besoin d'être traité, le toit refait, mais l'état général du bâtiment ne semblait pas aussi alarmant que ce que le notaire munichois avait laissé entendre. Juergen fut surpris de la sobriété de l'intérieur. Au premier étage, tout avait été retiré à l'exception d'une table en bois, de quatre chaises, d'un canapé et d'un poêle. Le chalet comprenait trois chambres situées à l'étage supérieur. Deux d'entre elles n'avaient pas changé depuis l'enfance de Juergen. La chambre principale, dotée d'un balcon, avait été rénovée et entretenue. Un matelas flambant neuf avait été posé à même le sol. Les draps étaient encore froissés. Une boîte de viagra entamée traînait près d'un oreiller. Et dire que l'on cherchait encore les causes de l'infarctus.

Juergen sortit, referma le chalet et se dirigea vers la cave à laquelle on ne pouvait accéder que de l'extérieur. Il pénétra dans l'espace et laissa la porte entrouverte derrière lui. Une quantité considérable d'archives et de bibelots y était accumulée à côté de vieux outils de jardin dont une charrue et quelques pneus usagés. Il y avait dans cette cave de quoi approvisionner un magasin complet d'antiquités. La pièce était humide, le sol terreux. Au milieu de ce fatras, il trouva un petit guéridon sur lequel de vieilles lettres avaient été entreposées. Une valise noire entrebâillée, appuyée contre le guéridon, semblait en contenir des centaines.

« Bonjour, il y a quelqu'un ? » demanda soudain une voix grave.

Juergen sursauta. « Je m'appelle Bernhard. Je travaille aux archives », lui dit un inconnu en s'approchant de lui. Bernhard lui expliqua qu'Albert lui avait promis de le recontacter afin qu'il puisse accéder aux lettres stockées dans la cave. Parmi celles-ci, le vieil homme avait identifié une correspondance entre les aïeuls de Juergen et ceux de Mozart.

« Votre père est là ? demanda Bernhard.

— Mon père est mort », lui répondit Juergen.

Bernhard baissa la tête, gêné, puis lui présenta ses condoléances.

« Alors pour les archives… Comment on fait ? demanda Bernhard, une fois à l'extérieur.

— Je ne sais pas. Je ne sais même pas ce que je vais faire de ce chalet, lui dit Juergen. Donnez-moi vos coordonnées. Je vous contacterai. »

Bernhard lui laissa son numéro et ajouta :

« Vous pouvez me trouver au centre des archives de Saint-Gilgen. Il est en face de la mairie. Tout le monde me connaît ici. Je compte sur vous, m'sieur Gadamer. Vous savez, c'est important les archives ! »

Juergen rentra à l'auberge. Son vol pour New York partait le lendemain de Munich. Il n'avait aucune envie de le prendre mais il lui restait trente-cinq jours de travail chez Higgs World dont quatorze en présentiel. Il adressa un e-mail à Kolvalev qui, ravi de tenir Juergen à distance, accepta immédiatement de modifier son contrat. Juergen était libre de travailler depuis l'Autriche pour la totalité des jours restants, compte tenu de circonstances exceptionnelles. Juergen modifia son billet et repoussa son retour d'un mois.

Il étendit ensuite la location de sa chambre. La connexion Internet de l'auberge n'était pas très rapide mais suffisante pour y travailler le temps de rénover le chalet. Juergen se sentit soulagé à l'idée de ne plus retourner à Holmdel. Le film de Meyohas était tout ce qu'il souhaitait conserver de ce lieu.

Le lendemain, il se rendit au centre des archives pour proposer à Bernhard de reprendre ses recherches. Il en profita pour lui demander quelques conseils quant à la rénovation du chalet. Enfant du pays, Bernhard connaissait tout le monde dans la région. Son père y avait été charpentier de longues années. Bernhard devint une présence régulière rue de Laim. Chaque jour vers dix-huit heures, Juergen venait vérifier l'avancement des travaux puis Bernhard et lui s'installaient au premier étage autour d'un verre d'eau-de-vie. Bernhard lui contait l'histoire du village. Entre les arômes de pin, d'épicéa et de fruits de la liqueur concoctée par la distillerie locale naissait une amitié apaisante. Juergen prenait goût aux plaisirs simples de cette vie solitaire.

Ses engagements envers Higgs World touchèrent à leur fin. Bien que modeste, le chalet était désormais habitable. Juergen y emménagea.

43

Juergen ne cessait de repousser son retour à New York. Le désastre qui se profilait à travers la commercialisation de la puce le hantait. Les montagnes autrichiennes commençaient malgré tout à avoir un effet lénitif. Revivre en Amérique lui semblait de plus en plus inconcevable. Outre sa part dans Higgs World, Wendy avait récupéré leur maison. Li Wei Shi et elle y coulaient des jours heureux avec Nathan. Leur divorce était en cours mais bien engagé, grâce à la proactivité de Wendy et à la sujétion de Juergen. Le physicien avait payé sa liberté au prix fort. L'argent qu'il avait touché de la vente de Higgs World avait été placé. Compte tenu de la frugalité de son nouveau train de vie, les rendements escomptés lui permettaient d'envisager sereinement une retraite anticipée à Saint-Gilgen.

Les randonnées n'étaient pas encore de saison. Juergen s'était donc mis à consommer des livres avec voracité. Un samedi matin, il s'arrêta à la bibliothèque du village. Le bâtiment, d'apparence modeste, abritait une impressionnante collection de livres. Les chefs-d'œuvre de Musil, Mann et

Kafka côtoyaient les classiques américains, en anglais, de Fitzgerald, Faulkner et Ellis. Juergen jeta son dévolu sur *L'Antéchrist* de Nietzsche puis il se dirigea vers le comptoir de la bibliothécaire. Absorbée par sa lecture, elle ne remarqua pas sa présence. Juergen clarifia discrètement sa voix. Elle sursauta puis leva les yeux vers lui. « Je peux vous aider ? » grasseya-t-elle. Son visage et ses cheveux bruns au carré semblaient sortis d'un film d'Antonioni. Cette bibliothécaire italienne était à Saint-Gilgen ce que Jeanne Moreau avait été à *La Notte*. Des plis de son visage d'âge mûr, une cinquantaine d'années, émanaient les reliquats d'une beauté lumineuse.

« Excellent choix ! lui dit-elle en scannant le livre. Lorsque vous l'aurez terminé, nous avons *Le Crépuscule des idoles*. Vous avez une carte de membre ? »

Juergen hocha la tête. Il n'avait jamais eu de carte de membre, ni ici ni ailleurs.

« C'est bien ce que je pensais. Votre visage ne me disait rien. Je vous en fais une, elle est gratuite. En revanche, il faut me rapporter le livre d'ici une semaine, insista-t-elle. Quelle est votre adresse ?

— 53 rue de Laim, balbutia-t-il, intimidé.

— Le DVD du *Cheval de Turin* de Béla Tarr est disponible. Vous le voulez ? Quand on s'intéresse à Nietzsche, on regarde Béla Tarr ! »

Elle lui sourit. Ses yeux en amande s'étirèrent avec grâce.

« Merci mais… je n'ai pas de lecteur DVD, répondit Juergen. Je le regarderai en streaming. »

Elle pouffa discrètement. Son souffle espiègle le fit rougir.

« Je ne pense pas que vous le trouverez en streaming mais quand vous aurez un lecteur DVD, faites-moi signe ! »

Le lendemain, Juergen rapporta *L'Antéchrist* et emprunta *Le Crépuscule des idoles*. Il dévorait les livres et devint, en l'espace de trois semaines, le membre le plus assidu de la bibliothèque. Domizia et lui finirent par sympathiser. Juergen éprouvait un immense plaisir à l'écouter lui parler de philosophie et de littérature. Son érudition le fascinait autant qu'elle le nourrissait. Avant d'être bibliothécaire en Autriche, Domizia avait été professeure de philosophie à Bergame. Elle était divorcée et vivait seule, à Saint-Gilgen, depuis douze ans.

« Toujours pas de lecteur DVD ? lui demanda-t-elle un après-midi.

— Toujours pas ! »

Domizia se gaussa amicalement de son insatiable liseur.

« J'ai prévu de regarder *Le Cheval de Turin* ce soir. Vous voulez venir le voir avec moi ? Je vous l'avais recommandé, vous vous souvenez ? Après la lecture de l'anthologie nietzschéenne, cela s'impose. Je ferme dans dix minutes. Le temps de rentrer… On pourrait dire vingt heures chez moi ? »

Juergen hésita, un peu gêné. Domizia insista, il accepta.

Domizia vivait dans un petit appartement au premier étage d'une vieille maison du centre-ville, au-dessus de la boutique d'un antiquaire. Un escalier en pin abrupt menait à l'habitation. La Bergamasque avait recouvert les murs d'un stuc orangé. Comme les escaliers, les portes et le bar de la cuisine étaient en pin. La fine couche de vernis dont ils étaient couverts donnait à l'ensemble un aspect démodé. Un fer à cheval était cloué sur la poutre au-dessus de la cuisine. Ce petit deux-pièces respirait l'Italie. Il regorgeait de plantes que Domizia aimait soigner. Un chat blanc persan à la fourrure opulente dormait sur le rebord de la fenêtre. Juergen n'était pas habitué à un tel fourbi. Pourtant, ce soir-là, le fourbi de Domizia lui sembla excessivement douillet.

Une amitié bienveillante s'était tissée entre eux. Le territoire d'intimité qu'elle avait ouvert réconfortait Juergen. Aucun autre sentiment ne venait perturber cet équilibre, pas même le désir. Juergen n'en éprouvait aucun. Même ses érections matinales se faisaient rares. Cette relation convenait à Domizia qui, au fil des années, s'était résignée à ne vivre que de plaisirs intellectuels.

Juergen ouvrit la bouteille de barolo qu'il avait apportée puis les deux cinéphiles s'installèrent devant l'écran. Le vent se mit à souffler sur la campagne turinoise devant la caméra du réalisateur hongrois. Après Béla Tarr, Juergen et Domizia se tournèrent vers les films de réalisateurs allemands pour lesquels Juergen avait un faible. Wim Wenders, Rainer Werner Fassbinder, Werner Herzog… mais surtout l'Autrichien de Munich, Michael Haneke. Le cinéma nourrissait leurs nuits. Juergen et Domizia passaient des heures à philosopher, parfois jusqu'au lever du soleil.

« Pourquoi n'essaies-tu pas d'enseigner ici ? lui demanda Juergen au détour d'une conversation. Tu es maître de conférences en philosophie. Tu ne t'ennuies pas à la bibliothèque ?

— J'ai passé quinze ans à enseigner à Bergame. J'ai aimé mon métier mais j'y ai tout consacré. Je n'ai jamais trouvé le temps de lire certains livres qui me tenaient à cœur, ni eu le loisir d'écrire. Un jour, il faut apprendre à cultiver son jardin avant de bêcher celui d'autrui. »

Pendant que Domizia et Juergen cultivaient ensemble leurs jardins, l'humanité augmentée devenait une réalité. Neurathink venait d'annoncer la commercialisation de la puce aux États-Unis. Un monde était sur le point de basculer et cela poursuivait Juergen jusqu'au cœur de la nuit.

44

« C'est formidable… J'ai hâte… D'accord ! C'est noté… Bonne soirée ! » Zack raccrocha. « Ça y est ! dit-il sur un ton exalté en se tournant vers Éléonore. C'est officiel ! BPI rachète Finfluences. On signe demain ! » La vente de Finfluences était une victoire pour Zack qui allait non seulement toucher le pactole mais également pouvoir se concentrer sur une nouvelle start-up. Ryan et lui avaient prévu le lancement d'un nouveau projet en septembre. Six mois de préparation, le timing était parfait. Éléonore ne réagit pas. Son indifférence froissa Zack. Éléonore n'éprouvait plus aucune admiration pour la voracité entrepreneuriale de son colocataire. Elle n'en attendait plus rien. Leur couple était une locomotive à engrenage huilé qui avançait à pleine vitesse. Zack sentait que sa femme se dessoudait, que l'erreur d'aiguillage pouvait leur être fatale, mais l'appât du gain chassait très vite ses rares moments de lucidité.

« Une start-up de plus et toujours le même besoin de reconnaissance. Après combien de licornes te faudra-t-il courir pour que tu abandonnes tes illusions ? lui dit-elle à l'annonce de la nouvelle. La reconnaissance n'existe pas.

C'est un vœu pieux. Il serait peut-être temps que tu le comprennes ! »

Zack se retourna, ahuri.

« Quand on n'est pas capable de créer une start-up de l'envergure de Finfluences, on se tait, lui rétorqua-t-il, vexé. Le patron de BPI nous propose un dîner demain, poursuivit-il. Nous célébrerons la vente et discuterons de notre nouveau projet que BPI envisage de financer. Il tient absolument à te rencontrer. Il a envie de te connaître pour savoir qui je suis. C'est légitime. » La grimace de la journaliste trahissait sans ambages la profondeur de son détachement. Le grand patron avait envie de la voir, Zack d'en faire son faire-valoir. Ce dernier tenta de la convaincre. Ryan serait là, d'autres entrepreneurs et leurs conjoints aussi. Ce dîner était important pour sa carrière.

« Alors tu viens ? » lui demanda-t-il. Devant son impassibilité, Zack ajouta : « Si ce dîner est important pour moi, sache qu'il l'est aussi pour tes voyages en classe affaires ! » Un éclair de colère jaillit dans les yeux d'Éléonore. Elle se leva et quitta la pièce en claquant la porte.

Éléonore et Zack arrivèrent les premiers chez Eleven Madison Park, le seul restaurant végétarien trois étoiles de la ville. Ils s'installèrent au bar. Éléonore prit un verre de meursault, Zack un gin-tonic. Ryan les rejoignit, guilleret.

« Ça y est, c'est confirmé, j'y vais jeudi ! fanfaronna-t-il en s'adressant à Zack.

— Waouh ! Comment as-tu fait ? Quand j'ai regardé cet après-midi, c'était complet pour trois semaines.

— J'ai un contact. Tu veux un rendez-vous ? lui proposa Ryan.

— Ce serait formidable ! répondit Zack, ravi.
— Mais de quoi parlez-vous ? s'enquit Éléonore.
— De la puce ! s'exclama Ryan.
— Quelle puce ?
— L'implant Neurathink ! Il est enfin disponible ! Toi aussi tu veux un rendez-vous, Léo ?
— Vous plaisantez ? s'offusqua Éléonore. Vous n'allez pas vous faire implanter cette puce ? »

Zack, ragaillardi par la présence de son ami, la railla sèchement. « Cette puce, c'est l'avenir ! » s'exclama-t-il. Ryan tenta de la rassurer mais le ton paternaliste du Singapourien la mit hors d'elle. Éléonore avait conscience que cette puce était une prouesse technologique mais elle savait aussi que rien ne garantissait la fiabilité de la version offerte par Neurathink.

« Qu'est-ce qui se passe si ça déglingue vos cerveaux ? leur dit-elle.
— On ira jouer du reggae en Jamaïque », lui répondit Ryan distraitement, tout en guignant les courbes d'une jeune serveuse.

La froideur d'Éléonore calma les ardeurs de Ryan qui, apercevant Edward Ferguson, le patron de BPI, alla à sa rencontre. Zack fusilla Éléonore du regard avant de suivre son ami.

Ferguson était un homme pansu aux cheveux grisonnants. Son costume beige mal taillé, sa chemise bleue bouffante et ses chaussures noires à bout carré accentuaient la flaccidité de sa silhouette. Derrière lui se tenait sa jeune épouse, une femme brune, très sophistiquée, au corps sculpté.

À table, on se concentra sur les levées de fonds mirifiques du début d'année. On loua le succès des uns, la performance exceptionnelle des autres. Éléonore assistait, blasée, à un feu d'artifice de pulsions narcissiques. On vanta ensuite le génie de Lusk, le confort de l'aviation privée et les bienfaits de la méditation quotidienne. Pendant que Ryan et Zack flattaient Ferguson, les autres entrepreneurs luttaient à l'envi. Cette société de néo-aristocrates pilotés par l'avidité et la cupidité répugnait à Éléonore. Placée à côté de Rebecca Ferguson, elle l'écoutait s'épancher sur la beauté de l'île d'Aruba. Attrapant son poignet, Rebecca lui affirma en toute confidence que cette île allait détrôner Saint-Barth. « Cela ne fait aucun doute, lui chuchota-t-elle, c'est le moment d'acheter. » Au contact de sa peau, Éléonore éprouva un profond dégoût dont elle ne pensait qu'à se laver.

Rebecca avait conscience de son pouvoir d'assujettissement et n'hésitait pas à en abuser. Son ton vindicatif à l'égard du personnel horripilait Éléonore. Plus Éléonore observait Rebecca, plus l'image de sa mère l'envahissait. Excédée, Éléonore se leva et se dirigea vers les toilettes. Il fallait étouffer la phobie, limiter la contagion du stérile. Elle se savonna les mains méticuleusement trois fois puis se tourna vers le distributeur automatique de gel hydroalcoolique. Le liquide antibactérien coula à profusion. Éléonore frotta ses mains vigoureusement jusqu'à ce que l'accumulation du produit engendre de fines épluchures. Ses mains étaient irritées, ses paumes, enflammées. Éléonore tira sur ses manches pour cacher leur rougeur puis sortit. Lorsqu'elle rejoignit la table, Rebecca houspillait encore le serveur. « Ce plat de pâtes est froid, c'est immangeable ! » se plaignait-elle. Les pâtes avaient été servies depuis plus de vingt minutes mais Rebecca n'y avait pas touché. Le serveur s'excusa et s'empara de son assiette. Il s'approcha ensuite d'Éléonore afin de récupérer la sienne. « Je la garde, merci. Les miennes sont encore tièdes », lui dit-elle gentiment. La journaliste repensa soudain à cette phrase que sa mère lui répétait inlassablement : « Termine ton assiette ! » Chaque invective irritait l'estomac de la petite Éléonore. Elle lui coupait si souvent la faim. Mais ce soir-là, bien qu'elle eût la nausée, Éléonore termina consciencieusement son assiette. Le plat terminé, elle commit l'impardonnable : elle le sauça. Sous le regard explosif de Rebecca, Éléonore mâchait ses fourchetées avec soin. Elle eut alors une pensée émue pour la douce Amy. C'était à sa table sans chichis qu'elle eût aimé dîner.

45

Assis sur un tabouret de la cuisine, Zack était concentré sur son ordinateur. Ses chaussures de vélo aux pieds, il transpirait encore dans sa tenue de cycliste. Le dîner avec Ferguson avait eu lieu dix jours plus tôt. Avec l'aide de Ryan, Zack avait finalement obtenu un rendez-vous chez Neurathink.

« Bonjour, s'exclama Éléonore en s'approchant de la machine à café.

— Attends une minute… Je… Je cherche la capacité cérébrale que je vais louer cet après-midi. Je vois Ryan. Il faut que ce soit productif », lui dit-il.

La puce avait été implantée, la veille, dans le cerveau de Zack. L'implant était relié à un chargeur externe situé derrière son oreille gauche. La pose de la puce n'avait duré que quelques minutes mais le laboratoire avait gardé Zack en observation le reste de la matinée le temps de procéder à sa formation. Il était maintenant à même de se modéliser grâce à la quantité considérable d'informations qu'il récoltait chaque jour.

Ce privilège avait un coût : sept mille dollars pour l'implant, quelques centaines supplémentaires pour l'abonnement mensuel. Cette puce était un luxe mais les sociétés de crédit à la consommation lorgnaient déjà ce juteux marché.

« Ce service est extraordinaire. Regarde ces filtres ! » s'extasia-t-il en lui montrant du doigt un tableau. Éléonore s'approcha de Zack. Les en-têtes des colonnes s'intitulaient Quotient intellectuel, Âge, Niveau d'études, Parcours universitaire, Talents extrascolaires, Centres d'intérêt, Milieu social, Ville et Revenu annuel moyen. Des commentaires étaient disponibles pour les clients titulaires d'abonnements premium.

« La puce de Neurathink n'est plus seulement destinée aux experts légaux et financiers ? lui demanda Éléonore, surprise.

— Neurathink a étendu le service à l'ensemble des secteurs. C'est épatant, n'est-ce pas ? »

Zack poursuivit sa démonstration, vantant les mérites des doctorants qu'il avait, disait-il, toujours tendance à privilégier. « Tu ne peux pas imaginer le nombre de docteurs disponibles ! Tous ces érudits n'ont aucune valeur sur le marché du travail. Cette puce, c'est l'aubaine pour eux. Ils vont enfin pouvoir se faire un peu de fric. » La condescendance de Zack contraria Éléonore. « C'est le Airbnb de la conscience, ajouta-t-il. Cette puce est miraculeuse et, contrairement à la cocaïne, elle est sans effets secondaires. » Pour Éléonore, rien ne prouvait l'absence d'effets secondaires. Sa méfiance agaça Zack. « Je te rappelle que c'est la technologie de ton Gadamer », lui dit-il sèchement avant de s'extasier devant la valorisation de la licorne. Neurathink faisait désormais la course en tête au royaume des entreprises trillionnaires.

Pendant que Zack congestionnait sa matière grise, Éléonore poursuivait son investigation. La nature quantique du système l'inquiétait particulièrement car tout système quantique impliquait des processus d'intrication.

Une fois intriqués, les qubits ont le même état quantique indissociable. Cette intrication est associée à une impossibilité de dissocier les quantums ainsi intriqués. Éléonore ne cessait de repenser à cette phrase qu'elle avait lue au cours de ses recherches. Quels effets l'intrication aurait-elle sur Zack ? Mêler sa conscience à des dizaines d'autres laissait-il des traces ? Afin d'identifier les risques, Éléonore prit contact avec une éminente chercheuse, le professeur Sylvia Gupta. Gupta dirigeait le département de neurologie de l'hôpital Mount Sinai de New York et avait travaillé comme consultante pour Neurathink pendant quelques mois. Elle avait finalement renoncé à cette mission. Son départ avait attiré l'attention de la journaliste.

Éléonore et Gupta se rencontrèrent un matin au bar de l'hôtel Mark, un hôtel de luxe situé à proximité du Mount Sinai, où Éléonore avait ses habitudes. La configuration du bar se prêtait à des rendez-vous professionnels informels, en particulier avec les tenants de la finance magique qui appréciaient son design feutré et ses expressos à l'européenne.

La carrière de Gupta touchait à sa fin. Les cheveux poivre et sel, le teint mat et l'air souffreteuse, cette vieille fille d'origine indienne avait dédié sa vie à la science. Chaque jour, elle traversait la rue pour se rendre à son laboratoire du Mount

Sinai d'où elle ne ressortait que tard dans la nuit. Afin d'optimiser son trajet, la neurologue logeait face à l'hôpital, dans un petit deux-pièces dont elle était devenue propriétaire après vingt-deux années de location. Sa vie avait toujours été frugale. Gupta entretenait un rapport compliqué à l'argent, les stigmates d'une enfance où elle avait manqué de tout.

« Sylvia, je vous remercie de prendre le temps de me rencontrer, lui dit Éléonore en l'accueillant.

— Je vous en prie. Lorsque j'ai vu qu'il s'agissait de Neurathink et que votre mari portait la puce, j'ai compris. Je suis votre travail depuis plusieurs années. Je suis une auditrice assidue de votre podcast. L'interview de Kathy Thills sur le Thinking-to-Text m'a beaucoup plu. »

Un serveur les interrompit pour prendre leur commande. Gupta ouvrit le menu. Un éclair de stupeur fendit son regard à la vue des tarifs. Elle commanda du bout des lèvres un thé vert, Éléonore un Coca sans sucre.

Compte tenu des accords de confidentialité qu'elle avait été amenée à signer, Gupta ne consentit pas à ce qu'Éléonore rende publique l'intégralité de leur conversation mais elle lui parla librement. Gupta mesurait l'importance du travail de la journaliste. La neurologue connaissait bien Juergen. Les deux scientifiques avaient beaucoup d'admiration l'un pour l'autre.

« Quels sont les risques neurologiques liés à l'usage de la puce de Neurathink dans sa configuration actuelle ?

— Nous allons au-devant de graves problèmes car la puce, telle qu'elle a été configurée par Neurathink, impose un signal intense aux neurones qui ne sont pas faits pour absorber autant d'informations. Il existe, par conséquent, un risque de saturation très fort. La saturation se produit lorsque le flux d'informations est si intense que le cerveau ne parvient plus à se reposer, à se nettoyer en quelque sorte, pour continuer à fonctionner. Cela pourrait engendrer des pensées obsédantes avec, éventuellement, des répercussions sur l'identité de l'individu. Cette puce a un potentiel de dénaturation identitaire très élevé.

— Ce serait une forme de folie en quelque sorte ?

— Oui, si la folie est considérée comme la perte du rapport d'une personne non plus à la réalité mais à sa réalité. Dès l'instant où vous récupérez les pensées d'un autre, il y a un risque que celles-ci se mêlent aux vôtres inopinément. Cela crée un grand désordre et un décalage entre la réalité perçue par le sujet et les idées reçues de la personne connectée. La folie, ce serait ce décalage. »

Gupta ne pouvait pas encore déterminer le pourcentage d'utilisateurs à risque. Les effets étaient variables, mais une chose était sûre, cette puce modifierait les goûts et désirs de la majorité de ses porteurs.

« Les utilisateurs affectés seront-ils curables ?

— Nous travaillons sur cette question. Un groupe de recherche a été créé, il y a un an, à mon initiative. Ce groupe vise à examiner les évolutions neurologiques liées à l'implant d'un corps étranger au niveau cérébral. Nous sommes au début d'une ère qui va révolutionner le fonctionnement de notre matière grise. Une fondation privée nous a soutenus, ce qui nous a permis de créer un centre d'accueil pour des patients comme ceux de Neurathink. Son ouverture est prévue la semaine précédant Memorial Day.

— Que puis-je faire pour mon mari ?

— Il faudrait qu'il accepte de retirer l'implant. S'il refuse, je lui conseille de limiter la quantité de cerveaux auxquels il se connecte. C'est primordial, au moins dans un premier temps. Je suis désolée de ne pas avoir de meilleures nouvelles, Éléonore. Juergen savait qu'il créait un outil à double tranchant. Aurait-il dû abandonner ? Je ne le crois pas. On n'arrête pas le progrès. Néanmoins, ce genre de projet aurait dû rester dans le domaine académique et être régulé par l'État.

— Que font les organismes de régulation, la FDA notamment ?

— Pour le moment, rien. La FDA ne comprend pas le fonctionnement de l'implant et les lobbys sont trop puissants. Le temps qu'ils réagissent, il sera sans doute trop tard. La crise que cette puce est à même de générer pourrait être bien plus grave que celle des opioïdes. Il va en falloir des analgésiques pour vivre avec cela ! »

Éléonore demanda l'addition au serveur. Le visage de Gupta se crispa. « C'est pour moi », dit courtoisement la journaliste. La nervosité de la neurologue se dissipa. Elle éprouva une profonde reconnaissance à l'égard d'Éléonore.

Combien de temps avant l'apparition des premiers symptômes ? Comment soigner ce que même les spécialistes avaient peine à prédire ? Avec l'accord de Bethan, Éléonore se mit à consacrer tout son temps au cas Neurathink, avec en perspective la rédaction d'un livre.

46

En dépit des recommandations de Gupta, Zack refusa de retirer son implant. Éléonore et lui ne cessaient de se déchirer. La puce rendait Zack irritable. Ses colères se multipliaient. Son sommeil s'était considérablement détérioré. La nuit, il travaillait, pédalait ou lanternait, réveillant Éléonore qui fulminait du manque de savoir-vivre de son colocataire. Jour après jour, elle l'observait s'enferrer dans la nébuleuse de l'intelligence augmentée. Les rares soirs où ils se retrouvaient dans leur chambre, Zack roulait de son côté du lit. Le dos tourné et équipé de ses écouteurs, il regardait ses matchs de football américain. Éléonore s'endormait instantanément, anesthésiée par la mélatonine de l'évitement.

La salle d'attente était pleine lorsque Éléonore arriva chez son cardiologue. « Le professeur Langer va bientôt vous recevoir », lui annonça la secrétaire.

« Éléonore, comment vous sentez-vous ? lui demanda Langer.

— Un peu fatiguée. »

Éléonore, assise face au professeur, cachait difficilement

son anxiété. Son regard alternait entre les tempes blanchies du cardiologue et le réservoir de Central Park dont elle apercevait le jet d'eau par la fenêtre. Pendant que Langer relisait les résultats de ses derniers examens, Éléonore observait au loin les millions de bulles d'air qui moutonnaient à travers les particules d'eau, formant un halo neigeux.

« Vos artères sont significativement bouchées, Éléonore, lui annonça Langer. L'angioplastie coronaire avec pose de stents me paraît inévitable. Il faut le faire rapidement. »

Langer consulta son agenda.

« J'ai une disponibilité le dix-sept mai, lui dit-il.

— Quelles sont les suites opératoires ?

— Vous êtes jeune donc il ne devrait pas y avoir de complications. Vous sortirez le lendemain et après vous devrez vous reposer une quinzaine de jours. Passé ce délai, vous pourrez reprendre le cours normal de votre vie, enfin… en suivant le régime alimentaire habituel. Pas de gras, l'alcool occasionnellement.

— Et le sport ?

— Il est recommandé de s'adonner à une pratique sportive régulière. Évitez simplement les sports extrêmes ou les efforts intenses. Ma secrétaire, Natalie, va vous donner tous les détails et s'occuper des modalités de l'opération. Si vous avez des questions, n'hésitez pas à me contacter. »

Le cardiologue rassura Éléonore puis la raccompagna à la réception où l'attendait Natalie. La secrétaire lui tendit une brochure contenant tous les détails de la chirurgie ainsi qu'un descriptif de l'hôpital. « Vous pouvez entrer seule, lui dit-elle, mais quelqu'un devra venir vous chercher. »

À l'approche de l'opération, Éléonore était de plus en plus angoissée. Les tensions avec Zack ne faisaient qu'accroître son agitation. La rédaction de son livre-enquête sur Higgs World était sa seule échappatoire. Zack et elle ne dînaient plus ensemble. Sa journée terminée chez Finfluences, il rejoignait Ryan qui travaillait, à plein temps, sur leur nouveau projet. Lorsque Zack rentrait, Éléonore dormait ou feignait de dormir. La journaliste avait peine à reconnaître son mari. Les goûts de Zack avaient considérablement changé. Zack ne mangeait plus que des plats indiens, ne regardait plus que des films de Bong Joon-ho et ne lisait plus que des livres de Shakespeare. Il développait de plus en plus de troubles obsessionnels compulsifs. Le moindre bruit l'exaspérait. Ligeti était le seul artiste qui trouvait encore grâce à ses yeux. La musique d'Éléonore l'irritait, « une musique de supermarché », vociférait-il lorsqu'il la trouvait en train d'écouter Benjamin Biolay ou France Gall. Au-delà de la musique, c'est tout l'univers d'Éléonore qui l'encolérait : ses lectures, ses films, ses goûts culinaires… Sa présence lui était devenue un fardeau. Tout en elle lui répugnait, y compris son parfum qu'il n'avait pourtant jamais senti tant son odorat était défaillant. Zack trouvait pitoyable le projet de livre d'Éléonore. Écrire un livre en 2023 était une hérésie. Écrire un livre sans implant, une folie.

Malgré les pensées obsédantes dont il souffrait, Zack refusait obstinément de se remettre en question. L'entrepreneur manquait pourtant de plus en plus fréquemment ses rendez-vous, oubliait régulièrement ses affaires dans le taxi et se trompait systématiquement de commande sur Amazon.

Le matin de son opération, Éléonore s'affairait dans la cuisine en attendant Nicolas qu'elle avait chargé de venir garder Zoé. Réveillé par le bruit de la machine à café, Zack, encore engourdi, apparut dans la cuisine. « Heureusement que le bruit de la machine m'a réveillé, marmonna-t-il en s'emparant d'un croissant, j'ai rendez-vous avec Ferguson à l'aube. » Éléonore lui jeta un regard noir. Nicolas arriva au même instant, les salua et, se tournant vers Éléonore, lui dit : « Prête pour un cœur tout neuf? » Prenant conscience de son oubli, Zack, contrit, s'approcha de sa femme pour la prendre dans ses bras. Éléonore le repoussa brutalement.

Une demi-heure plus tard, installée seule à l'arrière d'un taxi, Éléonore regardait défiler les ombres de Central Park. La peur l'envahit. Elle se sentit seule, terriblement seule. Elle eut envie d'entendre la voix de Victor. Victor et elle n'avaient eu aucun contact depuis le concert au Lincoln Center, et pourtant, au moment où il décrocha, elle eut l'impression de ne l'avoir jamais quitté. Victor lui parla avec douceur, la rassura. Même les silences animés de la communion de leurs souffles l'apaisaient. « Si tu as peur, écoute Mozart… Tu sentiras que je suis là, avec toi, lui dit-il. Appelle-moi lorsque tu seras réveillée. » Éléonore l'embrassa, raccrocha et s'engouffra dans le hall vide de l'hôpital. Le soleil venait de se lever.

La naissance de leur enfant avait bouleversé l'équilibre de Victor et Elena. La jeune femme reportait toute son attention sur leur nourrisson, préférant désormais pouponner que copuler. Son corps aussi avait changé. L'allaitement n'avait rien arrangé. Ses seins avaient sacrément morflé. Victor, qui avait tant aimé les caresser, s'en était finalement détourné.

Fini les préliminaires faits de langues de chat et de massages érotiques, dans leurs baises hygiéniques de plus en plus espacées Victor se sentait abandonné. Éléonore le hantait chaque jour davantage : son parfum, sa douceur mélancolique, leurs éclats de rire… tout lui manquait. La naissance de son enfant l'avait réveillé. En dépit des années et de la distance, son désir pour Éléonore n'avait jamais été aussi ardent.

Éléonore fut admise rapidement grâce à l'efficacité d'une rouquine expérimentée. Elle s'installait dans sa chambre lorsque l'infirmier entra. « Je vous laisse vous préparer. Je repasse dans cinq minutes pour vous poser la perfusion. Le professeur Langer est à l'heure. Vous descendez dans quinze minutes », lui dit-il.

Pendant qu'elle se préparait, Éléonore écoutait en boucle le Concerto pour piano nº 23. Victor avait raison, Mozart avait un effet apaisant. Plus le concerto avançait, plus elle sentait la main de Victor serrer la sienne.

« Me revoilà ! dit l'infirmier en entrant dans la chambre. Pouvez-vous me rappeler votre nom et votre date de naissance, s'il vous plaît ?

— Éléonore Eaton. Trente mai 1985.

— Allongez-vous et tendez votre bras droit s'il vous plaît. Je vais vous poser la perfusion. Je placerai ensuite les électrodes. Ah… il faut d'abord ranger votre téléphone, dit l'infirmier en apercevant le smartphone d'Éléonore glisser le long de son oreiller. Je vais vous administrer un sédatif et le brancardier ne va pas tarder. »

Éléonore rangea son smartphone dans son sac mais garda ses écouteurs. Afin d'échapper à la vigilance de l'infirmier, elle passa discrètement sa charlotte par-dessus. L'effet du sédatif fut immédiat. Allongée et groggy, elle arpentait maintenant les allées du service de cardiologie en direction du bloc opératoire. Ses yeux fixaient la bouche du brancardier volubile. Éléonore ne parvenait plus à suivre les mouvements de ses muscles labiaux tant ils étaient rapides. Elle ne percevait plus aucune parole. Son esprit voguait sur les notes du Salzbourgeois.

En entrant au bloc, Éléonore frissonna. Tout son corps se mit à trembler. Les spasmes s'intensifièrent. Ses écouteurs glissèrent sous le coup de la trémulation. Une infirmière plaça une couverture chauffante sur ses jambes puis les récupéra. Éléonore ne se rendait plus compte de rien. Elle ne pensait plus qu'à Victor. Elle divaguait. Elle sentit soudain qu'on lui apposait un masque à oxygène. Le fourmillement du personnel soignant autour de son lit lui donna le tournis. Électrodes, sangles, injections… La pièce se flouta, une brume laiteuse envahit son humeur vitrée. Une sensation de chaleur s'insinua dans ses veines : d'abord le bras, puis le cou… Elle était partie, partie avec lui.

47

Pendant qu'Éléonore voyageait entre une pompe à oxygène et un cardioscope, Zack comprenait qu'il avait commis l'irréparable. Assis sur le canapé de son bureau, il tentait en vain de venir à bout de maux de tête effroyables. Il avala deux ibuprofènes puis s'installa à son bureau, ouvrit un tableau Excel et se mit à recenser l'ensemble des effets indésirables de l'implant. Sur les forums, les utilisateurs se plaignaient d'une litanie de troubles similaires : céphalées, pensées mélancoliques, insomnies, troubles obsessionnels compulsifs… Certains rapportaient même des pensées suicidaires.

Zack était effrayé à l'idée que sa capacité intellectuelle ait pu être endommagée. Il désactiva la puce. Après avoir repris ses esprits, il procéda à une analyse méthodique : test de quotient intellectuel, Sudoku, mémorisation d'une page du dictionnaire… Zack échouait lamentablement à répondre aux questions les plus simples, à retenir plus de trois mots du dictionnaire, à finir la plus petite grille de Sudoku. Mais Zack avait une autre urgence à gérer, sa femme.

Lorsque le brancardier ramena Éléonore dans sa chambre, Zack était là. Il se leva d'un bond de son fauteuil. « Éléonore, comment te sens-tu ? » lui demanda-t-il en s'approchant d'elle. Éléonore, encore sonnée, ne réagit pas.

« Laissez-la se reposer, monsieur, elle est encore très faible », lui conseilla le jeune brancardier qui l'aidait à s'installer dans son lit. L'infirmière approuva.

Éléonore ne parlait pas, ne regardait pas Zack mais fixait les glaïeuls qu'il lui avait apportés. Éléonore n'avait jamais aimé les fleurs de curé. Sa poitrine lui semblait terriblement endolorie. Son cœur pesait une tonne. Elle se rendormit. L'infirmière vérifia que la perfusion était en place puis elle ajusta la poche et arrangea la tubulure.

« Je repasserai dans une heure pour vérifier les signes vitaux. Si vous sentez qu'elle ne va pas bien, appuyez sur ce bouton », dit l'infirmière à Zack en lui tendant un fil équipé d'une alarme. Éléonore dormit quatre heures de plus. Zack, dont les maux de tête avaient fini par se calmer, s'assoupit. Lorsqu'il se réveilla, Éléonore le regardait, l'air apathique. Son visage avait repris quelques couleurs mais elle était encore très faible.

« Je suis désolé, Éléonore. Le médecin n'est pas encore passé mais l'infirmière dit que l'opération s'est bien déroulée. Comment te sens-tu ? »

Éléonore ne répondit pas. Elle n'éprouvait plus ni affection ni empathie à l'égard de son mari. L'absence de Zack lors de son admission l'avait profondément blessée. La faute était inexcusable.

« J'ai pris conscience du problème, Éléonore.

— Formidable », murmura-t-elle, l'air émoussée.

Sa voix était légèrement éraillée du fait de l'intubation. Sa gorge la démangeait.

« Tu veux bien me mettre en relation avec Gupta ? la supplia Zack.

— Je t'enverrai son numéro. Donne-moi mon téléphone, s'il te plaît. Il est dans la poche intérieure de mon sac. Je l'ai laissé dans le placard là-bas », lui dit-elle en lui indiquant une porte face à la salle de bains. Zack s'empara du sac et l'ouvrit. Au moment où il attrapa le smartphone, un vieux livre tomba de l'une des poches. Il le ramassa et grommela : « Qu'est-ce que tu fais avec ce vieux livre de Goschler sur Mozart ? » Éléonore ne répondit pas.

Son visage s'anima à la vue des messages de Victor. *Mozart a fait son effet ! Me voilà de retour !* lui écrivit-elle. Victor, rassuré, la couvrit de mots tendres. Zack observait, mortifié, l'indifférence de sa femme à son égard.

« Tu sembles très occupée », bougonna-t-il, la voyant pianoter sur son écran le sourire aux lèvres. Éléonore se contenta de hausser les épaules et continua comme si de rien n'était.

« Tu m'aimes encore ? lui demanda Zack.

— Je ne sais pas.

— Tu as rencontré quelqu'un ?

— Tu veux bien me laisser tranquille, s'insurgea Éléonore. Je viens de me faire opérer. Lâche-moi ! Je suis vivante. Ta conscience est rassurée ? Alors pars maintenant. J'ai besoin de me reposer. »

Zack se leva, jeta un regard abattu en direction de sa femme et sortit. Au moment où la porte se referma, Éléonore ressentit un mélange de soulagement et de mépris.

Elle quitta l'hôpital le lendemain. Zack l'attendait dans le hall. Dans le taxi qui les ramenait chez eux, il tenta de briser le silence, en vain. Le cœur à vif, Éléonore résistait. Pendant que Zack luttait contre son indifférence, Victor l'abreuvait de messages de plus en plus passionnés. Leur éloignement donnait à ces retrouvailles digitales un goût miellé. Trisection de l'angle et duplication du cube, Éléonore et Victor reprenaient l'insoluble quadrature du cercle là où ils l'avaient laissée. Les mouvements ondulatoires de leur amour les ramenaient l'un vers l'autre.

48

Sylvia Gupta reçut Zack quelques jours plus tard. Compte tenu des symptômes qu'il présentait, la neurologue préconisait un traitement en deux étapes : d'abord une médication à domicile pour soulager les maux de tête et les pensées obsédantes, puis une rééducation de trois mois dans un centre adapté, celui que Gupta s'apprêtait à inaugurer. « Je crois vous en avoir déjà parlé », dit-elle en se tournant vers Éléonore. Éléonore confirma d'un geste de la tête. Ce programme, encore au stade expérimental, était composé des meilleurs neurologues, psychiatres, psychologues et addictologues new-yorkais. L'équipe travaillait ensemble depuis plus de deux ans. Le centre se situait dans le New Jersey, près de Jersey City.

L'inquiétude de Zack se dessina sur son visage.

« Quel est le protocole ? demanda-t-il à Gupta.

— À partir du jour de votre admission, vous n'aurez plus accès à Internet. Le téléphone, la tablette et l'ordinateur sont formellement proscrits au sein de l'établissement. Une médication relativement lourde vous sera administrée. Vous suivrez quotidiennement des séances de psychothérapie. Les premières semaines seront éprouvantes mais vous devez nous faire confiance.

— C'est un asile que vous me proposez ! » conclut Zack.

Il se remémora subitement des scènes de *Shock Corridor*. L'image de Johnny Barrett lui donna des sueurs froides. Ses maux de tête reprirent. Il cacha sa tête entre ses mains. Le voyant flancher, Gupta lui tendit un verre et deux pilules.

« Avalez ça ! lui ordonna-t-elle.

— Je ne peux pas faire ce traitement, dit-il en se ressaisissant. Je ne peux pas faire ce traitement ou je fais échouer la vente de Finfluences, reprit-il en se tournant vers Éléonore. C'est impossible… impossible !

— C'est de la folie ! Pense à ta fille ! lui rétorqua Éléonore, exaspérée.

— Éléonore a raison, Zack, ajouta Gupta. Je crains que vous n'ayez plus le choix si vous voulez vous en sortir. Les effets de l'implant sont très similaires aux symptômes de la schizophrénie. »

Zack s'agita, frottant sporadiquement son front. Gupta tenta de le rassurer.

« Mais comment ce sera à l'intérieur ? demanda Zack avec effroi.

— Nous sommes obligés d'appliquer des mesures de sécurité similaires à celles d'un centre psychiatrique traditionnel. Il n'y a donc pas de verrous sur les portes, les fenêtres ne s'ouvrent pas complètement, les objets tranchants ne sont pas autorisés et les médicaments sont pris en présence du personnel soignant. En dehors de ces contraintes, vous y aurez une vie tout à fait normale. Vous serez simplement coupé du monde numérique. L'architecte qui a conçu le bâtiment a fait un travail remarquable. Un parc arboré a été prévu dans la cour intérieure. C'est un endroit très agréable où vous pourrez vous ressourcer. L'établissement dispose également d'une bibliothèque. Cela ne durera que trois mois, Zack. Faites-le pour votre famille.

— Quelle est la probabilité que le traitement échoue ? s'enquit Zack.

— Nul ne sait ce que peut un corps ! s'exclama Gupta sur un ton spinozien. Mais les chances sont faibles… deux pour cent probablement. Tout dépend de la manière dont votre corps va réagir mais, d'après vos analyses, un recouvrement intégral des facultés cérébrales me semble tout à fait envisageable.

— Quand peut-il commencer ? demanda Éléonore.

— Tu veux te débarrasser de moi au plus vite, n'est-ce pas ? la défia Zack, le regard noir.

— Arrête un peu tes enfantillages ! rétorqua Éléonore, agacée.

— Votre admission pourrait avoir lieu le trois juin. Parlez-en tous les deux et rappelez-moi quand votre décision est prise. Entre-temps, je vous garde une chambre. »

Zack sortit déboussolé. L'idée d'être enfermé le pétrifiait. Après une nouvelle nuit de douleur que les cachets ne soulageaient plus, il rappela Gupta. « Je suis prêt », lui annonça-t-il.

Zack ne retourna pas au travail. Son implant lui fut retiré quelques jours plus tard puis Gupta lui prescrivit un traitement à base d'anxiolytiques, de neuroleptiques et de somnifères. Ce traitement le rendait amorphe. La douche était devenue la seule activité quotidienne que son cerveau fuligineux admettait. Zack passait ses journées seul, prostré dans le noir. Pour échapper à ce spectacle désolant, Éléonore s'installa temporairement dans un bureau de son quartier où elle rédigeait son enquête à bride abattue.

Le jour de son admission, Zack arriva au centre accompagné d'Éléonore et de Zoé. En lettres capitales métallisées était inscrit sur le bâtiment : THE ADVANCED BRAIN CENTER. Le centre était situé près du Berry Lane Park, dans le New Jersey, face à la statue de la Liberté et à la pointe sud de Manhattan. La façade de cette manufacture réhabilitée alliait une architecture moderne à une ossature traditionnelle en briques rouges. À travers les larges baies vitrées du rez-de-chaussée, on devinait le jardin intérieur. L'accueil ressemblait à la réception d'un hôtel cinq étoiles. Un somptueux lounge aux murs couverts de livres jouxtait le bureau des réceptionnistes. En face, un café vendait des viennoiseries sans gluten et des salades de fruits biologiques.

Zack alla s'enregistrer à l'accueil pendant qu'Éléonore et Zoé l'attendaient dans le lounge. Éléonore eut soudain un troublant flash-back. Elle se revit franchir la porte de la clinique Eugenia, un hôpital psychiatrique huppé d'Annecy où sa mère, alcoolique, avait été admise après un énième coma éthylique et la profération d'idées suicidaires. Âgée de douze ans, effrayée, elle s'était demandé ce que pouvait être la folie. Où se cachait-elle ? Comment apparaissait-elle ? La jeune Éléonore avait scruté chaque recoin de la salle d'attente, terrifiée à l'idée de voir surgir un fou, d'être contaminée par ces lypémaniaques en camisole. Elle avait lutté de toutes ses forces contre l'angoisse, se raisonnant en pensant à l'issue, la guérison de sa maman. Et pourtant, il y avait eu tant de cures et tant d'espoirs déçus. Le cycle était toujours le même : phase alcoolique dépressive, excès éthyliques, pensées suicidaires, désintoxication. Ce jour-là, en s'enfonçant dans le royaume des désaxés, Éléonore avait eu beau rationaliser, elle était terrorisée à l'idée de finir coincée là. Et si la folie s'attrapait ? pensait-elle. Et si elle était héréditaire ? Comme The Advanced Brain Center, la clinique annécienne était dotée d'un jardin. Elle y avait suivi son père. Sur une chaise, apathique, sa mère végétait en plein soleil. Assommée par l'excès de médicaments, l'ivrogne avait eu du mal à parler. L'articulation est un luxe d'abstinent, s'était dit la petite Éléonore, qui avait alors ressenti le besoin irrépressible d'une anesthésie.

Un jeu de backgammon était posé sur la table du lounge. Zoé, frustrée de ne pas savoir y jouer, sollicita sa mère. Éléonore s'extirpa de ses douloureux souvenirs. Zack les rejoignit quelques minutes plus tard. À l'idée de se séparer de son père, Zoé sentit les larmes lui monter aux yeux. En la regardant, Éléonore éprouva de la rage envers Zack. Tout, sauf la répétition. Zack consola la fillette puis Éléonore saisit sa main avec douceur. Il était temps de partir mais Zoé, accrochée à la jambe de son père, ne voulait plus le lâcher. « Ne t'inquiète pas, ça va passer vite », lui murmura Zack en l'embrassant. « Bon courage » fut tout ce qu'Éléonore eut la force de dire à Zack. Il s'approcha d'elle et l'embrassa sur la joue. Elle ne bougea pas. Lorsqu'il tourna la tête, elle s'essuya.

Éléonore et Zoé sortirent. Alors qu'elles marchaient vers

la voiture qui les attendait, Zoé repartit en courant vers la fenêtre du centre. Elle écrasa son visage contre la vitre et cria un « Papa » strident qui déchira le cœur d'Éléonore. Zack ne l'entendit pas. La petite tambourinait sur le double vitrage au moment où son père passait la porte des admissions. Le voyant disparaître, elle cessa son tumulte.

« Maman, il est parti », sanglota-t-elle, effondrée.

49

La boîte était posée sur la table de nuit depuis des mois. Le couvercle indiquait *15/07/2023*. La date fatidique arrivait pour la miraculeuse molécule bleue, vouée elle aussi à l'impuissance. En attendant, c'était lui qui souffrait d'une impuissance de plus en plus troublante. Juergen attrapa la boîte, en sortit une pilule et l'avala. Il descendit prendre un café, remonta, et s'allongea. Sur le premier site pornographique qu'il trouva, il sélectionna la catégorie Lesbiennes. Une jeune étudiante blonde en jupe écossaise apparut. Elle se tenait à genoux devant une grande brunette nue. Debout, les jambes écartées, la brunette gloussait de plaisir. Malgré cela, Juergen restait amorphe. Combien de temps fallait-il à ce cachet pour produire ses premiers effets ? Juergen posa son smartphone, dépité. Il sentit soudain son sexe se tendre. Il commença à se remémorer le jeu lingual des étudiantes lorsque son imagination glissa vers la généreuse poitrine de Domizia. Plus ses seins ballottaient, plus son sexe enflait… Il les retenait fermement des deux mains pendant que les reins de Domizia claquaient contre son bas-ventre. À cette image, Juergen eut une éjaculation douloureuse.

Détendu, il s'installa près du poêle où il reprit la lecture de *La Montagne magique*. Son téléphone sonna, Juergen hésita mais ne décrocha pas. Éléonore le rappela cinq minutes plus tard. Cette fois, il abandonna Hans Castorp et prit l'appel. Après quelques politesses, Éléonore l'informa de l'état de Zack. Un long silence envahit l'appareil puis Juergen soupira bruyamment.

« Juergen, je ne vous appelle pas à propos de Zack. J'ai terminé mon enquête sur Neurathink. J'en ai fait un livre. J'aimerais que l'on en parle, que vous le lisiez. Pas en PDF. Pas à distance. Est-ce que vous accepteriez de me recevoir ? Un jour, deux tout au plus.

— D'accord mais je ne vous promets rien », lui dit-il après quelques minutes d'hésitation.

Éléonore et Juergen convinrent que la journaliste arriverait le vingt-cinq juillet.

« Pourquoi ne pas dormir chez moi ? lui suggéra-t-il. J'ai de la place. Deux nuits dans mon village ne valent pas la moitié d'un ticket pour le Guggenheim. Je vous dois bien ça ! »

Éléonore, gênée, hésita puis accepta.

« Je vous préviens, c'est spartiate, l'avertit Juergen. Ne vous attendez pas à votre confort new-yorkais ! »

Éléonore se mit à rire, la voix de Juergen se détendit.

« Si vous aimez la randonnée, prenez de bonnes chaussures, ajouta-t-il. La nature environnante est très belle. De cette manière, vous ne serez pas venue pour rien ! »

Éléonore effectua quelques recherches sur Saint-Gilgen. En découvrant les liens qui unissaient le village autrichien et la famille de Mozart, elle envoya un message à Victor. Il la rappela aussitôt. Victor s'apprêtait à partir pour l'Allemagne. L'Orchestre philharmonique de Berlin l'avait invité à jouer une série de récitals dédiés à Rachmaninov. Le Concerto pour piano n° 3 en faisait partie. Ils l'écoutèrent ensemble. Ce partage musical la fit frissonner.

Alors qu'elle venait de raccrocher, Éléonore reçut deux tickets de concert pour Bayreuth, suivis d'un message : Tristan et Isolde *ensemble le 28 juillet ? Mille baisers, du diable probablement.*

Dans le taxi qui la conduisait à Saint-Gilgen, l'appréhension gagna la journaliste. Juergen s'était montré frileux à l'égard de son projet littéraire. Le sourire qu'il esquissa en l'accueillant la rassura. Éléonore déposa ses affaires dans sa chambre puis ils s'installèrent sur la terrasse afin de déguster les croustillants schnitzels de la Gasthof zur Post que l'aubergiste venait de leur livrer.

« Parlez-moi de votre manuscrit, lui demanda Juergen, le déjeuner terminé.

— Après votre départ, j'ai poursuivi mon enquête. J'ai découvert que les sociétés-écrans de Jersey et des Bahamas qui finançaient Quantic Brain Labs via la Russie ou l'Angleterre étaient toutes sans exception des sociétés reliées à Lusk. Quant au dysfonctionnement des puces de Gertrude, le cabinet qui a audité Silizin a bien confirmé, comme vous me l'aviez dit, que l'usine de production du silicium ne pouvait pas être mise en cause. Il est peut-être impossible de prouver le coup monté mais la vérité des faits doit être rendue publique. Les utilisateurs ont le droit de savoir. Compte tenu de l'envergure du sujet, le format du livre m'a semblé plus adapté. C'est la première fois que je me risque à l'exercice. Mais enfin… Voilà, il est là ! »

Éléonore tendit le manuscrit à Juergen qui le prit puis le reposa aussitôt sur la table.

« Vous pensez que la vérité est nécessaire, n'est-ce pas ? lui dit Juergen.

— Bien entendu ! rétorqua Éléonore.

— C'est là que nos opinions divergent. Comme vous, j'ai longtemps cru que la vérité était indispensable. Et puis il y a eu cette affaire… La lecture de Nietzsche m'a ouvert les yeux. *Pourquoi faut-il la vérité à tout prix ?* Voilà la question que pose le philosophe. Comme lui, je pense que toute vérité est une illusion. Nous n'avons besoin que de tenir les choses pour vraies à condition qu'elles nous élèvent… d'une licorne en quelque sorte. »

Juergen, qui avait terminé son repas, se leva et débarrassa leurs assiettes. Le manuscrit resta sur la table. Éléonore, découragée mais pas vaincue, ne dit mot.

« Vous voulez aller marcher ? lui proposa-t-il. Je connais un très beau sentier ombragé.

— D'accord ! »

50

Équipé de son bâton et de sa gourde, Juergen ouvrit la marche. L'un derrière l'autre, Juergen et Éléonore avançaient en silence. « Ce segment ne durera pas longtemps », la rassura-t-il alors qu'ils traversaient un champ d'herbes hautes. Le soleil tapait. La chaleur floutait le mouvement de Juergen. Son corps leste semblait flotter au-dessus du tapis herbeux. Éléonore peinait à le suivre. Juergen se rendit compte qu'il la distanciait et ralentit le pas au moment où commençait le tronçon forestier. L'ombre de la forêt offrait une température optimale. Le chemin se raidit rapidement. Éléonore haletait. Ils s'arrêtèrent près d'une cascade pour s'hydrater.

Éléonore semblait à bout de souffle.

« Vous avez l'air fatiguée, Éléonore. Vous pouvez continuer ? lui demanda Juergen. La vue d'en haut vaut bien un petit effort !

— Je peux mais faisons plus de pauses. On m'a posé des stents récemment.

— Des stents à votre âge ! s'étonna Juergen.

— Dyslipidémie familiale, rétorqua Éléonore, haussant les épaules.

— Je vais ralentir mais, enfin… Vous auriez dû me le dire plus tôt ! On ne plaisante pas avec ce genre de choses. Vous êtes sacrément têtue ! »

Juergen avait raison, le panorama qu'offrait le Zwölferhorn était époustouflant. Les sommets et les lacs se succédaient à perte de vue. Les yeux d'Éléonore ne savaient plus où se poser. Même le turquoise du lac Wolfgang semblait plus vif, vu d'en haut. Éléonore s'assit sur un gros rocher pour contempler le paysage.

« Quelle est cette montagne en face ? demanda-t-elle, pointant du doigt le plus haut des sommets alentour.

— Le Schafberg, répondit Juergen.

— On aperçoit quelque chose sur la pointe.

— C'est une croix.

— Qu'y a-t-il derrière ?

— Le vide ! L'inattention a été fatale à plus d'un mais… le Schafberg reste mon sommet préféré, comme celui naguère de l'empereur François-Joseph Ier pour lequel des marches ont été installées dans le dernier raidillon. C'est dommage que vous n'ayez pas le temps d'y grimper. Enfin, avec votre cœur…

— Je comprends que vous n'ayez plus envie de quitter l'Autriche. »

Éléonore baissa les yeux, attrapa un petit caillou et gribouilla la pierre sur laquelle elle était assise. « Ces derniers temps, j'ai l'impression d'avoir fait fausse route, lui confia-t-elle, d'avoir négligé l'essentiel… Il est sans doute trop tard.

— L'aseptisé new-yorkais frelate. Il est toujours temps de retrouver l'essentiel… l'Essentiel, Éléonore. »

Le visage de Juergen se crispa soudain. « Ne bougez pas ! Ne bougez surtout pas ! Une vipère, là, à votre droite », dit-il d'une voix grave. La stupeur se dessina sur le visage d'Éléonore. Elle paniqua et se leva d'un bond, observant avec effroi la lente progression ophidienne.

« Mais vous êtes fou ! J'aurais pu me faire piquer ! le gronda-t-elle.

— Vous vous seriez fait piquer si vous aviez bougé. Vous étiez trop près. Je les connais bien ces harpies, et vous, vous me semblez bien farouche pour une fille des Alpes ! »

Éléonore soupira.

« On ne marchait pas à la maison, dit-elle à mi-voix.

— Grandir dans les montagnes et ne jamais en approcher le sommet. Être privé d'horizon. Voilà qui est terrible ! L'horizon, c'est la première expérience transcendantale, Éléonore. Rentrons, le soleil décline. »

La descente fut rapide. Éléonore avançait mais elle ne sentait plus ses jambes. Près d'une cascade, elle trébucha sur une pierre humide et parvint à éviter la chute. La boue recouvrit le bas de son pantalon. De retour dans sa chambre, elle s'effondra de fatigue sur son lit. Son tee-shirt trempé de sueur collait à sa peau. Épuisée, elle s'assoupit. Adossé au comptoir de la cuisine, Juergen savourait son café lorsque son regard se posa sur le manuscrit d'Éléonore. Il se dirigea vers la table, s'en empara et l'ouvrit. Sa main tremblait légèrement.

HIGGS WORLD

Le tournant du surhumain

De Gutenberg à Einstein, les génies de la science n'ont cessé de faire progresser notre savoir, modifiant notre perception du monde, de la société, de l'homme. Peu d'inventions ont révolutionné l'histoire de l'humanité comme celle de Higgs World et de son brillant physicien, Juergen Gadamer…

Juergen referma brusquement le livre, reposa l'ouvrage et s'installa dans le canapé. *L'Homme sans qualités* lui semblait plus sûr. Il tourna rapidement les premières pages. La longueur de l'introduction le révolta. Juergen déchira sauvagement les pages liminaires. Soulagé, il entama le premier paragraphe intitulé *D'où, chose remarquable, rien ne s'ensuit.* Il tourna la page puis recommença tant son esprit était occupé. L'écriture de Musil lui semblait impénétrable. Toute son attention fuyait vers le manuscrit. Juergen ressentit soudain une angoisse sourde secouer violemment ses organes digestifs. À la fierté d'avoir révolutionné le mode de communication de l'humanité faisait écho l'aigreur de la responsabilité.

Ces derniers mois, Juergen avait cessé de lire les journaux américains. Malgré cela, l'angoisse persistait. Il refaisait sans cesse le même rêve… Assis sur un matelas au centre d'une pièce cylindrique, il suait à grosses gouttes dans la blancheur immaculée de cet espace sans porte ni meubles. La chaleur rendait sa respiration difficile. Il se levait, se dirigeait vers la seule ouverture de la pièce, une fenêtre au vitrage sans tain. Il regardait alors son reflet vibrer dans le mouvement des perles de condensation de la vitre. Sa vue se floutait sous l'effet de la sudation. Une sensation d'étourdissement le gagnait. À bout de souffle, il se jetait sur la poignée. La fenêtre s'ouvrait sur une deuxième couche de ciment concave et sans aspérités. Condamné, Juergen sentait sa gorge se serrer, un nœud l'étouffer. Le physicien se réveillait en sursaut. Il se dirigeait vers le balcon de sa chambre, s'adossait à la rambarde et humait longuement l'air frais de la campagne autrichienne.

Juergen se leva du canapé et se dirigea de nouveau vers le manuscrit. Au moment où il le saisit, Éléonore fit irruption dans la cuisine. Ce flagrant délit embarrassa Juergen. Ses mains lâchèrent le livre. Sous le regard confus d'Éléonore, il le ramassa et le posa sur une étagère. « Un Scrabble ? » lui proposa-t-il. D'un hochement de tête, elle acquiesça.

Le soleil se couchait entre les montagnes du Salzkammergut. La tiédeur du soir était agréable. Juergen et Éléonore s'installèrent sur la terrasse. Juergen leur servit un verre de liqueur. Éléonore grimaça à la première gorgée.

« Vous jouez souvent ? lui demanda la journaliste.

— Tous les jours. Je suis membre de la fédération allemande. Enfant, je jouais beaucoup avec mon père. »

Le smartphone d'Éléonore vibra. Son écran se couvrit de notifications. Elle posa trois lettres pour former le mot *ethereal* puis lut les unes qui venaient de sortir dans les journaux américains.

« Les affaires reprennent ! s'exclama Juergen. Quoi de neuf ? »

La liqueur de pinacée semblait avoir rendu l'Allemand guilleret.

« La FDA ouvre une enquête, répondit Éléonore du bout des lèvres. Une enquête… sur Neurathink… du fait de la prolifération de troubles psychiatriques liés à la puce. »

La jovialité du physicien se dissipa instantanément. Éléonore éprouva une profonde empathie pour Juergen dont elle sentait la douleur sourdre. Il remplit à nouveau leurs verres de liqueur, but le sien d'un trait et se resservit. Il gagna grâce au mot *quixotic*. La partie terminée, Éléonore se retira. Harassée par leur marche, elle n'avait aucune envie de dîner, ce qui semblait arranger son hôte, profondément tourmenté.

Au moment de se coucher, Juergen avala un somnifère. Le cachet n'eut aucun effet. Juergen se tournait et se retournait entre ses draps chauds, cherchant en vain un peu de fraîcheur. Las, il ralluma la lumière, se leva et descendit. Une tablette de chocolat traînait sur le comptoir de la cuisine. Il en avala la moitié, laissant traîner derrière lui de fins morceaux d'aluminium épars. Désœuvré, il regagna sa chambre et se mit à peler les callosités de ses talons fendillés. En quelques minutes, un amas de peaux mortes joncha le sol.

Au milieu de la nuit, il s'endormit.

Lorsqu'il ouvrit l'œil, le soleil était déjà levé. Il se redressa puis posa un pied au sol. Un profond haut-le-cœur le saisit au moment où sa voûte plantaire vint écraser la corne émincée de sa pelade nocturne. Une autre journée commençait… Une de plus, une de trop.

51

Éléonore se dirigeait vers la porte lorsque Juergen apparut dans l'escalier.

« Vous sortez ? lui demanda-t-il, la mine épuisée.

— Je vais visiter la maison de Mozart. Ce serait dommage d'être venue pour rien ! » lui répondit-elle, agacée, en jetant un regard appuyé vers son manuscrit.

Juergen fit semblant de ne pas comprendre.

« Passez par l'église, lui recommanda-t-il. La mère de Mozart y a été baptisée. »

Éléonore partie, Juergen prit le manuscrit, monta dans sa chambre et ferma la porte à clé. Les premières pages furent douloureuses. Une vague scélérate d'événements refoulés depuis des mois l'engloutit. Seule la prose d'Éléonore semblait apaiser la tempête qui mugissait en son for intérieur. Mot après mot, Juergen revint à Holmdel. Tout y était, même Nicky. Sacrée Nicky ! Où pouvait-elle bien être maintenant ?

Sous la plume de la journaliste, l'œuvre de sa vie se dessinait. Éléonore n'avait pas fait de Juergen une victime. Ce choix le rassura. Juergen abhorrait la pitié. On sentait néanmoins le coup fourré. Les faits étaient accablants. Au fil des lignes, sa culpabilité rejaillit. Juergen avait conscience que tout progrès emportait son lot de dommages collatéraux. Combien de morts depuis l'invention de la voiture ? combien de naufragés depuis l'invention du bateau ? combien de dépendants depuis l'invention des palliatifs ? se dit-il. Malgré cela, il souffrait de sa clairvoyance. La mainmise de Neurathink sur cette technologie le pétrifiait.

Lorsque Éléonore rentra de sa balade, Juergen l'attendait sur la terrasse. Sur la table face à lui se trouvait le manuscrit.

« Comment s'est passée votre visite ? lui demanda-t-il.

— Décevante ! Le musée n'expose que quelques archives de Nannerl, rien sur Mozart. Mais j'ai été éblouie par la splendeur du lac sur le chemin du retour.

— Vous avez mon accord ! » déclara-t-il soudain.

Les atermoiements de Juergen avaient découragé Éléonore qui, surprise, ne montra pas immédiatement son enthousiasme.

« Vous avez mon accord pour la publication du livre, répéta-t-il.

— Formidable ! Vous l'avez lu ? Qu'en avez-vous pensé ? s'exclama-t-elle enfin.

— Vous avez du talent, un style. J'ai été impressionné.

— Et sur le fond ?

— Il y a une chose qu'il faut que vous sachiez. La dernière partie de votre livre le laisse entendre, sans entrer dans le détail. Neurathink a modifié l'algorithme pour récupérer plus de données. Lorsque Neurathink a racheté Higgs World, nous avions configuré l'algorithme de manière à restreindre considérablement le signal. Le flux d'informations transitant de l'émetteur vers le récepteur était donc moindre. Neurathink a augmenté significativement la puissance du signal. »

Le témoignage de Juergen corroborait les informations données par Gupta.

« Pourquoi ? s'enquit Éléonore qui vérifiait toujours ses sources.

— Pour les données ! En réduisant le nombre de qubits utilisés pour le traitement du signal, Neurathink peut affecter davantage de qubits au transfert d'informations et récolter ainsi plus de pensées de ses utilisateurs.

— Ce qui explique les dysfonctionnements cérébraux, n'est-ce pas ?

— Oui. Une modification saine du traitement du signal aurait dû nécessiter des mois de recherches supplémentaires. Mathématiquement, je peux vous démontrer que dans notre configuration, il y aurait eu très peu d'effets secondaires. »

Éléonore remercia Juergen. Un sentiment d'admiration la submergea. Elle savait que son témoignage l'exposait à d'inévitables représailles judiciaires mais Juergen était un homme courageux.

« Ce sera ma dernière contribution, Éléonore. Je n'avais pas le choix… Faites en sorte d'en faire un best-seller. Ce livre mérite un Pulitzer ! lui dit-il.

— Hachette et Macmillan m'ont tous les deux fait une offre », lui rétorqua-t-elle.

Ravi de cette nouvelle, Juergen se leva.

« Une amie m'a invité à voir un film ce soir. Elle a un

lecteur DVD. *Le Septième Continent* de Haneke, ça vous intéresse ?

— Je vous remercie mais je préfère rester ici. J'ai encore des modifications à faire sur le manuscrit. Je dois l'envoyer au plus vite. »

Après avoir promis à Éléonore de la retrouver pour un café avant son départ le lendemain matin, Juergen se dirigea vers sa chambre. Alors qu'il s'engageait dans l'escalier, Éléonore l'interpella.

« Vous êtes déjà allé à Bayreuth ? » lui demanda-t-elle.

Juergen se retourna et s'exclama, avec une pointe d'ironie : « Sur les rives de la décadence wagnérienne ? Jamais ! » Il se tut puis ajouta : « Pourquoi ? Vous partez pour Bayreuth ? »

Éléonore baissa les yeux. Le rose coupable de ses joues surprit Juergen.

« On m'a proposé d'assister à *Tristan et Isolde* » confessa-t-elle.

— Ah ! Enfin l'essentiel !

— Peut-être… Je me demandais juste à quoi cela pourrait ressembler. »

Juergen ne répondit pas mais un sourire bienveillant anima son visage.

52

Lorsque Juergen arriva chez Domizia, la première scène du *Septième Continent* apparaissait sur l'écran de télévision. Haneke les attendait. Domizia s'affairait en cuisine. « Je t'ai acheté les kipferls de la chocolaterie du coin, tes préférés », lui dit-elle en remplissant la bouilloire. « Je prépare l'infusion. Installe-toi ! » Juergen regarda Domizia ouvrir sa boîte à tilleul et en remplir la théière. Ses doigts délicats plongèrent trois fois dans l'amas végétal. Domizia referma la boîte. Lorsqu'elle releva les yeux, Juergen la regardait d'un air attendri.

Domizia avait rapporté un plaid jaune de son dernier voyage en Italie. Ils s'en emmitouflèrent.

« Tu aimes la couleur, toi ! la taquina Juergen.

— La vie est multicolore, mon ami. Maintenant, tais-toi et regarde ! »

Le chef-d'œuvre de Haneke bouleversa Juergen. L'effondrement de l'aquarium sous les coups de massue, l'asphyxie des poissons, l'aspiration des billets de banque dans le siphon des toilettes... Plus le film progressait, plus Juergen avait du mal à contenir ses angoisses. Au moment où le père de la petite Eva grava sur le mur l'heure du suicide de sa femme et de sa fille, Juergen ressentit une vive brûlure se répandre dans son abdomen. Domizia prit sa main et la serra tendrement. Elle aussi paraissait émue. À l'écoute de *The Power of Love* de Jennifer Rush, ses yeux s'humidifièrent.

Domizia et Juergen regardèrent en silence l'intégralité du générique de fin. Lorsque l'écran redevint noir et silencieux, Domizia relâcha son étreinte. Les deux cents pages d'enquête d'Éléonore puis les cent onze minutes de réflexion sur le suicide de Haneke étaient venues à bout de la résistance de Juergen. Son regard cachait difficilement sa détresse. « Dors ici ce soir », lui proposa affectueusement Domizia. « Je préfère rentrer. Je suis juste fatigué. » Préoccupée, elle le regarda s'éloigner dans l'escalier. « Je passe prendre le café chez toi demain matin », lui dit-elle. Il lui souffla un baiser.

Lorsque Juergen rentra, le chalet était silencieux. Éléonore travaillait dans sa chambre. Un mince filet de lumière émanait du bas de sa porte. Juergen retira ses chaussures et monta l'escalier en tapinois. Il n'alluma pas la lumière du couloir et s'avança vers sa chambre à pas feutrés. Après avoir délicatement refermé la porte, il s'allongea sur son lit dans l'épaisseur de la nuit. Seuls les minces rais d'un croissant de lune tamisaient la pièce ici et là. Les yeux écarquillés, Juergen contempla le carré noir sur fond noir du plafond. Il aurait voulu pleurer mais ses yeux restèrent secs. Les larmes auraient eu le mérite de la rédemption que ni le Christ ni l'alcool n'avaient plus depuis longtemps. Qu'il devait être bon le temps des indulgences, se dit Juergen. L'Allemand aurait payé cher pour expier sa douleur. Malgré tous ses efforts, le sommeil ne vint pas. Seule persistait l'angoisse. Peu avant le lever du soleil, il sortit.

Lorsque Éléonore descendit, la maison était vide. Sur la porte un mot manuscrit, rédigé sur un vieux Post-it chiffonné, était épinglé à son intention.

L'appel du Schafberg…
Wagner n'égalera jamais le génie de Mozart!
Mais s'il est une œuvre que la grâce a touchée, c'est bien Tristan et Isolde.
On ne peut l'écouter qu'à Bayreuth.
Bon voyage en terre wagnérienne, Éléonore!

Une page d'*Ecce homo,* arrachée, était accolée au Post-it :

> Mais aujourd'hui encore, je cherche en vain une œuvre qui ait la même dangereuse fascination, la même effrayante et suave infinitude que *Tristan et Isolde*. Le monde est pauvre pour celui qui n'a jamais été assez malade pour goûter cette « volupté de l'enfer ».

Juergen avait pris soin de préciser que les clés devaient être laissées dans la boîte aux lettres. Éléonore relisait la note lorsqu'on frappa à la porte. Elle ouvrit. Sur le perron, elle trouva Domizia, les traits tirés.

« Bonjour ! Est-ce que Juergen est là ? demanda la bibliothécaire en se présentant.

— Non, je suis désolée. Il est sorti… mais il a laissé un mot. » Éléonore tendit le papier à Domizia puis précisa : « Il a dû se lever tôt. Je ne l'ai pas entendu. Je suis un peu surprise car nous avions prévu de prendre le petit déjeuner ensemble. Mon taxi ne devrait malheureusement plus tarder. Je prends l'avion à Salzbourg dans deux heures. Je ne vais pas pouvoir attendre longtemps. »

Un voile de panique figea le visage de Domizia.

« Tout va bien ? lui demanda la journaliste, décontenancée par sa réaction.

— Mettez les clés dans la boîte aux lettres ! » lui répondit-elle en se précipitant vers son véhicule, affolée.

Éléonore n'eut pas le temps de tergiverser. Au moment où elle s'apprêtait à rentrer, son taxi arriva. Elle récupéra ses affaires à la hâte, déposa les clés dans la boîte aux lettres et s'installa à l'arrière de la voiture. « *Flughafen Salzburg, Terminal zwei bitte* », dit-elle au chauffeur.

Le taxi démarra au moment où les premières notes du *Prélude* de l'œuvre wagnérienne se firent entendre dans ses écouteurs. D'abord le leitmotiv de *L'Aveu*, ensuite celui du *Désir* sur le célèbre accord de Tristan. Pendant que son taxi filait entre les montagnes du Salzkammergut en direction de la ville de Mozart, la vraie, Salzbourg, Éléonore plongeait dans l'océan symphonique de l'hôte de Bayreuth, se faufilant à travers le chromatisme inquiet et éprouvant du désir de *Tristan et Isolde*. Les dissonances douloureuses du *Prélude* montèrent crescendo. Éléonore aperçut alors un panneau routier indiquant la sortie vers l'aéroport. Son taxi prit l'embranchement.

Installée devant la porte d'embarquement, elle plongea dans *Soumission* de Houellebecq. Elle avait acheté le roman de l'Impertinent lors de son escale à l'aéroport Charles-de-Gaulle, trois jours plus tôt. Éléonore n'avait jamais lu *Soumission* mais toujours eu une prédilection pour cette plume hors du commun. Comme une enfant qui enfouit sa main dans un sac de bonbons, elle déplia la page écornée et reprit sa lecture.

> Le lendemain matin, après avoir chargé ma voiture, après avoir payé l'hôtel, je revins à la chapelle Notre-Dame, à présent déserte. La Vierge attendait dans l'ombre, calme et immarcescible.

Elle fut brusquement interrompue par la sonnerie de son smartphone.

Sur l'écran apparut une notification du *New York Times* :

> The Wolf Prize awarded to the quantum scientist, Juergen Gadamer.

L'autrice précise que ce roman a été écrit sans implant cérébral. Seule la réalité a été augmentée.

REMERCIEMENTS

Merci à mon éditeur, Jean-Marie Laclavetine, d'avoir soutenu ce livre.

Composition : Soft Office
Achevé d'imprimer
sur Roto-Page
par l'Imprimerie Floch
à Mayenne, en décembre 2022.
Dépôt légal : décembre 2022.
Numéro d'imprimeur : 101642.

ISBN 978-2-07-298140-1 / Imprimé en France.

434650